Fille de profs, Sophie Chabanel se retrouve à HEC un peu par hasard. Elle est aujourd'hui formatrice-consultante en entreprise. *La Griffe du chat* est son troisième roman et premier policier.

DU MÊME AUTEUR

Décompte
Albin Michel, 2006

Birgit Pécuchet n'est pas une sainte
Anne Carrière, 2008

Le blues du chat
Seuil, 2019

Sophie Chabanel

LA GRIFFE DU CHAT

ROMAN

Éditions du Seuil

TEXTE INTÉGRAL

ISBN 978-2-7578-7526-1
(ISBN 978-2-02-138947-0, 1re publication)

À mon grand-père,
revenu de la Somme,
de Verdun et d'ailleurs
À Christine, merci

1

« Je ne le reverrai plus jamais », hoquetait la femme effondrée sur la banquette, à trois mètres du corps étendu par terre. Elle tenait sa tête dans sa main gauche, tandis que son bras droit, en attelle, restait stoïque à côté d'elle, curieusement désolidarisé de son corps en émoi. Sous le T-shirt fuchsia, sa poitrine volumineuse se gonflait et dégonflait au rythme des hoquets. Au repos, elle devait être impressionnante ; en mouvement, elle était spectaculaire.

La commissaire Romano s'en voulut de cette observation, du niveau de ses collègues hommes. Avec toutefois une circonstance atténuante : ses minuscules seins l'avaient longtemps complexée et elle en gardait une fascination pour les fortes poitrines – image d'un destin qu'elle ne connaîtrait pas.

Elle se mordit la lèvre, hocha doucement la tête et s'efforça de prendre l'air grave de circonstance, malgré l'environnement sonore qui ne facilitait pas le recueillement.

Allez, viens boire un p'tit coup à la maison ! meuglait une voix nasillarde sur fond d'accordéon, amplifiée par une sono calibrée pour Johnny au Stade de France. En arrivant, Romano était passée devant le podium installé sur une petite place, à cinquante mètres de la scène de crime. À en croire les affiches, l'opération visait à célébrer l'amitié.

Pour corser le tout, Romano avait un léger coup dans le nez. Son adjoint Tellier lui avait transmis l'appel au milieu du pot de départ d'un de ses lieutenants, bête à manger du foin et faux cul incurable. Servir de SPA à tous les bras cassés de la région, elle avait l'habitude, et cela n'avait pas que des inconvénients. Mais les faux culs, pas moyen. Pour fêter la mutation glorieuse de ce lieutenant dans sa glorieuse Provence dont il leur parlait tous les jours, elle avait fait une exception à sa règle habituelle de ne pas boire en service. D'autant qu'elle n'avait pas ménagé ses rapports élogieux pour en arriver là.

« Toutes mes condoléances », se décida-t-elle, en tendant la main à la femme aux yeux bouffis qui avait enfin relevé la tête. Romano lui donna à peu près quarante-cinq ans, comme elle, et remarqua que sa teinture blonde était de la même nuance que la sienne.

Tellier lui adressa un regard réprobateur. Il connaissait sa commissaire par cœur et n'avait aucune illusion sur sa sincérité. Ni sur la quantité d'alcool qu'elle avait avalée. Il avait bien essayé de lui faire les gros yeux au troisième verre de rosé, mais enfin, il n'était pas payé pour surveiller sa chef.

Les pleurs de la femme allaient crescendo.

« Plus jamais je ne pourrai le serrer contre moi, plus jamais je ne pourrai lui parler à l'oreille, plus jamais je ne l'entendrai ronronner. »

Romano, qui venait de se fabriquer une expression grave dont elle était assez satisfaite, relâcha d'un coup ses efforts pour adresser à Tellier un regard interrogateur.

« Mme Peyrard est la propriétaire du *Café des chats*. Quand elle a découvert le corps de son mari en remontant de la cave, à 19 h 20, la porte donnant sur la rue était ouverte et l'un des chats s'était échappé.

– Il avait eu la médaille d'or des persans à l'exposition *Félins d'Europe* l'an dernier, et il était resté très simple, gentil comme tout, pas fier, doux comme un agneau.

– Donc, vous êtes la veuve ?

– Et son poil ! Doux, soyeux, parfumé, oui parfumé ! Plus jamais je ne sentirai le parfum de Ruru », s'écria la femme en relevant la tête vers eux, pour mieux se faire entendre. Curieusement, son maquillage n'avait coulé que d'un côté, et la grosse traînée noirâtre ressemblait à une larme de Pierrot.

Il faut reconnaître, songea Romano, les gens sont bizarres. Il y avait toujours un stade de l'enquête où cette phrase grotesque lui venait à l'esprit, comme une vérité révélée. D'autres fois, elle se faisait la remarque volontairement, comme une *private joke* avec elle-même. En même temps, à la réflexion, il y avait sûrement des tas de femmes qui préféraient leur chat à leur mari.

Elle poussa un soupir de découragement, qui pouvait peut-être passer pour un soupir de condoléances, mais enfin, pas sûr. Dans un élan de générosité certainement lié à ses trois verres de château-paradis, elle décida de mettre la réaction de la veuve sur le compte de l'état de choc. Après tout, si ses sanglots étaient exaspérants, elle avait au moins un style personnel. En une quinzaine d'années d'enquêtes criminelles, Romano n'avait rencontré que deux sortes de veuves : les sincèrement brisées par le chagrin et les faussement brisées par le chagrin, ce dernier s'exprimant avec plus ou moins de décibels sans qu'on puisse tirer de conclusion. La veuve du bar à chats était sa première veuve totalement indifférente à son veuvage.

Tellier pinçait les lèvres, excédé. L'envie le démangeait d'inviter Mme Peyrard à un peu de décence, mais non, tout de même, il n'allait pas recadrer une veuve à peine tiède. Il desserra les lèvres, s'obligea à quelques respirations complètes, comme le lui avait enseigné son ex-femme. Contrôle-toi, mon ami, contrôle-toi.

Romano s'accroupit à quelques centimètres du corps. Autant la veuve lui inspirait des sentiments mitigés, autant le mort était irréprochable. Allongé bien droit, très propre, très digne, juste une tache rouge de quelques centimètres à l'abdomen. On aurait dit un poilu mort au champ d'honneur dans la version des gravures de *L'Illustration* – et non un vrai poilu les tripes à l'air.

Romano eut une bouffée de reconnaissance. En tant que fille de chirurgiens orthopédiques exposée très tôt aux discussions conjugales sur les meilleures méthodes d'amputation, elle avait développé une résistance précoce aux spectacles les plus gore. Curieusement, l'alcool avait tendance à estomper ce pouvoir quasi magique de ne voir dans les cadavres que des extraits de planche d'anatomie, plus ou moins entiers, et non des personnes, plus ou moins sympathiques mais enfin quand même, passées brutalement de vie à trépas.

Le type avait la quarantaine, brun, barbu comme la majorité des vivants et des morts de son sexe depuis quelques années, joues creuses, pas mal malgré des cernes très marqués. À quatre centimètres de sa main droite encore crispée, le pistolet. Un Beretta compact inox 9 x 19, modèle haut de gamme sorti l'année précédente, typiquement un truc de pro.

Voyant la veuve plus calme, Tellier s'approcha de la commissaire pour lui donner les premières informations sur la victime. Nicolas Peyrard, trente-huit ans, remarié, sans enfant, inconnu de la police. Fils de Jean-Claude Peyrard, député et maire de la petite ville flamande de Bailleul impliqué dans des scandales de corruption et mort d'un infarctus en 1997, le jour de sa mise en examen. Une affaire très médiatisée même si Tellier était trop jeune pour se le rappeler : façon polie de signaler à Romano qu'elle, à l'inverse, s'en souvenait peut-être. Sauf qu'à dix-huit ans, en pleine phase metal, elle n'écoutait pas les infos.

Nicolas Peyrard avait ouvert ce bar à chats dix-huit mois plus tôt, le seul de Lille et un des premiers en France, à en croire le site Internet. Sa femme l'avait trouvé mort en remontant de la cave où elle était allée déposer la caisse au coffre-fort, comme tous les soirs. Elle avait appelé les pompiers, qui avaient appelé les flics. L'homme était mort depuis peu : l'arme était encore chaude à leur arrivée. Le légiste était attendu d'une minute à l'autre.

« Merci Tellier. Vous saviez que ça existait, les bars à chats ?

– Léa nous tanne pour y aller depuis des semaines. Louise devait s'en charger le week-end prochain. »

Romano hocha la tête, toujours admirative de l'entente entre Tellier et son ex-femme – le couple le plus soudé qu'elle ait jamais rencontré. Ce qui se traduisait entre autres par une concertation hebdomadaire sur l'organisation des loisirs des deux filles, et plus généralement de leur éducation.

Le capitaine poursuivit son explication. Le concept du bar à chats, venu du Japon, consistait à mettre des chats dans un bar. Objectif : apporter chaleur, calme et détente, le chat étant censé avoir un effet apaisant sur l'homme. « Mais apparemment, conclut-il en regardant le corps, ça ne marche pas à tous les coups. »

Romano scruta le visage de son adjoint et y trouva la confirmation qu'elle attendait. Il avait sorti cette phrase sans aucune intention humoristique.

La veuve était toujours sur son canapé, silencieuse, le regard dans le vide. Peut-être prenait-elle enfin conscience qu'elle avait perdu son mari. Ou alors, elle s'abîmait dans le souvenir du parfum de Ruru : allez savoir.

Le *Café des chats*, auquel on accédait par deux lourdes portes en bois séparées par un sas, sûrement dans le but d'empêcher les bestioles de s'évader, était constitué d'une unique pièce d'environ soixante mètres carrés. Il n'y avait pas d'autre accès, à part l'escalier menant à la cave, où la veuve était au moment du coup de pistolet. Quant aux fenêtres, elles étaient équipées de barreaux évoquant, au choix, la cellule ou l'hôpital psychiatrique – sûrement dans le même but de retenir les chats. Si tueur il y avait, il était donc reparti par la porte. Gonflé mais plausible : la rue, occupée par des magasins de vêtements branchés, était peu animée le soir.

La décoration du café était d'inspiration japonaise, du moins d'après l'idée que s'en faisait Romano. Tables basses noires, coussins de coton blanc, pierres apparentes, bougies, paravents décorés d'idéogrammes mystérieux, mini-fontaines en galets. L'une des deux avait dû être débranchée, l'autre produisait un bruit d'écoulement qui rappela à Romano son problème de chasse d'eau – toujours pas de nouvelles du plombier. Toute cette bimbeloterie lui faisait penser à la salle où sa plus jeune sœur l'avait traînée pour une unique séance de méditation pleine conscience. En version plus haut de gamme : les accessoires du bar à chats semblaient sortis d'un magazine de décoration plutôt que d'un vide-grenier. L'autre différence était la présence de cinq chats de différentes couleurs, dont trois semblaient dormir tandis que les deux autres, juchés sur une espèce de présentoir, observaient la scène d'un air désabusé.

Malheureusement, tous ces efforts pour respecter le cahier des charges de la zénitude mondialisée étaient anéantis par quelques irruptions saignantes de velours rouge, totalement hors de propos. Le rideau masquant la porte des toilettes, les banquettes positionnées bizarrement (un expert en feng shui était sûrement passé par là) : plus qu'une faute de goût, on aurait dit une manœuvre de sabotage.

Romano eut soudain très envie de se vautrer sur un canapé à pompons, kitch, sans doute, mais d'apparence très confortable. Mais bon, on ne se vautre pas sur un canapé au milieu d'une scène de crime.

« Ça vous fait penser à quoi, ce velours rouge pas zen pour deux sous ? »

Tellier prit quelques secondes pour réfléchir, hésitant.

« Un couple d'opposition, une espèce de dualité, quelque chose comme le yin et le yang ?

– Le yin et le yang mon cul. Tout ça fait furieusement penser à un bordel.

– Vous croyez ? J'appelle le proxénétisme ?

– Tellier, ne soyez pas si premier degré ! Je veux juste dire que ce type était un maquereau frustré. Le concept du bar à chats, comme vous dites, c'est de faire raquer des pauvres gens en échange de caresses, bref, de la prostitution pure et simple. Répugnant. Ouvrez les yeux, même la machine à expresso est phallique !

– Phallique, vous êtes sûre ? »

Tellier observait scrupuleusement l'appareil, sans rien y trouver de suggestif. L'envolée lyrique de Romano le prenait de court : pas dans ses habitudes. Sûrement un coup du rosé de Provence, songea-t-il. D'habitude, la révolte, c'était son domaine, et Romano préférait jouer les blasées. À sa connaissance, le seul thème susceptible de la faire sortir de ses gonds était le sort des femmes et non celui des animaux – elle aurait sans doute modérément apprécié qu'on place les deux sujets sur le même plan.

Des cris stridents vinrent interrompre ses méditations.

« Laissez-moi passer, je vous dis que je suis la veuve ! »

2

« Pousse-toi de là, sale garce ! » s'écria la veuve numéro un en voyant la nouvelle venue s'effondrer sur le canapé rouge vif, à côté d'elle, livide. Même puissance dans le beuglement que dans les sanglots : gros potentiel vocal, décidément, admira Romano.

Quand elle se mit en mouvement pour se rapprocher des deux femmes, elle fut prise d'une violente douleur à la tête. Une vraie cochonnerie, ce pinard. Ce lieutenant provençal lui aurait pourri la vie jusqu'au bout, elle aurait dû le renvoyer à ses cigales bien plus tôt. Et maintenant, elle se retrouvait avec deux veuves éplorées d'un coup. Sans oublier le lieutenant Clément, l'autre boulet de son équipe, qui venait d'arriver en renfort et promenait partout son air de stupeur permanente et ses reniflements d'allergique. Putain de rosé, putain de soirée.

La veuve numéro deux répétait en boucle qu'elle avait prévu de manger des moules frites avec Nicolas, la veuve numéro un gueulait toujours, et le débat, contrairement au niveau sonore, ne s'élevait pas.

« Des moules frites, son plat préféré !

– Salope, tu l'as jamais rendu heureux et maintenant tu veux récupérer son pognon ! »

Au moment où Romano se sentait gagnée par un mélange d'amusement et d'intérêt professionnel, Tellier explosa.

« Mesdames, s'il vous plaît, il y a un mort parmi nous.

– Faut m'excuser, monsieur le commissaire, mettez-vous à ma place, elle a largué mon Nicolas il y a dix ans, elle n'a rien à faire ici.

– Le commissaire, ici, c'est moi. »

Romano était tellement habituée à être prise pour l'adjointe de son adjoint qu'elle avait parfois du mal à s'en offusquer autant qu'elle l'aurait voulu. À raison d'une méprise au moins par semaine, difficile de garder son indignation intacte. Mais elle s'était juré, précisément, de ne jamais s'habituer, et de faire en sorte que les coupables s'en souviennent.

« Clément, occupez-vous des voisins. La rue et la ruelle derrière. Ça doit faire une vingtaine de logements, maxi. Vous leur demandez s'ils ont vu passer quelqu'un après dix-neuf heures.

– Bien, commissaire. Mais le suicide, j'y crois pas. On ne se tue pas une heure avant de manger des moules frites. »

Tellier leva les yeux au ciel tandis que Romano faisait un petit mouvement de tête appréciatif. Du Clément typique. À première vue complètement con. Et en même temps, qui sait si certains suicidaires n'auraient pas pensé comme lui ?

En temps normal, Romano n'aurait jamais confié au lieutenant un point aussi crucial que l'enquête de voisinage. Mais avec le boucan démentiel du concert et les trombes d'eau, tous les voisins sains d'esprit avaient dû se terrer chez eux avec des boules Quies. Ils n'avaient sans doute rien vu ni entendu.

« Tellier, je propose qu'on se répartisse les veuves.

– La veuve, ici, c'est moi », s'écria la veuve numéro un avec un sourire narquois destiné à souligner l'allusion.

Romano préféra l'ignorer et se pencha à l'oreille de son adjoint :

« Occupez-vous d'elle, je prends la numéro deux. »

Romano l'avait déjà remarqué : la satisfaction de son célibat, qu'elle éprouvait souvent face aux couples mariés, était doublée de façon quasi arithmétique en rencontrant des couples remariés. Comment ce pauvre type avait-il pu atterrir avec ce monstre après s'être déjà planté une première fois ?

« Pardon, commissaire ! »

Tellier bouscula Romano pour se précipiter vers la veuve numéro deux, qui tournait de l'œil. Il la rattrapa juste avant l'atterrissage, l'allongea précautionneusement sur le sol pendant que Romano demandait à un agent en uniforme d'appeler un médecin puis de la faire raccompagner. Elle se tourna vers Tellier : puisque c'était cuit pour le partage des veuves, autant s'y mettre à deux pour la numéro un.

Le capitaine approuva, l'air contrit. Cette idée de numéroter les veuves était d'une désinvolture choquante : parfois, le pragmatisme de Romano était insupportable.

Amusée, Romano regardait les sourcils froncés de son adjoint, dont le visage était aussi expressif que celui d'un acteur de films muets. Au début, elle s'était dit qu'un type incapable à ce point de masquer ses sentiments devait être un flic catastrophique. Pas du tout. Sa sincérité insolite et son incapacité quasi pathologique à mentir étaient aussi efficaces dans les enquêtes que désastreuses pour sa carrière. Son honnêteté criante attirait la sympathie des témoins et suspects. Même les pires salauds étaient déroutés devant un type si profondément gentil. De la sympathie à la confidence ou l'aveu, le chemin n'était pas long. Par un phénomène étonnant, la sincérité de Tellier devenait souvent contagieuse.

En l'occurrence, Romano jugea que Tellier avait tort de juger son système de numérotation des veuves irrespectueux. La nouvelle venue s'était autoproclamée veuve. De quel droit juger si elle méritait son titre ? On est veuve comme on est amoureuse : il suffit d'y croire pour le devenir. Après tout, c'est quand même elle qui était tombée dans les pommes.

Tellier fit asseoir Solange Peyrard sur un des canapés rouges à pompons, et ne put s'empêcher de penser qu'il était en harmonie avec ses seins majestueux. Pour sa chef et lui, il rapprocha péniblement deux espèces de poufs en pierre grise.

D'un hochement de tête, Romano lui fit signe de mener l'entretien. Pas seulement parce que les sulfites du rosé résistaient à sa double aspirine, mais aussi parce que Tellier était un interrogateur hors pair.

« Racontez-nous comment vous avez découvert le corps de votre mari. »

La veuve numéro un hocha la tête et renifla. Bruyamment, comme on pouvait s'y attendre.

« À dix-neuf heures, j'ai dit à Nicolas de fermer la porte à clé, comme tous les soirs – on n'a pas eu à mettre de clients dehors, il n'y avait plus personne. Je suis descendue à la cave ranger la caisse du jour dans le coffre. C'est mon petit plaisir du soir, même si ce n'était plus ce que c'était. Les gens payent de moins en moins en espèces, il paraît que c'est le sens de l'histoire. Quand j'étais gamine, dans le bar-tabac de mes parents, c'était autre chose. Les rouleaux, les liasses, on palpait, on brassait. Maintenant, avec toute cette dématérialisation, c'est bien moins gratifiant de faire sa caisse. C'est triste à dire, mais le monde a perdu le sens de la poésie. »

Romano était peu sensible à la poésie en général, et encore moins à celle des billets de banque. Elle avait très envie d'aller se coucher.

« Ça vous prend combien de temps de ranger votre caisse dans le coffre ?

– Je classe les coupures, je mets des trombones, je fais des rouleaux quand j'ai de quoi : disons un bon quart d'heure. »

D'un nouveau signe du menton, Romano fit signe à Tellier de reprendre la suite.

« Qu'est-il arrivé à votre bras ?

– J'ai raté une marche en allant à la cave, jeudi dernier. Je me suis rattrapée avec mon bras et j'ai entendu un grand *crac*. Je suis remontée en pleurnichant, et devinez quoi ? Ruru a couru me lécher, exactement là où j'avais mal. Vous vous rendez compte, l'intelligence des animaux ?

– Vous avez été soignée où ?

– À l'Infirmerie protestante : ils ont vu une petite fracture à la radio et m'ont mis une attelle. Impossible de servir un verre ou de tenir un plateau du bras gauche, mais j'ai continué à venir ici pour prendre les commandes et faire la conversation aux clients. Il fallait pas compter sur Nicolas pour ça. »

De nouveau, Romano intervint. L'alcool diminuait son seuil de tolérance aux boniments de la veuve Peyrard.

« Votre mari a-t-il évoqué devant vous l'idée du suicide ?

– En parler, non, mais ça ne me surprend pas. Plus ça allait, moins ça allait. Ça en devenait presque gênant.

– Gênant ? »

Tellier était un spécialiste de la reformulation écho.

« Pour la clientèle. À vrai dire, il a commencé à faire la gueule dès l'ouverture. Ça va peut-être vous étonner (Romano songea que cette femme aurait du mal à l'étonner), mais au début, j'étais pas contre. Ça lui donnait un côté austère, mystérieux, un peu sage oriental, nickel avec le décor et ses costumes en lin noir. Quand on ouvre, vous comprenez, c'est important de se faire une belle clientèle. Mais il faut savoir s'arrêter. Autant le côté sombre, ça peut être sympa, autant le côté grand dépressif, c'est pas bon pour le commerce.

– Depuis quand allait-il aussi mal ?

– Tout s'est gâté à l'ouverture. Pendant des semaines, il s'était éclaté à comparer les tasses, les meubles, les décorateurs, les chats, les fontaines. C'est lui qui a tout choisi. À part les canapés rouges, que j'ai achetés chez un soldeur spécialisé dans les faillites. Coup de bol, j'ai trouvé quasiment le même velours à *Toto Soldes*, pour les rideaux. Nicolas était furieux mais pas question que je cède : un peu de couleur, ça égaye. Dès le premier jour, alors que les clients faisaient la queue sur le trottoir, monsieur a fait la gueule.

– Il ne vous a jamais parlé de pensées suicidaires ?

– Des poussées suicidaires, j'en sais rien, mais le chiffre d'affaires commençait à stagner. »

Romano s'éclaircit la voix.

« Quand il était dépressif, vous vous inquiétiez pour les ventes, maintenant qu'il est mort, vous pleurez le chat. Je me trompe, ou ce n'était pas franchement l'amour passion ?

– Vous êtes mariée, madame la commissaire ? »

Romano hocha la tête négativement mais l'interrogée comprit mal, ou tout simplement ne fit pas attention :

elle était du genre à ne pas écouter les réponses à ses propres questions.

« Alors vous devez savoir que l'amour passion, ça ne dure pas toute la vie. Cinq ans, ça suffit pour user un couple, j'en suis à mon troisième mari, je sais de quoi je parle. »

Il y eut un silence de quelques secondes. La veuve numéro un semblait ravie de laisser l'écho de sa remarque flotter dans la pièce, visiblement fière de son expérience de la vie. Romano hésitait à signaler que trois mariages sur son CV ne faisaient pas forcément d'elle une experte incontestée du couple, de même que trois faillites ne font pas de vous un expert en gestion. Quant à Tellier, il se souvenait que cinq ans, c'était exactement la durée pendant laquelle il avait été heureux avec sa femme.

La veuve reprit la parole la première. Grisée par son succès, elle était en veine de formules définitives.

« C'est triste à dire, mais le meilleur était derrière nous.

– Pour lui en tout cas, pas de doute possible. »

L'arrivée du légiste Martel interrompit l'échange. Grand, costaud, moustachu et affable, doté de grosses paluches et d'une voix de stentor. À côté de Tellier, qui devait peser trente kilos de moins pour la même taille, le côté massif était encore plus saisissant. On aurait très bien imaginé Martel avec un tablier blanc, découpant des côtelettes derrière le comptoir d'une boucherie – pas très éloigné de son métier réel. En serrant la main à Romano, il lui adressa un clin d'œil égrillard tout sauf discret, auquel elle se garda de répondre. Elle se foutait bien que Tellier sache qu'ils avaient couché ensemble, mais ne voyait pas l'intérêt de proclamer ce non-événement à la face du monde.

« Raccompagnez Mme Peyrard chez elle avec les chats restants », ordonna-t-elle au policier posté à l'entrée du bar.

En serrant la main aux flics, la veuve déclara puissamment que la vie n'était pas toujours une partie de plaisir. Romano, la barre au front, laissa à Tellier le soin de hocher la tête.

Penché à quelques centimètres au-dessus du cadavre, Martel eut un sifflement admiratif.

« Rarement vu un geste aussi propre. Haut niveau, première division, tout en haut du tableau. Ce qui est beau, c'est la cohérence : arme excellente, tir excellent, du sérieux de A à Z. Le tir par balle, c'est comme le football américain – je pratique, je sais de quoi je parle. Trois piliers : préparation mentale, entraînement, équipement. Aucune part à l'improvisation. »

Putain, se disait Romano, comment ai-je pu coucher avec un type aussi pontifiant ?

« Suicide ou pas suicide ? »

La question fit perdre au légiste un peu de sa superbe. Romano repensait à la peau de bête mitée et aux coupes de champagne devant le minable poêle à bois. Le problème de ce type, c'était son besoin de frimer en permanence : le reste ne suivait pas toujours. Il finissait par arriver au but escompté, mais de façon laborieuse, sans brio.

Martel toussota pour gagner du temps, puis donna son point de vue d'expert avec toute la solennité requise. De façon générale, dans le cas de balle au ventre, le suicide n'était pas le plus fréquent.

« D'un simple point de vue statistique, 85 % des suicides par arme à feu ont lieu par la tête ou la bouche. »

Ce qui, souligna Tellier d'un ton acerbe qui ne lui était pas habituel, laissait 15 % des cas. Il n'aimait pas trop les experts, encore moins ceux qui avaient couché avec sa chef.

« Tout à fait exact, belle montée au filet, vous remportez l'échange », approuva le légiste, qui goûtait les métaphores sportives. Compte tenu de la position de la main et de l'arme, le suicide était non seulement possible mais tout à fait crédible. En somme, il s'agissait soit d'un véritable suicide, soit d'un meurtre maquillé, de niveau olympique. L'autopsie permettrait peut-être de trancher, si on voulait bien lui pardonner le mauvais jeu de mots.

« Tu peux nous ouvrir le bonhomme rapidement ?

– Pas avant lundi. Tu connais les consignes de Bertin ? Suivre l'ordre FIFO, comme on dit en gestion des stocks : *First In, First Out*. »

Romano décrypta illico. C'était une façon polie de rappeler que leurs parties de jambes en l'air ne le rendaient en rien redevable. Point de vue qu'elle partageait sans réserve. Elle voyait les relations sexuelles entre adultes consentants comme une transaction équitable dans laquelle chacun devait trouver son compte, et qui ne générait ni dette, ni rancœur, ni renvoi d'ascenseur. Et encore moins de projets d'avenir.

3

Avant même d'ouvrir les yeux, Romano tâta son front. Pas la moindre gueule de bois, et même, elle se sentait en pleine forme. Cette sensation de bien-être imméritée se renforça au souvenir de l'enquête qui débutait : une plongée dans une nouvelle histoire.

Au retour du *Café des chats*, elle s'était endormie sur son canapé, devant une flambée. Depuis un voyage au Maroc, elle avait adopté le nomadisme domestique des maisons traditionnelles, sans chambre à coucher. Chaque soir, elle choisissait une des quatre pièces de son appartement en fonction de la température, de son envie de contempler la lune, le feu, les toits ou rien du tout, et de son humeur. Le genre de truc impossible à deux : se mettre d'accord virerait au cauchemar. Elle avait toujours trouvé démentiel qu'on prête aux célibataires plus d'habitudes qu'aux autres, alors qu'ils n'ont aucun compte à rendre et peuvent improviser. Elle-même s'imposait de profiter de ses degrés de liberté plus grands et en retirait une satisfaction certaine, même si cette discipline de l'imprévu comportait une part de pose. Rien à faire, elle avait toujours aimé faire son intéressante. Quand on venait d'une famille aussi bourgeoise que les Romano de Chastegnac, chirurgiens montpelliérains (elle prenait un malin plaisir à les qualifier de bourgeois malgré la particule bidon chère à son père), il fallait bien une pincée d'anticonformisme pour organiser sa survie.

C'est aussi l'esprit de contradiction qui l'avait conduite, seule des trois sœurs, à boycotter la voie médicale, fierté de la famille depuis toujours (autrement dit depuis quatre générations, son père se gardant bien de gratter au-delà de peur de ce qu'il y trouverait). Il lui fallait un métier la confrontant à la vie et à la mort. Comme elle ne voulait être ni médecin ni croquemort, la police s'était imposée. En somme, elle était devenue flic en partie pour faire sa maligne, et il se trouve qu'elle adorait ça.

Elle choisit deux petites bûches, relança le feu de trois coups de soufflet et avala en quelques gorgées son triple expresso en contemplant les flammes.

Cet appartement à moulures, viscéralement et impeccablement bourgeois, au cœur du quartier royal, l'avait séduite pour sa cheminée de maître. La cheminée était bourgeoise mais le feu n'était pas bourgeois. À en croire Tellier, qui lui cassait les pieds avec les particules fines, le feu n'était pas non plus écologique. Il n'aurait pas manqué de signaler que ce mois de mars était le plus doux depuis quarante ans et qu'il n'y avait nul besoin de se chauffer. Comme si le feu était un simple mode de chauffage ! Si elle avait été aussi grandiloquente que son adjoint, elle aurait expliqué que le feu purificateur l'aidait à supporter la saleté et la bêtise du monde : rien de moins. Très utile, par exemple, pour se préparer à affronter de nouveau une Solange Peyrard.

La circulation était déjà dense et il lui fallut trois quarts d'heure pour arriver à Croix, une de ces communes périphériques de Lille où les habitants étaient nombreux à payer l'impôt sur la fortune. Romano arriva avec deux minutes d'avance devant l'immeuble, où Tellier, avec sa ponctualité névrotique, l'attendait en lisant le journal.

« Je n'avais pas réalisé qu'on était aussi près : j'ai mis moins d'un quart d'heure pour venir de Roubaix », expliqua-t-il.

Comme souvent, l'une de ses jambes de pantalon était rentrée dans la chaussette. L'inconvénient de se déplacer à vélo, prétendait-il. Même s'il avait conduit une Lamborghini, il aurait été sapé comme l'as de pique : Romano n'avait aucune illusion à ce sujet. Les chemises froissées et les pulls usés de son adjoint avaient au moins l'avantage de la faire paraître presque élégante, dans ses jeans bien coupés et ses T-shirts repassés. Elle lui fit un signe de l'index, comme d'habitude, et il arrangea son pantalon avec un sourire d'excuse.

L'immeuble à colonnade était dans le style Parthénon version Disneyland. Deux interphones et trois codes plus tard, ascenseur compris, les deux flics sonnaient à la porte en (faux ?) chêne de l'appartement.

La veuve numéro un avait l'air fatigué. Elle les fit entrer dans un immense salon blanc et noir, aussi chaleureux que la morgue une nuit de novembre. Un design aussi inhumain n'avait pu sortir que du cerveau détraqué d'un décorateur à la mode – au moins, cela ne faisait pas bordel pour deux sous. Solange Peyrard tenait à la main une ramette de papier A3. Elle leur expliqua qu'elle imprimait des photos de Ruru pour les placarder dans le quartier, « partout, absolument partout, vous m'entendez » – au mépris de toute forme de législation. Romano lut dans le regard de Tellier qu'il hésitait à en faire la remarque et lui fit comprendre qu'il valait mieux laisser tomber.

Solange fit signe aux deux flics de s'installer sur le canapé d'angle XXL en cuir blanc, tout en continuant de pérorer. Elle était prête à tout pour retrouver Ruru ; d'ailleurs, s'il ne revenait pas, elle ne s'en remettrait jamais. Comment Nicolas avait-il pu laisser la porte ouverte ? Rien à dire : on est toujours trahi par les siens.

La propension de la veuve à ramener la discussion vers la disparition de Ruru ne facilitait pas l'audition, et son goût marqué pour les aphorismes n'arrangeait rien. Romano laissa Tellier mener la danse : il était plus patient qu'elle.

Au milieu de son bla-bla, Solange Peyrard finit toutefois par cracher quelques informations importantes. Premier point, la dépression de feu son mari numéro trois s'était aggravée depuis la mort de la mère de ce dernier, dix jours plus tôt. Il geignait à longueur de journée, disait ne pas fermer l'œil et broyait du noir. À sa connaissance, il n'avait pas consulté de médecin, d'ailleurs elle l'en avait dissuadé, dans la vie, il ne faut pas se laisser aller, du moins c'était sa façon de voir, après, chacun voit midi à sa porte. Nicolas était très attaché à sa mère, une chiffe molle que Solange Peyrard avait du mal à supporter, mais enfin les belles-mères n'avaient jamais été son truc. Depuis l'infarctus du père de Nicolas en plein tribunal, vingt ans plus tôt, sa mère était la seule famille qui lui restait. Il lui avait parlé de cet événement une seule fois, peu avant leur mariage, mais son adolescence en avait été marquée au fer rouge, et qui sait s'il s'en était vraiment remis ? « Après tout, conclut judicieusement la veuve, quand il y a un drame de la vie, c'est pas tout le monde qui réagit pareil.

– Vous pensez que quelqu'un pouvait en vouloir à votre mari ? » demanda Tellier.

La réponse fusa.

« Le patron du *Machiatto*, juste en face, était jaloux de notre réussite à en crever. Ce vieux salaud faisait courir des rumeurs ignobles, racontant partout que les cookies étaient pleins d'huile de palme et que Nicolas dopait les chats. »

Tellier et Romano jetèrent en même temps un coup d'œil dubitatif sur les trois matous endormis en rang d'oignons, à l'autre bout du canapé.

« Dopait, oui, reprit la veuve, soi-disant pour leur donner le poil plus brillant. » À part cette brute, elle ne voyait pas d'ennemi à son Nicolas, qui avait toujours été doux comme un agneau. Romano se souvint qu'elle avait utilisé la même expression pour Ruru. Au moins un point commun entre le mort et le disparu.

Côté personnalité, son mari était du genre solitaire, un peu comme un vieux loup de mer, c'est bien ça qu'on dit ? Tellier hocha la tête, tout en songeant qu'il n'était pas courant qu'on compare une seule et même personne à un loup et à un agneau, à deux phrases d'intervalle. « Nicolas ne voyait pratiquement personne, à part les clients au bar, reprit la veuve. Pour vivre heureux, vivons cachés. Son seul ami, depuis le collège, était Alex Sanchez, qui ne l'avait jamais laissé tomber, même devenu célèbre. Il lui avait même prêté un peu d'argent pour ouvrir le bar – qui avait été remboursé.

– Alex Sanchez ? répéta Tellier en notant le nom.

– Ne me dites pas que vous ne le connaissez pas ? » murmura Romano, sans laisser à la veuve le temps de réagir.

De fait, Tellier ne connaissait pas Alex Sanchez. Et ne voyait pas de raison de s'en cacher. Romano lui demanda en aparté s'il avait décidé de devenir amish, puis expliqua qu'Alex Sanchez était l'animateur phare de Télé 2, et son émission quotidienne une des plus regardées du pays. Tellier prit note d'un hochement de tête poli, convaincu qu'il ne perdait pas grand-chose. Tout comme son ex-femme, il n'avait pas la télé : encore un point sur lequel ils étaient parfaitement d'accord.

« Alex et Nicolas se sont connus au collège de Bailleul, continua la veuve, puis ont continué à se fréquenter au lycée – c'est aussi là que Nicolas a fait la connaissance de cette salope de Marion Caron, épousée à dix-huit ans, les gens feraient mieux de réfléchir avant de se marier ! Alex et Nicolas étaient inséparables, façon de parler : Alex est monté à Paris et Nicolas est revenu à Lille après un passage par Toulouse. Mais Alex venait nous voir régulièrement, au moins cinq ou six fois par an. »

En serrant la main à la veuve Peyrard, Romano souhaita de tout cœur qu'on retrouve Ruru. Tellier se dispensa de renchérir. Il avait un dévouement professionnel sans limites (surtout les semaines où les filles étaient avec sa femme), mais avait du mal avec l'hypocrisie. Surtout, il ne supportait pas que Romano dise « de tout cœur » à chaque fois qu'elle faisait sa faux cul.

4

L'ascenseur aux allures de navette spatiale ferma ses portes avec une lenteur d'escargot arthritique – sûrement le seul moyen de locomotion dont la vitesse était inversement proportionnelle à la modernité. Romano proposa de commencer par contacter Alex Sanchez, mais Tellier prit aussitôt son air pincé. Était-il inévitable que les VIP passent toujours devant les autres ?

Le énième plaidoyer de son adjoint pour un monde plus juste fit sourire Romano. Elle se rappela une histoire drôle de son père, qui se passait dans la file d'attente d'une boulangerie soviétique. Au bout d'un quart d'heure, le boulanger sort de sa boutique et annonce qu'il ne servira pas les juifs, car il n'a pas assez de pain pour tous. Un quart d'heure après, il demande aux célibataires de rentrer chez eux aussi. Une heure plus tard, il demande à tous les clients de repartir car il n'a plus rien. « Salauds de juifs, toujours les premiers ! » marmonnent deux mères de famille en repartant. De même, se faire interroger par la police avant les autres ne lui semblait pas un privilège très enviable.

« Très bien, soyons pratiques, conclut-elle, conciliante. Le serveur du *Café des chats* habite à cinq minutes du commissariat. Commençons par lui. Le patron du

Machiatto, on le verra après : je ne crois pas trop à cette histoire de vengeance. »

Tellier décida de laisser son vélo à Croix pour le récupérer en rentrant chez lui – ils étaient à deux pas du métro.

Coincé entre deux façades rénovées, l'immeuble noirâtre paraissait encore plus minable. Il était situé près du Faubourg de Béthune, dans la partie sud de Wazemmes, le coin du quartier le plus pauvre – ou populaire, comme auraient dit les guides touristiques.

L'interphone était en panne, la porte ouverte, les boîtes aux lettres rouillées, la cage d'escalier pisseuse. Romano et Tellier montèrent au pas de course, pour le plaisir de l'exercice, jusqu'au sixième étage, où l'on entendait une musique de percussion. Celle-ci s'interrompit quand Romano frappa à la porte. Un grand jeune homme mince, en jean et T-shirt noir décoloré « Le facteur Cheval, obstinément le rêve », vint leur ouvrir. Deux ou trois ans plus tôt, sa longue barbe lui aurait donné un air louche, mais ce n'était plus le cas.

Son regard, d'une gravité presque théâtrale, renforçait le côté artiste maudit. Pâleur accentuée par les cheveux noirs, joues creuses, visage allongé. On aurait dit un portrait du Greco. Même si Romano avait eu vingt ans de moins, ce n'aurait pas été son genre. Quoique. En tout cas, la veuve numéro un devait trouver qu'il allait bien avec les fontaines à galets et la musique zen, lui aussi.

Après avoir écarté précautionneusement une espèce de petite cymbale sur pied, le jeune homme fit asseoir les flics sur un clic-clac décoloré et inconfortable. Le mobilier sentait le vide-grenier mais le studio était clair et bien rangé, surtout pour un artiste, songea Romano. C'était un de ses nombreux péchés, plus ou moins mignons : elle s'abandonnait parfois à de grossiers préjugés, ceux-là mêmes qu'elle interdisait formellement à ses élèves de l'école de police. Sans trop savoir si c'était un simple jeu ou si elle y croyait un peu malgré tout. En l'occurrence, dans un studio aussi petit, l'ordre était une question de survie – elle avait choisi un T4 précisément pour se permettre un niveau de bordel confortable.

Le serveur s'assit en face d'eux, sur un tabouret décapé qui attendait peut-être d'être repeint. Il commença à parler, d'une voix hésitante. Émotion ou inquiétude, difficile à dire. La patronne lui avait appris par SMS que le patron s'était suicidé et que le café était sous scellés. Sous prétexte de lui éviter de se déplacer pour rien, plus vraisemblablement pour ne pas avoir à lui payer ses heures.

« Pour tout dire, ajouta-t-il (on sentait au tremblement de sa voix qu'il avait très envie de tout dire), cette bonne femme, tout sourire avec les clients, est parfaitement capable de chercher à économiser vingt-cinq euros alors que le corps de son mari est à peine refroidi. »

Le jeune homme s'arrêta net, comme si cette formule toute faite, prononcée sans réfléchir, l'impressionnait tout à coup. Ce corps à peine refroidi était une réalité tangible et pas seulement une expression : sans doute était-il en train de l'imaginer. Il déglutit et détourna le regard en direction de la petite fenêtre.

« Vous voulez un café ? »

Les deux flics déclinèrent mais Tellier l'invita à s'en préparer un. Le jeune homme se leva, soulagé, et remplit avec soin la petite cafetière italienne. Ces gestes rituels, auxquels ses longues mains de musicien donnaient une certaine élégance, semblaient le réconforter. Peu à peu, tandis qu'il surveillait le café sur l'unique plaque électrique, sa voix retrouvait de l'assurance.

« Le suicide du patron ne m'étonne pas plus que ça », reprit-il. Plus le bar cartonnait, plus il était déprimé : comme s'il s'en voulait de cette montagne d'argent imméritée. Dès que sa femme était hors de portée, c'était le même refrain. Non seulement c'était pas lui qui avait inventé le concept du bar à chats, mais c'était même pas lui qui avait eu l'idée de le piquer. Sans Solange, il n'y aurait jamais pensé. Souvent, il énumérait les inventeurs de génie morts ruinés et méprisés, qui auraient mérité cette chance plus que lui. Par exemple Frédéric Sauvage, l'inventeur de l'hélice hélicoïdale mort fou à quarante-cinq ans, dont il avait vu la statue à Boulogne. Et lui, pauvre type sans talent, mettait cinq malheureuses bestioles à pioncer entre les tables, comme le lui conseillait sa femme qui avait vu ça à Paris chez un type qui avait vu ça au Japon, et il se retrouvait plein aux as. Ce qui le déprimait le plus, c'était les cookies. À chaque fois qu'il en prenait un sous sa cloche en verre, il répétait que ce n'était même pas eux qui les faisaient.

Bref, entre la déprime du patron et la radinerie de sa femme, l'ambiance était plombante.

« Le patron utilisait le mot "bestioles" ? demanda Tellier, levant le nez de son bloc-notes.

– Les chats, il s'en foutait. Il s'occupait juste de les nourrir, sur ordre de sa femme. De la pâtée inondée de levure diététique, pour qu'ils aient le poil brillant : une vraie obsession. Elle passait ses journées à répéter que les clients devaient en avoir pour leur argent. Avec sa voix de maquerelle, j'avais l'impression de travailler dans un bar à putes. »

Romano adressa à Tellier un regard satisfait : son parallèle tenait la route.

« La patronne vous a dit que Ruru avait disparu ? »

Rire nerveux.

« Au moins, le patron s'est vengé avant de partir. Pour convaincre cette grosse loche de chat de fuguer, il a dû lui donner quelques bons coups de pied.

– Il haïssait sa femme à ce point ? C'est cruel, non, de se venger sur un animal ? »

Cruel, se répéta Romano tout bas. Son adjoint devait être le seul flic de Lille à utiliser un adjectif comme celui-là.

« Il faut voir ce qu'il encaissait. Dès que les clients étaient trop loin pour l'entendre, elle lui gueulait dessus. Pourtant, c'était un brave type. Il me refilait des pourboires derrière son dos.

– Et avec le patron du *Machiatto*, c'était aussi la haine ? »

Le serveur hésita avant de répondre. « Le mot haine me semble un peu fort mais le voisin d'en face n'aimait pas le patron. Un jour, je l'ai entendu dire à un habitué, avec qui il fumait sa clope sur le trottoir, qu'il aurait volontiers "noyé l'autre connard et son gendarme dans un baril de limonade de sureau". » Sans doute une façon de parler, rien de plus, un peu comme ses anciens voisins du dessous qui le menaçaient de lui faire avaler son hang. Pas étonnant que le patron du *Machiatto* ait eu les boules. Voir les gens s'agglutiner sur le trottoir en face de chez lui, pour attendre une place, ça devait le rendre dingue. Surtout qu'il avait dépensé un argent fou pour rénover l'ancien *Bar des amis*. Le succès est injuste, en tant que musicien il en savait quelque chose. Ce qui ne l'empêchait pas de jouer du hang trois heures par jour. « Avant, je faisais de la batterie, mais le hang, c'est autre chose, un instrument à part, difficile à expliquer. »

De peur que l'idée lui vienne d'essayer quand même, Romano l'interrompit. Comment le patron avait-il vécu la mort de sa mère ? Cette fois, le serveur répondit tout de suite, sans la moindre hésitation. Le jour où le patron avait appris la nouvelle, il était allé pleurer dans les toilettes toutes les cinq minutes – la patronne lui avait interdit de rentrer chez lui en disant que ce n'était pas bon de ressasser. Mais dès le lendemain, curieusement, il avait paru presque soulagé.

D'un regard, Romano et Tellier comprirent qu'ils pensaient la même chose : il avait dû prendre la décision d'en finir et se sentir apaisé. Ils regardèrent le serveur, qui continuait à tripoter ses longs doigts, plus nerveux que jamais.

« Autre chose ?

– Je ne suis pas certain, mais le lendemain de l'enterrement de sa mère, il m'a semblé qu'il sentait l'alcool. Ça n'était jamais arrivé avant.

– Hier soir, de dix-huit heures trente à dix-neuf heures, vous étiez où ? »

Romano l'avait interrompu de façon abrupte, comme elle le faisait toujours pour l'alibi. Cela déroutait ses interlocuteurs.

En l'occurrence, le jeune homme sembla plus à l'aise pour y répondre que pour parler de son patron. Il avait terminé son service à dix-huit heures et était rentré pour jouer du hang. Sa voisine du dessous lui permettait de jouer jusqu'à ce qu'elle couche son fils, à vingt heures trente. Il s'estimait heureux : ses voisins d'avant passaient leurs soirées à cogner au plafond avec un balai. Si nécessaire, elle pourrait confirmer.

« Maintenant, soupira-t-il, je vais devoir chercher un nouveau boulot. Même si le *Café des chats* rouvre, pas question d'y retourner. Avant, la patronne était pénible, maintenant, il lui faudra un souffre-douleur pour remplacer son mari et je ne suis pas candidat. Les pervers narcissiques, très peu pour moi. »

5

Romano reposa son smartphone sur la table basse en rotin et avala la dernière gorgée de son excellent double expresso. Le patron du *Machiatto* n'était pas encore arrivé mais le serveur l'attendait d'une minute à l'autre – depuis un bon quart d'heure déjà. L'employé avait proposé de le prévenir sur son portable, mais Romano avait refusé : on tirait toujours plus d'un entretien avec une personne non préparée.

En face d'elle, Tellier faisait la grimace devant son gigantesque gobelet cartonné. Malgré la faute d'orthographe qu'il n'avait pas manqué de relever, il avait tenu à tester la boisson qui donnait son nom à l'établissement : le *macchiato*. Sur le conseil du serveur, il avait choisi la variante caramel au sel de Guérande et morceaux de cookies. Sa confiance en l'humanité confinait parfois à la bêtise.

« Il manque certains éléments pour répondre aux trente-huit questions du test, mais d'après le site persnarcissique.com la veuve Peyrard pourrait bien être une PN. Pas con, notre joueur de hang. C'est génial, non, qu'un concept psychologique découvert il y a moins de vingt ans se répande aussi vite dans le grand public ? »

Tellier haussa les épaules, peu convaincu. « Franchement, je ne vois rien de réjouissant à ce que tout un chacun range ses voisins dans des cases, dont on n'est pas tout à fait sûr qu'elles existent. » Pour tout dire, il aurait préféré de loin que le « grand public » (il mit dans cette expression le peu d'ironie dont il était capable) connaisse ses conjugaisons et sache calculer un pourcentage. « Vous êtes d'accord avec moi ? »

Tellier ne finissait jamais une conversation de ce genre autrement. Pour la plupart de ses interlocuteurs, le moyen le plus sûr d'avoir la paix était évidemment de déclarer que oui, tout à fait. Mais quand Romano abondait dans le sens de son adjoint juste pour gagner du temps, il n'était pas dupe. Et comme c'était un homme de convictions, il exigeait qu'elle refasse l'argumentaire complet pour être sûr de sa sincérité.

Elle hésita sur la conduite à tenir. Il fallait à tout prix éviter que Tellier se lance sur la baisse du niveau d'orthographe et de mathématiques, un de ses sujets d'indignation favoris du moment. L'incapacité de l'institutrice de sa fille non seulement à expliquer mais même à *comprendre*, « vous entendez, commissaire, à *comprendre* les fractions », rendait le thème explosif. La cadette Tellier était tombée sur la maîtresse la plus nulle de l'école et peut-être de l'académie, que sa sœur aînée avait également subie – Romano s'en souvenait encore. Tout parent normalement constitué serait allé voir la directrice pour demander à l'éviter, mais Tellier, à l'instar de son ex-femme, aurait considéré ce genre de démarche comme un scandaleux passe-droit.

Tellier était un pur, et les purs étaient dangereux, Romano en était convaincue. En même temps, elle qui n'avait pas d'enfant en CM1 (ni d'enfant tout court) et pas non plus de conviction forte sur les apprentissages de base (ni de conviction forte tout court) observait son mélange de colère et de droiture névrotique avec la curiosité d'un expert psychiatrique, et parfois une forme d'envie. La première fois qu'elle avait vu son adjoint entrer en transe pour une faute d'orthographe sur un mot de la maîtresse de maternelle de son aînée, elle l'avait pris pour un réac. Mais comme sa diatribe suivante avait justement eu pour cible tous ses abrutis d'amis de gauche qui s'obstinaient à nier la baisse du niveau d'orthographe, elle avait eu des remords – ce qui ne lui arrivait pas souvent. Après tout, un réac n'aurait pas eu autant d'amis de gauche. Et il n'avait pas tort sur le fait que les accords du participe passé et la règle de trois étaient apolitiques. Le déni des problèmes, voilà ce qu'il faut combattre, avait conclu Tellier dans un élan à la Jaurès.

L'autre option pour écourter ses diatribes consistait à changer de sujet de conversation. Quand elle lui demandait de se remettre au travail, en général, ça marchait.

« Revenons à l'enquête. »

En signe d'assentiment, Tellier ouvrit sa sacoche verdâtre « Conseil général de l'Eure-et-Loir » ornée de son autocollant « I love RBX » (pour Roubaix, avait-il expliqué à Romano) et en sortit son bloc-notes orange de comptable. Puis il récapitula à voix haute. Romano s'y était faite : pour réfléchir, son adjoint avait besoin non seulement d'écrire mais aussi de lire ses notes tout haut. C'était un homme de rituels, il fallait faire avec. Pas plus con que les footballeurs embrassant leur médaille avant d'entrer sur le stade.

« Nicolas Peyrard, commença Tellier, était un brave pauvre type en pleine dépression, entièrement soumis à sa femme. De plus, son état de fragilité psychique, attesté par le serveur, crédibilise l'hypothèse du suicide.

– Pour quelqu'un de marié avec cette femme, interrompit Romano, le suicide serait plutôt une preuve de bonne santé psychique. Pardon, Tellier, continuez. »

Tellier, résigné à l'humour de sa commissaire, esquissa un sourire poli et reprit son résumé. La mort de Mme Peyrard mère, à qui ce bon fils ne voulait pas infliger cette nouvelle épreuve, lui permettait enfin de passer à l'acte, d'où, peut-être, son soulagement. Le suicide était donc crédible. À ceci près qu'il fallait un sacré cran pour se tirer dans le ventre, et qu'on n'était même pas sûr qu'il sache tenir un pistolet.

Côté suspect, il y avait bien le patron du *Machiatto* – Tellier baissa encore la voix par réflexe, même si les autres clients étaient loin. Au départ, il avait estimé que la vengeance du voisin jaloux du succès du bar à chats était une piste farfelue. Mais depuis qu'ils étaient sur place, l'idée prenait de la consistance.

Romano approuva de la tête et balaya le bar du regard. Le contraste entre le fiasco du *Machiatto* et le triomphe du *Café des chats* avait de quoi rendre amer, le joueur de hang avait raison. Les travaux de rénovation avaient littéralement métamorphosé l'ancien *Bar des amis*, dont Romano gardait le vague souvenir d'un sinistre boui-boui. Les banquettes de moleskine avaient fait place à des fauteuils en rotin vaguement exotiques, le petit noir à une gamme de cinq cafés parfumés proposés dans six formats et trois concentrations de lait différentes, le crépi sale à des lambris de bois clairs. Le lieu était devenu un bar contemporain en tout point conforme à la gentrification de cette partie de Wazemmes. Des classes moyennes s'installaient, attirées par la proximité du centre, le célèbre marché et le charme cosmopolite de l'ancien quartier ouvrier. De nouveaux cafés, souvent fréquentés par les étudiants, ouvraient à toute allure, sans que Romano ait le temps d'en faire le compte. Ainsi, le *Machiatto* et le *Café des chats* lui avaient échappé.

Une seule chose avait résisté à la furie rénovatrice du *Machiatto*, sans changer d'un pouce : les clients. Sans nul doute, les quelques vieux alcooliques qui s'agglutinaient à l'entrée étaient les anciens clients du *Bar des amis*, qui, avec une loyauté sans faille, avaient repris le chemin de leur repaire dès la réouverture. Tout en devisant bruyamment sur le dernier match du LOSC, ils buvaient le verre de blanc, le demi ou le petit noir qui constituait depuis vingt ans le point d'orgue de leur journée. Dans un moment de génie nostalgique, l'un de ces pochtrons avait même eu l'idée de rapprocher trois tables en rotin, de les pousser contre le mur et d'aligner les poufs en face. En somme, avec beaucoup de sournoiserie ou d'innocence, ils avaient recréé un bar.

« C'est dingue, remarque Romano, de foutre tout ce pognon par la fenêtre pour se retrouver englué avec la même bande de soiffards. »

Tellier sortit la tête de la tasse où il venait de replonger avec courage – chaque gorgée lui arrachait la grimace d'un gamin face à son sirop pour la toux.

« Pauvre gars ! Il rêvait d'embrasser le sens de l'histoire, et le voilà devenu, malgré lui, le dernier rempart contre la boboïsation du quartier !

– La boboïsation, entre nous, ce n'est pas le seul problème de Wazemmes », soupira Romano.

Tellier hocha la tête. Depuis quelque temps, le quartier avait connu une recrudescence du trafic de drogue, accompagnée de violents affrontements entre bandes.

Un type entra dans le café, lança un salut sonore à la cantonade et se glissa derrière le bar. Gros, petit, rouge et déformé du nez. Pas rénové, en somme. Le genre de personne à qui on donne d'abord la cinquantaine, avant de se corriger de dix ans en se disant qu'un type aussi ostentatoirement alcoolique doit faire beaucoup plus que son âge.

Le patron du *Machiatto* jeta sur les deux flics un regard plein d'espoir mais le jeune serveur chauve et barbu, qui semblait avoir été livré avec les meubles, le détrompa rapidement sur l'identité des nouveaux clients. Le patron disparut derrière le comptoir quelques secondes et en ressortit avec le même tablier bleu pâle que son serveur.

Il s'approcha des deux flics d'un air décidé. « Je n'aimais pas mon défunt voisin, je ne vais pas raconter d'histoires », annonça-t-il sans prendre de gants ni attendre la moindre question. Voir tout le quartier se précipiter pour boire des cochonneries dans son truc sinistre en se collant des poils de chat partout, ça ne l'amusait pas. Surtout que son chiffre d'affaires à lui ne décollait pas, alors qu'il avait un putain de crédit sur le dos pour la rénovation et la franchise.

D'un même élan, Romano et Tellier hochèrent la tête d'un air compréhensif. Le bonhomme avait même pris soin d'enfiler un filet hygiénique sur son crâne. De toute évidence, il appliquait les consignes de l'enseigne avec un soin scrupuleux.

« Alors, j'ai envié les clients et le pognon de mon voisin, ça oui. Mais entre sa femme infecte, qui pavoisait comme si elle avait découvert la radioactivité, et sa gueule de malheureux, je ne l'ai jamais envié, lui. Et c'est pas maintenant que ça va commencer. »

Pour éviter que Romano le fasse à sa façon abrupte habituelle, Tellier posa la question de l'alibi. Qui fut accueillie par le patron avec un sourire. Hier soir à dix-neuf heures, il était chez Jojo à regarder Milan AC-Juventus avec Dédé, Bébert et la femme à Bébert. Ses clients lui avaient bien proposé de se cotiser pour racheter une télé avec abonnement Eurosport, mais il avait sa dignité. De toute façon, son contrat de franchise avec Machiatto SA le lui interdisait : la télé ne rentrait pas dans le concept.

De nouveau, Tellier hocha gravement la tête. Pour une fois, les fidèles pochtrons allaient rendre service à ce brave homme, juste retour des choses.

Un coup de coude de Romano interrompit ses pensées. Elle lui mit sous le nez un SMS du lieutenant Clément, qu'elle venait de recevoir. Tellier leva les yeux au ciel.

6

Quand Romano et Tellier sortirent du *Machiatto*, ils trouvèrent la physionomie de la rue transformée. Ruru était partout, tous les deux mètres, façon Florence Aubenas et son chauffeur. Enfin, pas tout à fait. Avec un admirable sens de la mise en scène, la veuve numéro un avait décidé de montrer la bestiole sous des angles différents. Ruru attendrissant, lové sur un fauteuil, Ruru de profil, bien gras, en sumo majestueux, Ruru en gros plan, les yeux d'un jaune incroyable sur le pelage gris-bleu, façon couverture de *Vogue*. Avec un numéro de portable et toujours la même légende : IL A DISPARU, AIDEZ-MOI ! Sans oublier, tout de même, la récompense de 2 000 € annoncée elle aussi en lettres majuscules. Même brisée par le chagrin, la veuve était efficace.

Sur la porte du *Café des chats*, une feuille A4 avait été scotchée : « Fermé pour convenance personnelle, réouverture jeudi 12 mars. » Une expression inattendue pour évoquer un mari décédé, la veuve était décidément une personnalité créative. Clément se précipita pour leur ouvrir sans leur laisser le temps de frapper. Puis il referma derrière eux les deux portes successives, qui formaient le sas de sécurité destiné à empêcher les chats de s'évader.

Le scotch jaune de scène de crime avait disparu, les chats dormaient, la déco décorait, la patronne trônait : bref, le bar avait repris son apparence ordinaire. À l'exception des fontaines, qui ne glougloutaient pas. Et il manquait aussi les clients.

Tellier et Romano saluèrent Solange Peyrard rapidement, pour ne pas se laisser happer. Elle avait le nez dans des tableaux de chiffres et fit à peine attention à eux. Ils s'installèrent avec Clément à la table la plus éloignée du bar.

Le lieutenant avait le sourire banane des grands jours et frétillait de sa trouvaille. Il n'était pas pervers narcissique mais un poil narcissique tout court. L'expression « découverte majeure », qu'il venait d'utiliser dans son SMS, était une de ses formules favorites. Il tendit à Romano les raisons de son triomphe, dénichées sous le comptoir, entre une caisse de jus de goyave et un baril de limonade de sureau.

Romano enfila la paire de gants jetables que lui tendait le lieutenant (narcissique et aussi un peu servile, heureusement qu'il était sérieux par ailleurs) et s'empara du trésor comme s'il lui transmettait la flamme olympique. Un épais livre broché, intitulé *Tir d'action à l'arme de poing : Concepts, techniques et dynamiques pour un savoir-faire professionnel*, et une dizaine de pages A4 agrafées, que Romano feuilleta rapidement. Il s'agissait d'un copié-collé de pages Internet sur les différentes méthodes de suicide, glanées un peu partout. L'auteur du collage avait pris soin de recopier les adresses http des sites consultés. Parfois inattendus : Romano n'aurait pas imaginé que le *Journal des femmes* ou *Santé magazine* donnent à leurs lecteurs des tuyaux pour en finir. Il s'agissait en fait d'échanges entre internautes sur des forums de discussion, et non de publications des journaux eux-mêmes. Comme quoi, les modérateurs ne faisaient pas toujours leur boulot – même si le suicide était un moyen efficace de régler à la fois ses problèmes de santé et ses problèmes de femme.

Le livre, Romano le connaissait. Un bon ouvrage de base, qu'elle recommandait parfois à ses élèves de l'école de police. Pas tout à fait complet mais bien foutu, un peu dans l'esprit *Le Tir pour les nuls* – voilà un titre qui aurait été rigolo.

« Vous voyez, commissaire, notre victime s'est bel et bien donné la mort.

– Tout semble l'indiquer », approuva Romano en hochant la tête, tandis que Tellier faisait un rictus agacé. Il supportait mal les formules pompeuses de Clément. Qui gagnaient encore en ridicule entre mars et juin, quand son rhume des foins le faisait renifler en permanence.

« À moins que tout cela n'ait été placé intentionnellement pour accréditer cette hypothèse, remarqua-t-il.

– Possible aussi », reconnut Romano.

Toujours ménager la susceptibilité de ces messieurs.

Pendant quelques secondes, Clément lissa sa barbe d'un air désappointé. Visiblement, l'idée de faux indices n'avait pas traversé son esprit, dont l'imagination n'était pas le point fort – après deux ans, Romano se demandait encore quel était le point fort de Clément.

Au fil des années, même ses chefs les plus bouchés avaient remarqué que Romano était aussi compréhensive et tolérante avec ses troupes qu'elle pouvait se montrer incontrôlable avec sa hiérarchie. Si bien que les cas désespérés atterrissaient souvent chez elle. Ils y restaient jusqu'à ce qu'elle réussisse à les faire muter ou à les pousser gentiment vers une reconversion.

En général, la douceur n'était pourtant pas son fort. Mais elle estimait que le métier de flic était dur et qu'il était inutile d'en rajouter. Elle l'avait compris une fois pour toutes quatre jours après sa première prise de poste, quand un brigadier de son équipe s'était tiré une balle dans la tête, avec son arme de service. Plutôt brutal, comme bizutage. Elle s'était juré (ou peut-être même lui avait-elle juré tout bas à lui, en découvrant le corps) de ne pas oublier la leçon. Et puis, se consolait-elle quand l'envie lui démangeait de piquer une gueulante après des bourdes particulièrement désastreuses, le fait d'avoir quelques cerveaux limités dans son équipe était un atout pour certaines enquêtes.

« Clément, vous vérifierez les relevés bancaires de Peyrard pour voir si vous repérez une trace de l'achat de ce bouquin – on ne trouve pas ça dans la librairie du quartier. Et les interrogatoires des clients, ça donne quoi ? »

Clément retrouva le sourire, visiblement content de lui. Grâce au fichier des cartes de fidélité, il avait interrogé douze habitués du bar. Bien que non significatif d'un point de vue strictement statistique, cet échantillon lui avait permis d'établir une typologie provisoire des clients, qui esquissait déjà quelques traits intéressants.

« En âge et composition familiale, la distribution de la clientèle semble proche de celle de la population française. En matière de motivation, je propose une segmentation en quatre cohortes – ou, si vous préférez, sous-groupes. Ceux qui aiment les chats, ceux qui aiment leurs enfants qui aiment les chats, ceux qui aiment les cookies et n'ont pas remarqué qu'ils venaient de la boulangerie située à cinquante mètres, et, enfin, les dépressifs désireux de combler leur néant affectif par un contact physique avec des êtres sinon humains du moins vivants, et qui en sont d'ailleurs un peu honteux. » (Encore une similitude avec le bordel, songea Romano.)

L'ensemble des clients lui avait confirmé que le patron avait un air lugubre. Au point que deux spécimens du sous-groupe numéro quatre envisageaient de déserter l'endroit de peur d'aggraver leur état. Un autre, à l'inverse, avait augmenté la fréquence de ses visites, reconnaissant qu'il trouvait du réconfort à voir quelqu'un qui allait plus mal que lui.

La patronne était décrite comme souriante, joviale et très *commerçante* – même si certains d'entre eux se demandaient si cette amabilité était sincère. Question perspicace qui, souligna Romano, pouvait s'appliquer à l'ensemble de ce corps professionnel – le goût de Clément pour les termes pompeux était contagieux.

Après un hochement de tête satisfait, Clément ajouta qu'il avait aussi laissé un message à l'expert-comptable pour obtenir des éléments financiers sur l'activité. En attendant, il avait pris l'initiative de créer un petit modèle Excel pour faire des estimations du chiffre d'affaires à partir des commandes de cookies au boulanger. « Même en faisant l'hypothèse qu'un client sur trois achetait un cookie, ce qui me semble beaucoup, les résultats sont vertigineux. » Pour s'amuser, il avait fait un petit calcul : à raison de 0,1 % d'augmentation annuelle du point d'indice des fonctionnaires, il lui faudrait environ trois mille huit cent vingt-quatre ans d'ancienneté pour arriver au revenu de M. Peyrard.

Romano se fendit de son sourire poli tandis que Tellier soupirait, agacé que des officiers de police en service consacrent du temps à ce genre d'idioties.

La fouille et les interrogatoires du voisinage n'avaient rien révélé de plus. Le patron n'avait pas d'ennemi connu, personne ne voyait le moindre début de mobile.

Le suicide, vous dis-je, pensa Romano, qui connaissait ses classiques – sa scolarité de la maternelle à la terminale dans l'établissement privé le plus bourgeois de Bordeaux lui avait au moins apporté cela. Au détail près qu'elle imaginait mal Nicolas Peyrard, pauvre type au fond du trou, avoir la technique et le sang-froid suffisants pour tirer une balle dans son propre abdomen avec ce degré de précision. Ou alors, il avait plus de caractère qu'il ne le laissait croire.

« Le mort avait tout de même une certaine capacité à défendre ses convictions », fit remarquer Tellier, comme s'il lisait dans ses pensées. D'un geste du menton, il montra la veuve, qui promenait dans le café un immense miroir rococo à roulettes en cherchant où l'installer. Si elle avait attendu la mort de son mari pour apporter cet accessoire, c'est sûrement qu'il s'y était opposé fermement : le pauvre gars devait se retourner dans sa tombe. À ce rythme-là, le côté maison close allait écraser très vite le projet zen.

Il était presque seize heures trente, l'heure de fin de service le vendredi. Sauf urgence (et les urgences étaient fréquentes), Romano s'efforçait de respecter au mieux les horaires officiels. Elle demanda à ses deux collaborateurs s'ils avaient encore cinq minutes et sortit son portable. Martel lui confirma que l'autopsie n'aurait pas lieu avant lundi : pas de dérogation sur le FIFO. Rien à tirer non plus du spécialiste des télécoms chargé de scruter le portable de la victime, en quête d'éventuelles traces de SMS supprimés. D'ailleurs, il était sur le point de partir en week-end et entendait bien qu'on lui foute la paix jusqu'à lundi : le droit à la déconnexion était l'affaire de tous, et il avait décidé de ne plus contribuer à l'asservissement général de l'être humain à son smartphone.

Romano soupira. Si seulement elle avait pu garder le portable en question plutôt que de l'envoyer à la police technique et scientifique, elle aurait fait le boulot en un quart d'heure.

Elle libéra ses deux collaborateurs en leur souhaitant un bon week-end.

« Profitez bien de Porto et ne buvez pas trop, lui lança son adjoint en partant.

– Merci Tellier », sourit-elle.

Elle n'avait aucune intention d'aller au Portugal.

7

Il fallait mettre fin à cette comédie ridicule, décida-t-elle en rentrant à pied à son appartement. Sur le principe, elle n'avait évidemment rien contre le mensonge. C'était souvent un excellent moyen de faire plaisir, d'éviter de blesser ou de gagner du temps. Mais elle n'aimait pas l'idée de mentir à Tellier, qui lui parlait de sa vie privée avec candeur. Le mensonge était sorti comme ça, sans réfléchir, le lendemain de la fin de son idylle portugaise, pendant une nuit de planque très ennuyeuse. Son adjoint l'avait interrogée sur son programme du week-end, et elle avait répondu bêtement qu'elle allait à Porto retrouver son architecte. Un réflexe idiot, pour ne pas se confier.

Son histoire portugaise avait duré deux ans mais occupé une place réduite dans sa vie. Elle voyait peu son amant, pensait à lui encore moins. À se demander si elle n'était pas attachée aux *pasteis de nata* et à la superbe vue sur le fleuve Douro autant qu'à l'architecte lui-même. Une relation agréable, sans engagement excessif de part et d'autre. Comme elle, l'architecte était bien plus passionné par son travail que par sa vie amoureuse.

La rupture n'en était pas vraiment une : un mot bien trop mélodramatique pour leur histoire. Ou alors, tout au plus, une rupture *conventionnelle*, sans cris ni claquements de porte. Cela aurait dû être une piqûre de moustique, qui vous agace quelques jours. Pourtant, six mois après, la démangeaison n'avait pas totalement disparu. Qu'il la quitte, d'accord, mais pas pour cette raison-là. L'amour-propre, quelle plaie !

En arrivant, elle alluma son ordinateur, ravie de ce week-end qui s'annonçait parfait. Que rêver de mieux que de rester chez elle à travailler devant la cheminée ?

Romano aimait le travail d'équipe, pour la compagnie déroutante de Tellier autant que pour le goût de la construction commune. Par ailleurs, elle était convaincue de l'efficacité du collectif à certaines phases de l'enquête. Rien de plus dangereux que d'être trop sûr de soi, pour un flic comme pour un criminel. L'infaillibilité n'était tout simplement pas humaine – si les chrétiens avaient jugé utile d'inscrire dans le dogme l'infaillibilité pontificale, c'est bien qu'ils n'y croyaient qu'à moitié. Mais elle aimait aussi se retrouver en tête à tête avec son cher ordinateur, sans personne pour lui casser les pieds.

En un quart d'heure, elle eut terminé son schéma. Pour tout autre qu'elle, ce fouillis de lettres et de flèches aurait donné l'impression d'une confusion angoissante, mais la cartographie mentale offrait l'avantage de pouvoir embrasser toute l'enquête d'un seul regard. Une espèce de pense-bête sophistiqué qui lui servait de fil rouge tout au long des investigations.

Au milieu du schéma, elle avait écrit le nom de Nicolas Peyrard, dans un encadré. De là partaient différentes branches, correspondant chacune à une thématique. Les proches, avec leur mobile éventuel quand elle en voyait un. Les prochains interrogatoires à mener. Les questions. Origine du Beretta ? Compétences en tir ? Cran suffisant pour une balle dans le ventre ?

Cette question-là l'embêtait plus que les autres : elle préférait de loin les interrogations concrètes aux questions psychologiques. En bonne scientifique, elle aurait rêvé de profils de personnalité aussi irréfutables que les groupes sanguins. Un test, une réponse. Mais l'espèce humaine avait une tendance agaçante à résister à la classification, et il y aurait toujours des tordus pour ne vouloir entrer dans aucune case. En histoire de la criminologie, elle s'était passionnée pour la phrénologie, qui avait amené certains des flics et médecins les plus brillants du XIXe siècle à croire dur comme fer que le vice se lisait dans la forme du crâne. Comme quoi, tout le monde peut se tromper. Du coup, elle observait avec étonnement ses sœurs faire « tester » une partie de leur progéniture, comme un lave-vaisselle dans un laboratoire d'essais, pour déterminer si les gamins étaient précoces et/ou hyperactifs. *So what ?* Si elle-même était née trente ans plus tard, elle aurait sans doute été mise dans les deux cases à la fois. Et elle se demandait à quoi ça aurait servi.

Elle commanda une pizza viande hachée-ananas, dont la seule vue aurait rendu malade un Italien. Elle la mangea dans sa boîte, suivie d'une glace aux brisures de cookies au chocolat blanc, tout en attaquant un rapport sur l'utilisation des fichiers ADN par Scotland Yard. Le tout accompagné d'un excellent chablis acheté par l'un de ses beaux-frères chez le producteur – son talent pour trouver du bon pinard était, à ce jour, la seule qualité qu'elle lui reconnaissait. Elle décida de dormir sur le futon de la mezzanine, qui permettait d'admirer le ciel à travers le Velux : autant profiter de la pleine lune.

Le dimanche, elle poursuivit sa lecture (six cents pages, tout de même), en courant un semi-marathon sur son tapis de marche. Avec les cochonneries avalées la veille, il fallait bien ça – elle préférait faire du sport que de se priver, simple question de coûts-bénéfices.

Elle renouvela ensuite sa teinture blonde, menacée par d'insolents débuts de racines – sa seule coquetterie. À la fac de droit, il ne lui avait pas fallu une semaine pour remarquer que les trois blondes de la promotion avaient les cent vingt regards masculins rivés sur elles. Un gain de temps considérable pour un coût modique : pourquoi s'en priver ? Depuis vingt-huit ans, la blondeur était devenue une partie d'elle-même, autant que de Catherine Deneuve. Impossible de savoir quel rôle elle jouait dans son succès auprès des hommes, mais elle y contribuait à coup sûr. Cerise sur le gâteau, un collègue américain lui avait signalé qu'une étude montrait que les blondes étaient mieux payées. Romano s'était demandé pourquoi une vague de blondeur ne s'était pas répandue aussitôt sur toute la terre. Quand on vous donne un moyen simple de vous faciliter la vie, pourquoi ne pas en profiter ?

Romano posa la boîte de *pasteis de nata* sur le siège passager et hésita à mettre le gyrophare. Non, quand même. Elle avait prévu d'arriver tôt au commissariat, comme tous les lundis, mais l'épicerie portugaise n'ouvrait qu'à neuf heures. Elle profita d'un feu rouge pour arracher le papier d'emballage, qui signalait que les petits gâteaux provenaient des *Trésors du Tage*, 23 rue Édouard-Herriot, à Lille, et non de Porto.

En arrivant, elle remarqua une chiure de pigeon sur l'enseigne, au milieu du premier « o » de *Police natio-*

nale, il faudrait penser à la faire nettoyer. Elle salua Baptiste, l'adjoint de sécurité de l'accueil, qui rangeait les procurations des dernières élections dans des boîtes à archives. Avec son pot à stylos en cuir, son calendrier des pompiers, ses dossiers suspendus et son mobilier ringard et désassorti, l'accueil dégageait un climat anachronique, comme si un régisseur de théâtre avait choisi chaque élément pour reconstituer un commissariat poussiéreux à souhait. Cet aspect ringard inspirait à Romano des sentiments mélangés. En général, et notamment en matière de technologie, elle aimait être à la pointe – en informatique, son commissariat était d'ailleurs un des mieux équipés de l'agglomération. Mais ce décor désuet et un peu bordélique avait un côté, sinon chaleureux, du moins rassurant – même si les histoires qui y étaient entendues n'étaient pas moins tragiques qu'ailleurs. Dans l'idéal, il aurait fallu moderniser tout en gardant le côté bordélique : était-ce vraiment possible ?

À peine franchie la porte qui séparait l'accueil des bureaux, Clément se précipita sur elle. Tellier le marquait de près, l'air pincé. Comme souvent, elle eut l'impression d'être une mère cherchant à pacifier sa marmaille. Heureusement qu'elle n'avait pas d'autres enfants à la maison.

« Commissaire, commença Clément tout excité, l'équipe des télécoms a trouvé sur le portable de Peyrard un SMS reçu il y a trois jours d'un appareil jetable : *8 allée Jean-Jaurès 21 h 30*. J'ai vérifié : des rues Jean-Jaurès il y en a dix-neuf sur les vingt-sept communes du plan de Lille agglomération, vous vous rendez compte ? Faches-Thumesnil, Emmerin, Lomme, Loos, Wasquehal : il y a des rues Jean-Jaurès partout, et encore, je ne vous les cite pas toutes. »

Romano hocha la tête d'un air intéressé. Tôt ou tard, Clément allait en arriver au fait.

« Ah oui ? Je ne savais pas qu'il y avait une rue Jean-Jaurès à Wasquehal.

– Par contre, il y a une seule *allée* Jean-Jaurès. Et devinez quoi ? C'est cité de l'Étang, à Roubaix, un des endroits les plus craignos de l'agglomération. Ce n'est pas exactement là qu'on va faire du tourisme : à mon avis, le SMS venait d'un trafiquant d'armes contacté par la victime pour acheter de quoi mettre fin à ses jours. On va voir sur place ? »

Romano n'eut pas le temps de répondre, déjà Tellier s'en mêlait, de son ton scandalisé.

« Du haschich, je veux bien, mais du trafic d'armes à l'Étang, sûrement pas. J'ai déjeuné le mois dernier avec Masorel, le responsable de la zone de sécurité prioritaire : ça va mieux.

– C'est ça oui, et ils vont bientôt canoniser l'ensemble des habitants.

– Figure-toi que de temps en temps, les choses vont mieux. Ils ont rénové à grands coups de millions et ils ont carrément fermé le collège, qui dissuadait certaines familles de s'installer à proximité. Les gamins ont été répartis dans les collèges des alentours, entre autres celui de ma fille : une excellente idée. »

Romano retint un sourire amusé. Tellier était certainement le seul père d'élève à trouver que l'arrivée de la racaille de la cité voisine dans l'établissement de sa fille était une « excellente idée ». Pour comble, il était sûrement persuadé que tous les autres pensaient comme lui.

« Louise a accompagné Léa chez une copine là-bas, reprit-il. Un petit immeuble nickel, pas du tout craignos. Il faut arrêter avec les préjugés.

– OK, on appelle Bertin pour lui demander si on peut aller sur place, venez tous les deux dans mon bureau. Et prenez un gâteau pour passer vos nerfs. C'est plein d'œufs mais il n'y a pas de beurre : pas diététique, mais presque. Vous pouvez aussi en apporter un pour moi. »

Clément lui tendit son gâteau et s'installa sur un des vélos d'appartement. Derrière son bureau, Romano s'était aussi mise à pédaler. Seul Tellier avait dédaigné le dernier vélo pour s'installer sur une chaise.

Romano avait eu l'idée d'équiper son bureau et une partie de l'*open space* en matériel sportif, en observant chez certains agents une brioche peu compatible avec la poursuite de criminels en fuite. L'initiative avait été jugée saugrenue et vaguement humiliante. Tellier, qui courait une heure chaque matin quand il n'avait pas ses filles, avait fait remarquer que pédaler sur place, symboliquement, n'était pas terrible. Le monde n'est pas fait que de symboles, s'était contentée de répondre Romano, en montrant du menton la bedaine naissante de Clément. Elle avait fait remarquer qu'ailleurs, les gens répondaient à leurs mails pendant les réunions, ce qui les empêchait de réfléchir. Dans son commissariat, on pédalerait. Le mouvement facilitait la réflexion : la preuve, Kant s'était promené tous les jours de sa vie pour chercher des idées. Elle, en tout cas, elle avait besoin de bouger pour réfléchir, sauf quand elle était devant son feu.

Finalement convaincu, Tellier avait proposé de présenter le projet dans la catégorie « Actions expérimentales, innovation et performance ». Excellente suggestion, avait approuvé Romano en filant chez Décathlon acheter trois vélos sur ses propres deniers.

Un an et trois versions du dossier plus tard, la commission allait bientôt rendre son avis.

Le divisionnaire Bertin décrocha d'un ton courroucé. Il paraissait de mauvaise humeur, comme toujours – si bien qu'on ne savait plus vraiment si le terme de mauvaise humeur était adapté.

La demande d'aller investiguer dans le quartier de l'Étang ne l'enthousiasmait pas plus que Tellier. Pour des raisons différentes. Entre le projet de coup de filet anti-drogue et l'enquête en cours sur une filière d'apprentis terroristes en partance pour la Syrie, inutile d'aller re-foutre la merde pour enquêter sur un patron de bar à chats dépressif, qui s'était sûrement supprimé tout seul comme un grand. À l'Étang, il avait d'autres chats à fouetter, si on voulait bien lui pardonner un mauvais jeu de mots.

Romano rit poliment et proposa d'interroger d'abord Masorel, pour lui demander si on pouvait se procurer ce genre d'armes là-bas.

Le divisionnaire hésita quelques secondes. En fait, il aurait préféré de loin enterrer cette histoire tout de suite, en signant pour le suicide. Mais il avait fini par comprendre que le fait d'interdire à Romano de poursuivre une enquête était le moyen le plus sûr pour qu'elle s'acharne. Surtout depuis qu'elle était accompagnée par cet emmerdeur de Tellier, qui pour rien au monde n'aurait renoncé à son « devoir moral » – il l'avait déjà entendu plusieurs fois utiliser cette expression.

« OK, allez voir Masorel. Et pour le projet "Management par la bienveillance", c'est oui ou non ? Vous deviez me répondre la semaine dernière. »

Merde, songea Romano, qui avait complètement oublié cette histoire – cela lui arrivait souvent pour les trucs qui lui cassaient les pieds. Pour une fois que le chef lui demandait son avis, elle n'avait aucune intention d'accepter ce piège à cons. En général, il était du genre autoritaire, mais cette fois, la circulaire officielle était claire : *les régions pilotes du projet « Management par la bienveillance » doivent sélectionner un chef de projet sur la base du volontariat.* Le volontariat trouverait quelqu'un d'autre. Elle choisit l'option faux cul, version grandiloquente – elle n'aimait pas la demi-mesure.

« J'ai mûri ma décision : c'est gentil d'avoir pensé à moi mais j'ai peur de ne pas être à la hauteur. Et puis, vu ma charge de travail, mes indicateurs clés de performance risquent d'en pâtir.

– Confirmez-moi ça par écrit », conclut le divisionnaire d'un ton sec.

En raccrochant, Romano se demanda s'il fallait y voir une menace.

Elle renvoya le lieutenant à son enquête sur les comptes du *Café des chats* et retint son adjoint, sous prétexte de préparer l'entrevue avec Masorel.

« Alors Tellier, bon week-end ? »

Romano posait la question chaque lundi, non par politesse mais par curiosité sincère. Avec un intérêt pour ainsi dire anthropologique, elle suivait le feuilleton éducatif de ce père exalté, prêt à tout pour faire de ses enfants des citoyens éclairés.

« Samedi, j'ai accompagné les filles voir *Hunger Games 3*, et dimanche, pour compenser, on a visité l'exposition *Matisse* au musée des Beaux-Arts. » Tellier était très fier de son principe de « bilan carbone éducatif », que son ex-femme avait adopté avec enthousiasme. Pour ne pas ostraciser leurs deux filles, les parents leur donnaient un accès, strictement encadré, à certains divertissements populaires dans la cour de récré. Mais cette médiocrité devait être contrebalancée. De même qu'une entreprise plante des arbres pour expier ses voyages en avion, une heure des *Princes de l'amour* se payait par une exposition de peinture ou une pièce de Molière. Parfois, en pensant à sa propre enfance, Romano plaignait les petits Tellier. Les parents entièrement dévorés par leurs engagements professionnels ont au moins l'avantage de foutre une paix royale à leurs rejetons.

Il sortit du bureau et fut remplacé par Clément, qui avait retrouvé son sourire banane.

« Chef, j'ai vérifié les comptes bancaires de Peyrard depuis un an. Aucune trace de l'achat du livre sur le tir. Vous aviez raison, un coup monté sans doute. Mais je tiens une autre piste.

– Je vous écoute », l'encouragea Romano d'un sourire.

Le premier réflexe de toute personne censée était de fuir les pistes de Clément comme la peste, mais elle les écoutait toujours avec patience. Pour ne pas le vexer, mais pas seulement. La présence d'un quasi-simplet dans son équipe permettait d'ouvrir des hypothèses tordues auxquelles des cerveaux plus futés n'auraient jamais pensé. Et qui, pour être a priori peu crédibles, n'étaient pas forcément à exclure d'emblée. Quand on avait été, comme elle, major de toutes ses promotions depuis la maternelle, pas évident de se mettre dans la peau d'un abruti complet – or, un meurtrier pouvait très bien être complètement con. D'ailleurs, de nombreuses études du monde entier avaient prouvé l'intérêt de profils complémentaires dans une équipe.

Clément lui montra sur son téléphone une photo de Ruru, outrageusement suralimenté. Il l'avait récupérée sur la page Facebook de Solange Peyrard, qui publiait exclusivement des photos du persan.

« Et si Ruru était le mobile et non un dommage collatéral, comme on l'a cru depuis le début ?

– Un trafic de chats ?

– Non, une vengeance. »

Clément connaissait bien les concours de chats de race, auxquels sa tante l'emmenait quand il était petit. Les propriétaires se préparaient pendant des mois, comme les parents de candidates à Miss France – il avait aussi une nièce, du côté de sa mère, qui avait fini deuxième au concours de Miss Mazingarbe. D'où son idée : l'éleveur de Ruru n'avait pas supporté de voir son chat au pedigree aristocratique et aux trophées multiples se faire engraisser comme une oie par le couple Peyrard, qui inondait Facebook de photos du chat obèse – très mauvais pour la réputation de son élevage. En tuant le propriétaire, il faisait d'une pierre deux coups : il récupérait son chat et se vengeait.

Romano toussota, s'efforçant de garder son sérieux. Ne pas froisser la susceptibilité de ses collaborateurs était, de loin, le côté le plus usant de son travail.

« Hum. Original, mais pourquoi pas ? Un crime passionnel animalier, ça aurait de la gueule. Allez jeter un œil chez l'éleveur. »

Le lieutenant quitta la pièce, auréolé de sa gloire. Au moins, elle était débarrassée de lui pour le reste de la journée. Toujours voir le bon côté des choses.

8

Ce n'est rien, ce n'est qu'une tourterelle, ce n'est rien.

En prenant la direction d'Arras, Clément avait beau chanter avec Julien Clerc à fond, dans sa Clio de service, il avait le cœur gros. Romano n'y croyait pas du tout, à son histoire. Il l'avait bien vu, pas si con.

Pourtant, des gens plus attachés à leur caniche ou à leur chachat qu'à leurs gosses ou à leur femme, il en connaissait des tas. Alors oui, le crime passionnel animalier était une hypothèse plausible.

Du Romano tout craché. Elle essayait d'être gentille, mais de temps en temps, elle ne pouvait s'empêcher de démolir vos idées en trois mots bien trouvés.

Serrez à droite.

Dans cent cinquante mètres, tenez votre droite.

Puis tournez à droite.

Vous êtes arrivé à destination.

Pas trop tôt, se dit Clément. Entre les trombes d'eau et les cimetières militaires indiqués partout, l'Artois n'était pas très joyeux. Il pensa avec nostalgie au bassin houiller lorrain où il avait passé son enfance. Mines fermées, industries sinistrées, climat pourri : ce ne doit pas être tellement mieux là-bas, ricanaient toujours ses collègues quand il disait que cela n'avait « rien à voir ». Mais Clément n'en démordait pas, même s'il était bien en peine de s'expliquer : la Lorraine, c'était quand même autre chose.

L'imposant portail métallique était entouré d'un mur d'au moins trente mètres de chaque côté. Propriété impressionnante. Clément se moucha un grand coup et ouvrit sa fenêtre pour appeler à l'interphone. La femme qu'il avait eue au téléphone répondit aussitôt.

Il gara la Clio 2011 ayant 192 000 kilomètres au compteur à côté de trois 4 x 4 Toyota rutilants. La pluie continuant à tomber à seaux, il sortit de la voiture au pas de course et se dirigea vers la grosse demeure bourgeoise en pierre blanche – presque un château. Une sexagénaire, à queue-de-cheval grise, pull irlandais et allure sportive, descendait le perron en hâte, avec un grand parapluie et un sourire avenant.

« Entrez vite vous mettre à l'abri. Mon mari vous attend dans son bureau. »

Au chaud et au sec, ajouta mentalement Clément, sur qui le féminisme de Romano déteignait. Au grand plaisir de sa femme, qui vouait un véritable culte à la commissaire. En offrant à sa fille un lot de petites voitures au dernier arbre de Noël du commissariat, elle s'était attirée la sympathie de Romano. Prudent, Clément avait préféré garder la « Barbie coiffeuse » pour son anniversaire.

Clément suivit la femme de l'éleveur dans un couloir sombre. Les murs étaient décorés de bois de cerfs et de têtes de sangliers. Le site Internet parlait d'un *petit élevage familial guidé avant tout par l'Amour des animaux*. Comme quoi, on peut aimer les chats mais ne pas apprécier les sangliers.

La femme toqua timidement et une voix autoritaire répondit d'entrer. Elle ouvrit la porte et fit demi-tour.

Apparemment, elle n'avait pas le droit d'accès au bureau, ni à la conversation.

« Il paraît que vous enquêtez sur la disparition d'un chat de chez nous. Permettez-moi d'être un peu direct, mais la police nationale n'a pas autre chose à foutre ? »

Clément se raidit. Du fauteuil en cuir clouté dont il ne s'était pas levé pour l'accueillir, Jean-Luc Carré le regardait avec un mépris amusé, que son énorme brioche, moulée par un pull beige Ralph Lauren, semblait bizarrement accentuer. Il le prenait pour un guignol et ne cherchait pas à s'en cacher.

« Vous avez dû mal comprendre. Nous enquêtons sur un meurtre.

– Ah ! Martine n'a rien capté, j'ai l'habitude. »

Ce type avait du bol de ne pas avoir affaire à Romano, qui aurait sûrement trouvé une formule assassine. Contrairement à Clément, qui se contenta d'un regard glacial. Il sortit de son cartable la copie de l'identification de Ruru, officiellement Rubis : la veuve Peyrard avait gardé l'original, en expliquant, dans un sanglot, que c'est tout ce qui lui restait. Il informa l'éleveur que le chat avait disparu au moment où Nicolas Peyrard était mort d'une balle dans le ventre.

« Vu sa bonne femme, j'imagine qu'elle regrette plus sa bestiole que son mari. Ils étaient venus pour un chartreux mais elle a eu le coup de foudre pour Rubis. J'ai annoncé un prix qui aurait fait lâcher l'affaire à n'importe qui de sensé, mais elle a fait une scène à son mari. Le malheureux aurait sans doute payé le triple pour la faire taire. Un pauvre type, complètement écrasé par sa bonne femme – voilà ce qui arrive quand on n'annonce pas tout de suite qui est le patron. Résultat, cette petite merveille de Rubis, petit-fils de champion d'Europe et fils de champion de Grande-Bretagne, a atterri chez ces deux fous. La bonne femme le gavait à longueur de journée : bien parti pour être champion de rien du tout. Et dire que je comptais en faire notre meilleur reproducteur.

– Vous êtes resté en contact avec M. et Mme Peyrard ?

– Madame était amie avec notre page Facebook. Une idée de mon gendre, il paraît qu'aujourd'hui, on ne peut plus se passer des réseaux sociaux. C'est ma femme qui s'en charge, au moins, ça l'occupe. Elle m'a dit que l'espèce de folle publiait des tas de photos de Rubis, qui dégénérait à vue d'œil à force d'être suralimenté. Un chat dont le bide traîne par terre, sacrée publicité pour nous. »

Clément hocha la tête, tout en cherchant la question suivante. Il avait toujours eu du mal à écouter les réponses, noter et réfléchir à la suite de la conversation en même temps. Surtout quand il fallait, en plus, se moucher toutes les trois secondes : la grande plante verte du bureau ne lui réussissait pas. En l'occurrence, l'exercice était d'autant plus difficile qu'il était captivé par une grande photo de Jean-Luc Carré brandissant victorieusement, à bout de bras, une tête de gazelle. Zigouiller un animal aussi gracieux, et en être fier, quelle idée bizarre.

« Vous avez cet élevage depuis longtemps ?

– Mon métier, c'est les chiens de chasse. Comme vous le savez, je suis président de la fédération des chasseurs de l'Artois depuis quatorze ans. J'ai toujours adoré taquiner la carabine, depuis tout gosse avec mon père. »

Clément sentit l'excitation le gagner. Un expert en tir : exactement le genre du type qui aurait pu descendre Peyrard.

« Les chats, c'est autre chose. On a commencé il y a trois ans, sur le conseil de mon gendre, pour optimiser le mix produit. Un chien de chasse pour monsieur, un siamois pour tenir compagnie à l'épouse, qui attend sur son canapé en regardant *Les Feux de l'amour*. Très bien vu : ça marche du tonnerre. La seule chose que ma fille ait vraiment réussi, c'est son mariage.

– Vous faites uniquement des persans ?

– Des persans et des chartreux, toujours pour le mix produit. Les chartreux sont sociables, les persans n'aiment que leur maître : parfaitement complémentaire. Ma femme avait essayé d'expliquer ça aux Peyrard, pour les orienter sur un chartreux. Beaucoup plus adapté pour leur connerie de bar japonais. Foutre un persan dans un bar à chats, c'est comme planter un palmier sur un iceberg. Mais il n'y a rien eu à faire. »

Clément songeait qu'une fois de plus, il avait eu une intuition de merde. Un type qui parlait de ses chats comme ça n'aurait pas risqué la perpétuité pour en sauver un des griffes du couple Peyrard. Par ailleurs, le type avait un alibi : il était sous la Manche, dans un Eurostar, de retour d'un week-end de chasse chez des amis anglais.

Au moment de partir, en serrant la main du président, Clément remarqua que les cornes de la gazelle, sur la photo, étaient exactement au-dessus de sa tête, pile à la bonne taille. Sans doute une petite vengeance de Martine.

9

Comme toujours, la circulation sur l'A25 était dense, et parfois ralentie par les nombreux poids lourds venus de toute l'Europe. Le côté frontalier était une des choses que Romano appréciait le plus à Lille. Elle allait souvent boire un verre ou se promener à Courtrai, Menin ou La Panne, pour profiter de ce sentiment de léger dépaysement à une demi-heure de chez elle.

Elle prit la sortie de Bailleul et se gara sur la grand-place, au moment pile où le beffroi faisait entendre son carillon. À l'aide du plan de son portable, elle fut en cinq minutes devant l'église Saint-Vaast, en brique comme toute la petite ville, et d'une taille imposante. Bien trop grande pour cette assemblée, se dit-elle en franchissant le porche.

Elle prit place derrière le dernier rang occupé, en partie du moins, et regarda avec admiration la veuve numéro un remonter lentement la grande allée jusqu'au premier rang, en jetant des regards discrets sur le public, à droite et à gauche. Ayant provisoirement mis de côté la perte de Ruru, elle rayonnait comme une mariée.

Solange Peyrard avait investi dans une panoplie de veuve complète, des collants épais jusqu'au foulard, en passant par un chemisier stretch légèrement hors de propos. Romano observa le bouton du haut avec inquiétude : le tissu menaçait de sauter au premier sanglot. Mais rien n'indiquait qu'elle ait l'intention de sangloter.

Une cinquantaine de personnes avaient fait le déplacement. Les visages arboraient la gravité de circonstance, sans débordement d'émotion. Pulls et sweat-shirts sombres, jeans, quelques costumes chez les plus âgés. Une assemblée aussi banale que la veuve était spectaculaire. On aurait dit qu'ils ne jouaient pas dans le même film.

Au deuxième rang, Romano reconnut le serveur amateur de hang, qui se tripotait les doigts nerveusement. Quelques chaises plus loin, partiellement caché par un pilier, l'ami d'enfance de Nicolas Peyrard : le fameux Alex Sanchez. Toujours mauvaise langue, Romano aurait parié sur des lunettes noires et un costume sur mesure, mais l'animateur portait un jean noir et un pull gris : aucune ostentation. Quoique. Le col roulé, sûrement en cachemire, ne figurait pas dans la garde-robe du Bailleulois de base.

Romano était trop loin pour distinguer son visage. En revanche, elle avait une vue parfaite sur sa carrure impressionnante, mise en valeur par le pull. Sacrément bien foutu. Lui aussi aurait pu faire exploser ses boutons au premier sanglot, du moins s'il avait eu des boutons. Et elle n'aurait rien eu contre. Elle l'avait vu plusieurs fois à la télévision, en zappant au hasard, et l'avait trouvé beau gosse sans plus, un peu trop crétin bronzé – même si son émission était assez drôle. Au naturel, élevé par la gravité de circonstance, il prenait carrément du galon. Mais elle n'était pas là pour ça et n'aurait eu aucune chance : au moins quinze ans de trop.

Elle continua de balayer les rangs du regard. Pas d'autre tête connue. Marion Caron, la veuve numéro deux, avait demandé si elle pouvait maintenir une croisière de quatre jours en Méditerranée offerte à ses parents pour leurs quarante ans de mariage. Comme elle l'avait fait remarquer, sa présence à l'enterrement ne changerait pas grand-chose. Et même, vu l'état d'esprit de Solange, mieux valait peut-être qu'elle ne soit pas là.

Nouveau coup d'œil vers la porte d'entrée de l'église, avec une petite pointe d'inquiétude. En six ans de collaboration, Tellier n'avait jamais été en retard. À un enterrement, en plus. Pas du tout son genre.

Un jeune curé patibulaire fit son entrée sur la scène, en chasuble violette. Il aurait été parfait dans *Le Parrain*, enfin quelqu'un d'assorti à la veuve. Romano se demanda si Peyrard était croyant. Question idiote, Solange n'était pas du genre à s'encombrer de ce genre de détail.

La porte d'entrée grinça, Tellier la rejoignit sur la pointe des pieds.

« Désolé », murmura-t-il sans plus d'explications.

Romano avait beau être immunisée contre son accoutrement miteux, elle ne put retenir un soupir. Le pull violet peluché qui lui arrivait au nombril, manifestement victime d'une erreur de lavage, laissait entrevoir un large pan de T-shirt jaunâtre, à coup sûr victime d'une autre erreur de lavage.

Sur le plan des relations conjugales, le divorce Tellier semblait avoir peu de conséquences : à se demander même s'il n'avait pas rapproché les deux époux. En revanche, il avait entraîné une détérioration préoccupante des tenues vestimentaires de Tellier, qui partaient pourtant de bas. Comme quoi, c'était bien son ex-femme, docteur en histoire du droit, qui était en charge des lessives. Bon Dieu, songea Romano, il y avait encore du chemin.

D'un grand geste de la main, le curé mafioso invita un sexagénaire du premier rang à le remplacer au micro. « Monsieur le maire de Bailleul », annonça-t-il d'un ton mielleux.

Romano et Tellier échangèrent un regard, surpris.

« Il n'est pas en prison ? chuchota Tellier.

– Tous les pourris du monde ne sont pas en prison, je ne vous apprends rien. »

Étant un des élus de la région avec la plus belle batterie de casseroles, le maire de Bailleul était sûrement ravi d'avoir une si belle occasion de faire résonner sa voix de baryton. Une oraison funèbre, ça ne se refuse pas.

Il chaussa ses lunettes, se racla la gorge comme un artiste ferait ses vocalises, et sortit sa partition d'une poche de sa veste.

« Mesdames, messieurs, chers amis unis dans la tristesse, la disparition tragique de Nicolas Peyrard est une tragédie. »

Putain, se dit Romano, ça commence bien. C'est aussi ce que devait penser le maire, qui toussota pour cacher sa gêne, furieux de sa répétition. Il se ressaisit rapidement et repartit du même ton grandiloquent, peut-être même un demi-ton au-dessus.

« Nicolas Peyrard était un homme de bien, déclama-t-il, et même un grand bonhomme. Apprécié de tous, il était resté très attaché à ses racines bailleuloises, et revenait souvent dans sa belle ville d'origine. Récemment, le destin, qui ne lui avait pas toujours été clément, lui avait souri. D'abord, une nouvelle épouse (regard appuyé vers Solange), qui lui avait redonné goût à la vie (la preuve, songea Romano). Ensuite, la réussite éclatante de son bar à chats lillois. Un lieu où il avait fait rayonner la culture magnifique du pays du Soleil-

Levant, un succès commercial exemplaire, mais aussi bien plus qu'un succès commercial. »

Le maire avait terminé sa phrase avec un enthousiasme plus adaptée à l'inauguration d'un nouveau centre aéré qu'à une oraison funèbre. Il poursuivit sur sa lancée, avec un lyrisme joyeux pas complètement approprié pour des funérailles.

Il avait eu plusieurs fois le privilège de se rendre sur place et été séduit par ce lieu magique, offrant de la chaleur dans une société contemporaine qui générait parfois une solitude tragique. Et pourtant.

Il marqua une pause de quelques secondes. L'idée n'était pas mauvaise, mais Romano jugea le silence un peu trop long. Une demi-pause aurait suffi : un bon orateur joue de ses effets avec discrétion. Clairement, le profond soupir qui précéda la reprise était de trop.

« Et pourtant, continua le maire, celui-là même qui, par son ingéniosité, sa curiosité d'esprit, sa générosité et sa détermination, avait tant fait pour un monde moins tragiquement replié sur lui-même, fut tragiquement emporté par un accès de solitude. »

L'orateur leva les yeux de son papier et se tut quelques secondes, sans doute dans l'espoir de faire passer cette nouvelle répétition pour un effet rhétorique. Il balaya l'assemblée du regard, façon arrosage automatique, puis s'éclaircit la voix et reprit son discours avec assurance.

Ainsi en allait-il des paradoxes et mystères de cette vie qui, si souvent, nous dépassait. Au moins, Nicolas avait rejoint sa mère Gilberte, récemment et tragiquement disparue, et son père Jean-Claude, qu'il avait connu personnellement et qui avait contribué à faire de Nicolas ce qu'il était (en l'occurrence, pas une réussite complète, songea Romano).

« Nicolas, nous étions tes amis, Nicolas, nous te garderons dans nos cœurs », conclut le maire.

Émouvant comme un discours électoral. Pour un peu, on aurait applaudi.

Le curé invita ceux qui désiraient accompagner Nicolas jusqu'à sa dernière demeure à le suivre au cimetière et lut, en articulant exagérément, les coordonnées GPS : 1.39263. « Je répète : les coordonnées GPS sont 1.39263. »

« J'ai ma dose, murmura Romano à son adjoint, on prend rendez-vous avec Sanchez et on se tire. Pour le maire, on se renseigne avant de bouger.

– Ça vous ennuie si on se retrouve à Lille ? Un petit truc à voir avec ma femme. Je veux dire, avec mon ex. »

Romano scruta le visage de son adjoint, inquiète. Quand il disait *ma femme* au lieu de *mon ex*, c'était mauvais signe.

« OK. Rendez-vous au *Machiatto* dans une heure. »

Romano attendit à l'intérieur de l'église, assise à son bout de rang. Le bâtiment s'était vidé, à l'exception de Sanchez et elle. Elle le voyait de trois quarts, assis sur sa chaise en paille, la tête dans ses mains. Bouleversé, ou peut-être, pourquoi pas, en prière. Lui avait attendu d'être seul pour craquer : après le grand spectacle offert par la veuve et par le maire, le contraste était saisissant. Au bout d'une minute ou deux, il finit par se lever, traits tirés et visage tendu. Romano le suivit à quelques mètres et le rejoignit sur le perron de l'église.

Il ne l'avait devancée que de quelques secondes, mais déjà, tous les regards étaient sur lui. Une star, pas de doute. Avec sa carrure et sa gueule d'ange, il devait attirer l'attention bien avant d'être célèbre. Romano vit deux ados ultra-maquillées qui se donnaient des coups de coude en gloussant. Il fallait l'aborder avant qu'elles se décident à lui demander un autographe, ou qu'il prenne la fuite.

« Monsieur Sanchez bonjour, dit-elle en lui tendant la main, vous avez une minute ? »

Elle ne jugea pas utile de se présenter : elle avait un air d'autorité suffisant pour qu'on l'écoute sans poser de questions. Sanchez la suivit quelques mètres plus loin, jusqu'à un bout de trottoir désert, et elle lui tendit sa carte.

« J'enquête sur la mort de M. Peyrard. Et d'abord, mes condoléances, on m'a dit que vous étiez proches. »

Il la regarda d'un air interloqué.

« J'avais cru comprendre que c'était un suicide ?

– Dans une mort par arme à feu, on vérifie toujours.

– Bien sûr. Il était tellement secoué par la mort de sa mère que je ne me suis pas posé de questions : ça m'a paru évident.

– J'aimerais que vous me parliez de Nicolas Peyrard. Vous avez un moment ?

– Je dois être sur le plateau de mon émission dans trois heures : juste le temps d'attraper mon taxi et le TGV. Je peux revenir à Lille juste après, si vous voulez. »

Il fit une moue désolée assez craquante et désigna du menton une grosse Mercedes noire garée en double file, à quelques mètres.

« Disons plutôt demain soir à votre bureau, après votre émission. »

La poignée de main de l'animateur lui parut un peu plus longue que nécessaire.

10

« Beau boulot, Clément, vous savez comme moi qu'il ne faut jamais négliger aucune piste. »

Clément leva le nez de son gobelet en carton aux armes du *Machiatto* et se rengorgea.

« Vous vous rendez compte ? Sur le site de l'élevage, ils ont mis une majuscule à "Amour des animaux". Et ce type est président de la fédération des chasseurs !

– C'est sûr, le consola Romano d'une voix compatissante, on ne pouvait pas s'en douter.

– Du côté du livre sur le tir, je n'ai pas non plus grand-chose de probant. C'est pour ainsi dire un best-seller, qu'on trouve aussi bien dans les librairies en ligne que dans les armureries. Impossible de remonter jusqu'à l'achat, pour savoir si c'est bien Peyrard qui en a fait l'acquisition.

– J'ai l'impression que les brisures de cookies neutralisent le caramel, du moins le goût un peu chimique, observa Tellier.

– Tant mieux, Tellier, tant mieux. Votre rendez-vous avec votre ami Masorel, à l'Étang, ça donne quoi ? »

Tellier reposa son mug, presque vide, lui aussi aux armes du *Machiatto*. Il avait avalé son cappuccino XXL en trois gorgées, comme quelqu'un qui a besoin de réconfort. Pourvu que le boulot lui change les idées.

« D'abord, il a confirmé que ça allait mieux à l'Étang, j'avais raison. Le Lidl n'a pas cramé depuis cinq mois, le trafic est en baisse. Pour ce qui est de notre Beretta compact inox 9 x 19, il a été formel. Pas du tout le genre d'engin qui circule là-bas. En temps normal, impossible que les gars de l'Étang aient eu ce genre de modèle entre les mains.

– Et on n'est pas en temps normal ?

– Ils auraient pu racheter ça aux types qui ont fait le casse du club de tir de Tourcoing, le mois dernier. Masorel a vérifié : ce modèle figure parmi les armes volées. Possible que les types du casse aient voulu s'en débarrasser au plus vite, dans la cité même. Ce qui les intéressait, c'était les mitraillettes. Visiblement, on est sur une piste terroriste.

– Un casse au club de tir ? »

Romano tapota quelques mots sur son smartphone et le tendit à Clément.

« Vous étiez en congé de paternité. Le préfet a fermé le club pour six mois. Regardez l'article de *La Voix du Nord* : vous avez loupé quelque chose. »

Seize armes dérobées
au Club des tireurs de Tourcoing

Au Club des tireurs de Tourcoing, la consternation règne. « Tout ça parce que les coffres-forts n'étaient pas fermés comme il faut », lâche, amer, le président Robert Lefort. « À l'avenir, on va mettre en place une alarme », annonce-t-il, déterminé. Les malfrats, bien renseignés, sont repartis avec quinze pistolets et revolvers de différents calibres. Ainsi que la version civile du fusil d'assaut tchèque VZ-58, cousin de la Kalachnikov. La PJ de Lille a été chargée de l'enquête. « Des armes dans la nature, c'est toujours préoccupant », conclut un officier.

Clément lui rendit le téléphone.

« C'est vrai, ça : des armes dans la nature, c'est préoccupant.

– Un cookie au chocolat noir et aux noix de pécan, et voilà le verre d'eau.

– Merci. »

Le jeune serveur avait oublié d'enlever de son crâne le filet hygiénique qu'il avait scrupuleusement enfilé pour réchauffer le cookie surgelé. Sur son crâne lisse comme un œuf, l'effet était surprenant.

« Avec cette histoire, remarqua Clément, les gamins de la cité auraient très bien pu récupérer le Beretta. Le SMS convoquant la victime allée Jean-Jaurès pourrait être un vrai rendez-vous pour le vendre à Peyrard. »

Romano fit une moue peu convaincue.

« Mouais. Le numéro de série de l'arme du crime a été cramé mais le labo pourra peut-être le récupérer, au moins en partie : on saura si c'est oui ou non le Beretta de la cité de l'Étang. Mais le suicide, j'y crois moyen. Surtout vu l'ambiance à l'enterrement. »

Clément adressa un regard interrogatif à Romano, qui, d'un geste du menton, fit signe à Tellier de lui expliquer.

« Le maire de Bailleul était là. Dans son discours, il a dit qu'il connaissait les Peyrard père et fils.

– Avec un pro du discours comme lui, on aurait dû avoir de l'oraison funèbre classique, inodore et sans saveur : un homme de convictions, un citoyen exemplaire, à la limite une belle personne. Mais quand il est parti dans son délire sur Nicolas Peyrard, combattant pour un monde meilleur, je me suis dit qu'il avait perdu pied. »

Clément écarquilla les yeux.

« Vous voulez dire que sa grandiloquence était factice ?

– Exactement : quand on insiste trop, c'est qu'on n'y croit pas soi-même. Ma sœur, par exemple. Quand elle me dit trois fois dans la même conversation que tout va bien, je me précipite dans le TGV.

– À moins qu'il n'ait été ému par sa mort, tout simplement, observa Tellier. Même les pros de la communication peuvent être émus. Et comme ils ont l'habitude de prendre l'air ému quand ils ne le sont pas, quand ils le sont vraiment, ils s'y perdent, et nous aussi.

– En attendant, on creuse la piste politique. Clément, faites-moi une petite revue de presse sur le maire. Tellier, on va voir Sanchez à Paris demain. »

Les deux hommes se levèrent, mais Romano retint Tellier.

« Vous avez une seconde ? »

Tellier se raidit comme un gamin qui comprend qu'il va se faire engueuler.

« Bien sûr, commissaire.

– Votre retard à l'enterrement, c'était quoi ?

– Oh, rien de grave.

– Si vous aviez des problèmes, vous me le diriez ?

– Évidemment. »

Tellier devint cramoisi et prit la fuite sans même la saluer. Romano soupira. Son neveu de quatre ans mentait bien mieux que son adjoint, capitaine de police de classe exceptionnelle. Il aurait mieux valu l'inverse. Pour le bon déroulement de l'enquête et pour sa sœur. Bref. Elle n'allait quand même pas se pourrir la vie avec les enfants des autres.

11

Romano ajouta une belle bûche à sa flambée puis alluma l'ordinateur de Nicolas Peyrard, avec une pincée de culpabilité plutôt agréable. Même pas une pincée, plutôt une pointe de couteau, comme on met du curcuma dans l'omelette pour relever le goût sans laisser d'amertume. Que l'on puisse, comme Tellier, devenir flic pour punir les méchants lui semblait farfelu. Les justiciers de tout poil lui avaient toujours semblé de sympathiques hurluberlus : quelle drôle de lubie dans un monde aussi viscéralement injuste. Pour elle, le plaisir du métier ne consistait pas à punir les coupables mais à les identifier. Dans chaque crime, même le plus machiavélique et le plus brillant, il y avait au moins un grain de sable. Panique, bêtise, erreur de calcul, excès de confiance du meurtrier ou tout simplement manque de chance, le destin, auraient dit certains. Le but de Romano était simple : trouver le ou les grains de sable.

À son grand désespoir, elle voyait là l'héritage de son père, qui disait être devenu chirurgien parce que « sur la table d'opération, les patients vous font pas chier ». Les autres pensaient que c'était une boutade, elle non. Son père se contrefoutait de la relation humaine et avait choisi la médecine uniquement pour l'aspect technique et intellectuel. Il aurait sûrement fait un excellent légiste, les cadavres étant encore moins chiants que les anesthésiés.

Elle régla son imposant fauteuil ergonomique en position travail. Avec son similicuir blanc cassé et son petit bruit de moteur quand on manipulait la télécommande, il ressemblait comme deux gouttes d'eau à un fauteuil de dentiste. En le découvrant, son amant portugais l'avait traitée d'originale : le commun des mortels aurait eu horreur d'avoir un fauteuil de dentiste dans son salon. Mais l'engin en question était miraculeusement confortable, et Romano, qui y passait plusieurs heures par jour, se félicitait quotidiennement d'avoir franchi la porte de la boutique *Tout pour le dos*, véritable caverne d'Ali Baba (contrairement à ce que prétendait son architecte, elle ne l'avait pas acheté au téléachat).

En théorie, elle aurait dû confier l'ordinateur de Peyrard au service « nouvelles technologies » de la PTS, la police technique et scientifique – quand reconnaîtraient-ils qu'Internet n'était plus tout à fait une nouvelle technologie ? Mais comme le patron du *Café des chats* n'était pas exactement au cœur des priorités, elle aurait eu une semaine d'attente, au bas mot.

Cela lui donnait une excuse en béton pour jouer les hackers, un de ses plaisirs. Elle adorait bidouiller sur les logiciels libres et, quand elle pouvait, allait faire un tour aux rencontres internationales de programmeurs bénévoles. Rien ne la rajeunissait comme de se retrouver au milieu d'une bande de jeunes mâles chevelus rêvant d'un monde meilleur (les codeurs étaient surtout des hommes, mais enfin elle n'y était pour rien). Trois fois en une quinzaine d'années, la PTS avait essayé de récupérer ses talents. Mais elle n'était pas entrée dans la police pour finir derrière un écran d'ordinateur. Sous l'influence de leur père, ses deux sœurs étaient devenues des médecins sans patients – l'une en laboratoire de recherche, l'autre en interprétation d'imagerie médicale. Elle ne serait pas un flic sans victimes ni coupables.

En un clin d'œil, elle accéda à l'historique de « navigation privée », censée ne pas laisser de traces mais facile à déjouer. Rien. Nicolas Peyrard n'avait rien à cacher – ou alors il s'était rendu à la bibliothèque du coin pour surfer avec plus de discrétion.

Elle sortit la liste des sites consultés depuis un an. Toujours impressionnant de voir comment, en trois clics, la Toile mondiale vous dévoilait l'existence de n'importe quel être humain du XXIe siècle, y compris post mortem.

Aucune trace des forums offrant des tuyaux sur comment réussir son suicide, dont les meilleures pages avaient été retrouvées sous le comptoir. Théoriquement, il était possible que Nicolas Peyrard soit allé consulter les sites en question à l'extérieur. Mais cela paraissait improbable : une personne décidée à en finir n'aurait pas eu de raison de s'emmerder avec ce genre de précautions. Décidément, cet indice-là du suicide semblait de plus en plus bidon.

D'après les sites qu'il avait consultés, la vie de feu Nicolas Peyrard s'articulait autour de deux centres d'intérêt.

D'abord, l'aménagement de son bar à chats. Pendant les six mois précédant l'ouverture, il avait consacré plusieurs heures par jour à consulter les sites d'importateurs de lanternes japonaises, de fabricants de fontaines électriques, de grands maîtres du feng shui, de penseurs du bambou. Tout ça, songea Romano, pour laisser Solange bazarder le tout à grands coups de velours rouge.

La deuxième obsession de la victime était la recherche de chaussures Ramon Cuberta, modèle Double Monkstrap-Crust Calf, taille 43. Romano compta que cette quête l'avait amené sur vingt-sept sites espagnols, anglais et américains. La marque n'étant pas commercialisée par les sites français, Nicolas Peyrard avait utilisé la traduction automatique pour la présentation des produits :

Veau de croûte signifie que chaque paire de nos chaussures Double Monkstrap allie richesse de patine exquise et une intensité de gradient d'harmonica. Ce traitement coloré à la main donne à chacun de nos moines une personnalité différente. Permettre au personnel d'entretien de faire sa propre glaçure colorée.

Malgré cet argumentaire ésotérique, Nicolas Peyrard avait consacré une énergie exceptionnelle à obtenir cette paire de godasses. Le 8 mars à 1 h 07, dans un accès de désespoir, il avait failli commettre l'irréparable : commander du 44 au lieu du 43, introuvable. Mais il était revenu à la raison avant de valider son panier. Sa ténacité avait été récompensée le 6 mars à 2 h 43, sur un site californien : 943 €, option livraison rapide comprise.

Romano estima que cette quête lui avait pris trente heures de ses cinq dernières semaines sur terre. Pas de doute, la révolution numérique était un levier de progrès pour l'humanité. Le mort aurait-il fait de même s'il avait su que les semaines en question étaient les dernières ? Au moins, Romano se souvint qu'il avait été enterré avec les mocassins en question.

L'autre point intéressant était une discrète recherche sur le site des pages jaunes, dix jours avant sa mort : *Avocats spécialistes divorce*. Nicolas Peyrard n'avait parcouru que la première page de la liste, et avait fermé la fenêtre au bout de quelques secondes. N'empêche :

il commençait à envisager de se débarrasser de son bourreau.

Elle décida de jeter un coup d'œil aux comptes bancaires, pour vérifier si les estimations de chiffre d'affaires faites par Clément tenaient la route. Les versements d'espèces sur le compte du *Café des chats* étaient nombreux. Et élevés. Trois semaines avant sa mort, le montant avait atteint 6 000 euros – alors que la moyenne était aux alentours de 1 000. Ce qui, converti en litres de limonade de sureau et jus de goyave, représentait un volume impressionnant. Surtout si les règlements en liquide diminuaient, comme l'avait dit la veuve.

Elle repensa au joueur de hang, selon qui le patron n'assumait pas sa richesse : « Non seulement c'est pas moi qui ai inventé le concept, mais c'est même pas moi qui ai eu l'idée de le piquer. » Mouais. Si Nicolas Peyrard avait le pognon coupable, c'est peut-être parce qu'il n'était pas très propre. 6 000 euros : ça sentait plus le pot-de-vin que le jus de fruit bio. Le maire de Bailleul, vieil ami de papa Peyrard, l'arrosait peut-être, pour une raison ou une autre, ce qui aurait expliqué son soulagement à l'enterrement. Pourquoi pas une bonne vieille histoire de chantage ? Ou alors des règlements de comptes remontant à la génération précédente. Lâché par tous les politiques du coin, le député-maire Jean-Claude Peyrard était mort d'un infarctus le jour de sa mise en examen. Son fils de dix-huit ans n'avait peut-être jamais digéré la chose.

Il fallut à Romano dix minutes pour effacer toute trace de sa visite sur l'ordinateur. Après quoi, elle enleva avec soulagement sa paire de gants de ménage en plastique rose (elle avait passé quelques heures sur Internet à chercher des gants de plastique bleu, sans succès).

Il était temps de partir retrouver Tellier au buffet de la gare, pour faire le point et préparer l'interview de Sanchez avant le départ du TGV. Quand son adjoint était dans une mauvaise passe, elle faisait très attention de ne pas le faire attendre – vu sa ponctualité névrotique, tout retard le plongeait dans un stress disproportionné.

En l'occurrence, cette attention se révéla inutile. Au moment où elle enfilait son blouson, Tellier appela pour lui annoncer qu'une rage de dents l'empêchait de l'accompagner à Paris. « Désolé. »

Désolée, Romano l'était aussi. Pas pour l'audition de Sanchez, qu'elle ferait très bien toute seule – à vrai dire, elle n'avait rien contre un tête-à-tête. Mais cela confirmait que son adjoint était dans de grosses emmerdes. Avec sa conscience professionnelle pathologique, il fallait bien ça pour que, petit a) il sèche un interrogatoire ; petit b) il donne une excuse aussi bidon. Décidément, il lui faudrait régler cette histoire à son retour de Paris.

En attendant, elle se rassit sur son canapé et écouta le compte rendu des recherches que Tellier venait de faire sur Internet, sûrement pour atténuer le poids de sa culpabilité.

Alex Sanchez était né en 1979 à Lille, de parents chausseurs à Bailleul. Après une licence de lettres modernes, il était entré à l'école de journalisme de Lille, où il s'était lié d'amitié avec un journaliste producteur très en vogue, qui y donnait des cours pour la première fois – dans toutes ses interviews, Sanchez le présentait comme son mentor. Cette rencontre avait facilité son embauche par une chaîne du câble, juste à la fin de ses études, pour une émission de divertissement. Il avait été recruté pour les deux mois de programmation estivale mais, nouveau coup de chance, l'équipe avait justement eu besoin de renforts à ce moment-là – entre autres parce qu'une journaliste s'était suicidée. L'engagement pour deux mois avait duré cinq ans.

Au téléphone, Tellier poussa une espèce de *pff* exaspéré, et Romano comprit qu'après ce début inhabituellement sobre et factuel, il n'allait pas résister au besoin d'ajouter son grain de sel.

« C'est exaspérant, vous ne trouvez pas, ce don des personnes les plus incompétentes pour se trouver au bon endroit au bon moment ?

– Je ne voudrais pas parler comme Solange Peyrard, mais c'est bien connu : le malheur des uns fait le bonheur des autres. Est-ce que vous reprocheriez à un loser de n'avoir pas de bol ? Reprocher à quelqu'un sa chance est aussi absurde. Regardez Bernard Pivot, Michel Drucker ou toutes les grandes stars du journalisme ou de la télé : ils expliquent toujours que leur carrière a démarré par un coup de bol.

– Peut-être mais c'est triste », admit Tellier à contrecœur, avant de continuer le déroulement de carrière de Sanchez.

Le succès de sa chronique dans l'émission *Y a plus qu'à en rire* lui avait permis d'être embauché en 2011 par Télé 2. Il y avait lancé *L'Autre Journal*, émission phare de l'infodivertissement – Tellier lâcha le mot avec tout le mépris consterné dont il était capable. Sanchez y recevait des invités en tout genre, du ministre à la star de téléréalité. Il était devenu un des journalistes-animateurs les mieux payés et son émission était deuxième à l'Audimat. Chaque jour, elle était enregistrée en direct à dix-neuf heures : pile l'heure du crime. 1,2 million de témoins, voilà qui faisait un bon alibi. Sur le plan de la vie privée, l'animateur avait une réputation de don juan redoutable et était régulièrement photographié dans des boîtes avec des mannequins en vue.

Tout en remerciant son adjoint, Romano enregistra cette dernière information avec soulagement. Elle n'était ni mannequin ni en vue : rien à craindre.

Cinq minutes plus tard, pourtant, elle se traitait de tous les noms en mettant son rouge à lèvres. Sans s'en rendre compte, elle avait sorti du tiroir le *Bright Red 345* des grands jours, au lieu du *Nacré créole* du boulot. Le *Bright Red* portait bien son nom : en un coup de baguette magique, il vous métamorphosait en femme fatale – quelle que soit la sobriété de votre tenue vestimentaire. À ce titre, il était réservé à la drague.

Romano, qui se passait très bien de relations stables, faisait preuve d'un opportunisme de bon sens. Ayant peu d'énergie à dépenser pour cet aspect de sa vie, elle trouvait le *Bright Red* très efficace pour envoyer le bon message – surtout quand on l'accompagnait d'un regard explicite. Au fil des années, elle avait ainsi couché avec un nombre significatif de collègues d'autres services, des serveurs de bistro, son plombier (plusieurs fois), la majorité des amis célibataires de ses sœurs et beaux-frères, et bien sûr des moniteurs de ski, de tir et de parapente, bref, n'importe qui – qui ne soit pas impliqué dans une enquête. Vu son physique qu'elle jugeait banal, elle s'était longtemps étonnée de ses conquêtes faciles, mais les faits étaient là.

D'un coup de Kleenex énervé, elle nettoya le *Bright Red* et décida de ne pas mettre de rouge à lèvres du tout. Elle hésita à demander à Clément de la chaperonner à Paris, puis décida qu'il suffirait de faire attention. Après tout, la rupture portugaise, encore fraîche, pouvait faire office de circonstance atténuante.

Quand son architecte lui avait annoncé au téléphone qu'il préférait en rester là, elle s'était d'abord sentie soulagée. Les allers-retours commençaient à la saouler, d'autant qu'à partir d'octobre, il n'y avait plus de vol direct de Lille. Choisir un mec sans vol direct était une idiotie. Quand il avait ajouté qu'il avait rencontré quelqu'un, elle avait senti une petite piqûre d'amour-propre. Qu'est-ce que l'autre avait de mieux qu'elle ? Peut-être une localisation géographique plus pratique : lui aussi préférait sans doute les vols directs. C'est alors que l'architecte avait précisé qu'il allait se marier. Là, elle avait eu les boules.

Le soi-disant célibataire endurci, comme elle, n'attendait que la princesse charmante pour virer sa cuti. Pour comble, ce n'était pas une étudiante de vingt ans béate d'admiration devant le maître, mais une architecte australienne de son âge, qui, à en croire LinkedIn, avait construit un tas de bâtiments beaux et écologiques. Les deux tourtereaux venaient de s'installer à Sydney. Où l'architecte lui avait dit qu'elle pouvait passer quand elle voulait. Prise de risque limitée : une commissaire de police lilloise avait peu de chances de passer à Sydney.

Elle rangea les deux rouges à lèvres dans le tiroir, à côté du vibromasseur jamais déballé. L'objet provenait d'une vente à domicile chez son adorable voisine de palier, qui rêvait depuis dix ans d'une indépendance économique la libérant de son mari. Romano se rendait loyalement à chaque vente, en prenant soin de s'épargner le bla-bla et d'arriver au moment de faire les chèques. Elle avait ainsi acquis deux pleines armoires de produits Tupperware en tout genre, du pichet *MicroCook* à la passoire *Iso Tup*, et, tout récemment, le vibromasseur

Septième Ciel. Ce soir-là, en rejoignant le petit groupe de mères de famille bourgeoises terminant leur (combientième ?) verre de Spritz, l'ambiance survoltée l'avait surprise. Elle avait coché une croix au hasard. Trois ans plus tôt, dans un moment d'étourderie, elle avait commandé à sa voisine un chauffe-biberon.

Elle jeta un regard à la petite boîte en carton banalisée, avec juste son nom dessus, qu'elle oubliait toujours de mettre aux ordures. Plutôt que de fantasmer sur des témoins de l'enquête, mieux vaudrait encore déballer l'engin.

12

Même de près, le cadavre ouvert en deux était nickel. Chaque organe était parfait, digne des meilleurs manuels d'anatomie. Ces séries américaines devaient se payer de sacrés conseillers techniques.

À regret, Romano cessa de loucher sur l'écran d'ordinateur de son voisin de TGV. La trentaine, un regard de veau. Tellier, qui était prompt au diagnostic sociologique, aurait sûrement décrété qu'il avait été décérébré par un excès d'écrans en tout genre, depuis tout petit. Alors que, songea Romano, l'association du casque sur les oreilles et du chewing-gum aurait donné un air d'abruti même à Einstein.

Un petit de sept ou huit ans de l'autre côté du couloir levait régulièrement la tête de sa tablette et se penchait en avant pour jeter un coup d'œil discret sur l'ordinateur en question, où à présent la dissection battait son plein. Le père, le nez dans son portable, ne s'en apercevait pas. Ou alors il s'en foutait.

Romano se cala confortablement sur son siège, constatant que, décidément, elle adorait le train. Sans doute parce que c'était un des rares endroits où elle faisait une seule chose à la fois. En général, elle téléphonait en classant ses dossiers, lisait en courant, échangeait avec son équipe au commissariat en pédalant. Sa plus jeune sœur lui avait fait remarquer récemment, en l'écoutant raconter son week-end, qu'elle était la spécialiste du participe présent. Depuis que cette dernière s'était mise à pratiquer la méditation pleine conscience à haute dose, elle devenait pénible. Les prosélytes, quelle plaie. Comme à chaque fois qu'elle pensait à sa famille, Romano se dit qu'elle avait de la chance qu'ils soient tous à l'autre bout de la France. C'était sans doute ce qui lui permettait de les aimer autant.

Elle sortit son smartphone et découvrit un SMS du labo. Un seul chiffre du numéro de série de l'arme du crime avait pu être récupéré, mais cela suffisait à écarter le Beretta volé au club de tir. Autrement dit, le SMS convoquant Peyrard à la cité de l'Étang était sans doute, comme le livre sur le tir et les pages de conseils en matière de suicide imprimées sur Internet, une manœuvre du tueur pour camoufler un meurtre. Elle s'assura que personne ne pouvait voir son écran et téléchargea les infos sur le père de la victime envoyées par Tellier. Le premier lien renvoyait à une courte page Wikipédia consacrée à l'homme politique, surmontée d'un avertissement : « Cet article est peu documenté et ne cite pas suffisamment ses sources. »

> Jean-Claude Peyrard (1947-1997). Avocat et homme politique français, né à Bailleul (Nord), où il s'est engagé en politique à vingt-quatre ans. Élu maire de Bailleul à trente ans et député trois ans plus tard, il a été mis en examen pour abus de confiance, corruption et tentative de fraude, après un lynchage politico-médiatique d'une rare violence. Il est mort d'un infarctus au tribunal correctionnel de Lille, où il avait été convoqué dans le cadre de sa mise en examen.

Court mais nettement favorable au bonhomme : Romano se demanda si Nicolas Peyrard en était l'auteur.

D'après les archives du *Monde*, la carrière politique du député-maire de Bailleul avait démarré sur les chapeaux de roues : talent oratoire unanimement salué, confiance des vieux briscards de la politique régionale. Le brillant dauphin pérorait partout sur la nécessité de faire de la politique autrement. Chaque fois qu'un collègue de son camp ou du camp adverse était mis en cause dans une affaire, il hurlait avec les loups, et même un peu plus fort. Devoir d'exemplarité, tolérance zéro, décence, transparence totale : il était le chouchou et ne manquait pas de tribunes.

Du coup, forcément, il s'en était pris plein la tronche quand il avait été impliqué dans une histoire de corruption concernant un marché de collecte d'ordures. Les gars d'en face comme les petits copains s'en étaient donné à cœur joie : le fameux « lynchage politico-médiatique ». Jean-Claude Peyrard avait eu la mauvaise idée d'en clamser – au moins un point commun avec le vrai lynchage. Quoique, songea Romano. À voir son visage bouffi de mauvaise graisse et sa bedaine prématurée, l'infarctus lui serait peut-être tombé dessus chez lui en lisant son journal, au moment de la digestion.

En tout cas, sa mort brutale, en plein tribunal, avait un peu gâché la fête. Quand l'homme politique s'était effondré sur le banc des accusés, la greffière, secouriste expérimentée, avait tenté en vain de pratiquer un massage cardiaque. En moins d'une minute, il était mort – au moment même où le Samu entrait dans la salle d'audience. En tant que fille de médecin, Romano apprécia la performance : ce type avait un vrai sens du spectacle.

Les vacheries avaient cessé. Et on était passé du lynchage de Jean-Claude Peyrard au lynchage des lyncheurs.

Pour un gamin de dix-huit ans, passer en trois mois de fils de héros à fils d'homme corrompu puis à orphelin n'avait pas dû être simple. Alex Sanchez, qui était le meilleur ami de Nicolas Peyrard, avait dû suivre tout ça aux premières loges : il serait intéressant d'avoir sa version.

Elle ignora un appel de Tellier, qui voulait sans doute s'excuser encore de son absence, mais décida de le rappeler quand elle vit qu'il avait de nouveau tenté de la joindre.

Elle eut le plus grand mal à faire lever son voisin, absorbé par la dissection du cadavre – ils en étaient à l'exploration de l'estomac –, et dut lui tapoter sur le bras pour pouvoir rejoindre la plateforme entre les deux voitures. Là-bas, un type en costard était en pleine discussion commerciale au téléphone : « Absolument, c'est tout à fait notre cœur de métier. » Romano se mit à l'autre bout, à deux mètres, et s'adossa contre l'étagère à valises pour passer son coup de fil.

« Merci de me rappeler, commissaire. Je voulais vous dire que j'ai regardé son émission en replay. La-mentable.

– Hum hum.

– Vulgaire, facile… »

Le TGV entrait dans un tunnel, elle loupa la fin de la phrase. Le commercial en costard, qui devait avoir un autre opérateur, concluait sa conversation avec un ton sirupeux : « Avec grand plaisir, on est là pour ça, n'hésitez pas, et très belle fin de journée à vous. »

Pas de doute, elle n'aurait pas aimé être commerciale. La voix de Tellier réapparut enfin.

« Bref, vous voyez le genre. »

Un autre tunnel interrompit de nouveau Tellier, visiblement sur ses grands chevaux.

« … probité journalistique.

– Tellier, j'entends mal. Vous m'appeliez juste pour dire que vous n'aimiez pas son émission ?

– La question n'est pas d'aimer ou pas. Le problème… »

Nouvelle coupure de quelques secondes. La communication reprit au moment même où Romano allait se décider à raccrocher.

« Commissaire, vous êtes d'accord avec moi ?

– Putain, Tellier, je vous dis que j'entends rien. Filez aux urgences dentaires, on en reparle. »

Et elle raccrocha, tout en regrettant son coup bas sur les urgences dentaires. Le pauvre Tellier, sans doute rongé par la culpabilité, devait se demander si c'était du lard ou du cochon.

Le temps de capter l'attention de son voisin pour regagner sa place, elle remarqua que le petit d'en face était très occupé à décapiter des bonshommes en peau de bête. Les détails anatomiques étaient remarquablement réalistes – eux aussi devaient se payer d'excellents conseillers techniques. Un coup de bol que Tellier ne soit pas là. Sinon, il aurait sûrement branché le père sur les dangers de l'exposition prématurée aux images violentes, un de ses innombrables dadas.

La petite table vibra de nouveau, SMS de Tellier : *J'ai oublié de vous dire : hier mon ex-femme a amené Rose au bar à chats pour son anniversaire, comme convenu. Vingt minutes de queue, les affaires reprennent. Bon voyage.*

Pas étonnant, se dit Romano. Solange Peyrard n'avait pas l'air d'être du genre à sombrer trop longtemps dans la neurasthénie. Ni à faire semblant.

Elle hésita à répondre avec un mot gentil, mais le train faisait son entrée gare du Nord.

Son téléphone vibra de nouveau pendant qu'elle remontait le quai : le légiste. Elle eut droit à d'interminables explications balistiques, avec force considérations sur la trajectoire de la balle et l'énumération de lois physiques qu'elle connaissait aussi bien que lui. C'était le problème, avec ce type : les préliminaires étaient interminables, et on ne gagnait rien à essayer d'abréger. Au bout de dix minutes, Martel finit par cracher le morceau. Peyrard avait bel et bien été dégommé. Et par un champion olympique.

13

Même au milieu des autres tours de verre à peu près identiques, le siège de Télé 2 était impossible à manquer. Des lettres lumineuses au nom de la chaîne couraient sur les cinq ou six derniers étages de l'immeuble, qui devait bien en compter une trentaine.

Romano franchit l'une des portes à tambour et se trouva dans un hall d'accueil tout blanc, de la taille d'une cathédrale. Les quatre hôtesses d'accueil portaient un chignon, un tailleur noir et un foulard fuchsia strictement identiques, à mi-chemin entre des hôtesses de l'air du Concorde et Barbie femme d'affaires.

Romano attendait son tour, avec une patience inhabituelle. Le fait que le suicide soit définitivement écarté la mettait d'excellente humeur. Le suicide, elle avait horreur de ça : aucun intérêt de remuer de mauvais souvenirs.

L'hôtesse qui la prit en charge lui proposa d'assister à la fin de l'enregistrement de *L'Autre Journal*, plutôt que d'attendre l'animateur dans son bureau. D'évidence, sa vision du monde reposait sur au moins deux croyances fortes. Premièrement, c'était un immense privilège pour toute personne, quels que soient son âge, ses origines et sa profession, de voir Alex Sanchez en direct sur son plateau. Deuxièmement, et plus inattendu, une commissaire de police faisait partie des personnes à soigner. Dès que Romano avait donné son identité, elle avait enclenché le ton servile réservé aux VIP.

Une autre jeune femme, en jean ultraserré et pull chauve-souris en mohair violet, vint la chercher avec un vaste sourire. Ses boucles d'oreilles en plume noire lui descendaient jusqu'à l'épaule. Spontanément, Romano aurait pensé que sa tenue était le comble du ringard. C'était tout le problème, avec la mode : pas facile de suivre les multiples rebondissements.

Romano la suivit dans l'ascenseur vitré, puis dans un long couloir. Toutes les personnes croisées étaient très jeunes et très affairées. Romano s'était imaginé que tous seraient beaux et minces, ce n'était pas tout à fait le cas. En revanche, tous avaient un côté voyant, surligné, presque ostentatoire. Les jeans troués étaient plus troués qu'ailleurs, les jupes courtes plus courtes, les cols roulés plus roulés, les barbus plus barbus.

Une troisième jeune femme l'attendait derrière une porte vitrée, en jean collant, T-shirt taille huit ans et énormes baskets. Plus on se rapprochait du saint des saints, plus les tenues semblaient négligées, du moins pour un œil profane – les baskets en question coûtaient sans doute la moitié d'un salaire de commissaire.

Devant l'énorme porte noire, type coupe-feu, du studio 18, la nouvelle guide montra de l'index la lumière clignotante rouge, qui indiquait le tournage en cours. Il fallait la suivre sans bruit, expliqua-t-elle, puis ne plus bouger de l'endroit où elle l'installerait. La commissaire hocha la tête. Elle avait plus l'habitude de donner des ordres que d'en recevoir. Ce n'était pas désagréable.

La porte s'ouvrit sur la voix chaude de Sanchez. « Mais ça, on a l'habitude », déclarait-il, d'un ton ironique. Phrase qui déclencha un grand éclat de rire du public, réagissant comme un seul homme. On aurait dit des rires enregistrés, mais Romano était suffisamment près pour attribuer les différents gloussements aux personnes installées en demi-cercle autour du plateau violemment éclairé. Une soixantaine, pas plus, sur cinq rangs. Docile, elle s'assit au fond.

De son poste d'observation discret, Romano avait une vue idéale sur le plateau légèrement surélevé, où Sanchez trônait sur un tabouret de bar, en compagnie du prix Nobel de chimie et de quatre jeunes chroniqueurs, hommes et femmes, aux allures de top models. De nouveau, elle fut frappée par la carrure de l'animateur : un sportif, sans aucun doute. Il portait une tenue décontractée, version luxe. Les chaussures ressemblaient beaucoup aux fameuses Ramon Cuberta, en noir. Même pour un néophyte, il était facile d'y reconnaître un cuir haut de gamme, en accord avec la coupe nickel du pantalon et de la chemise blanche.

« C'est parti », annonça Alex Sanchez. Les énormes projecteurs braqués sur lui s'éteignirent, et l'épisode d'une mini-série comique quotidienne démarra sur un écran situé derrière lui. Une jeune femme à écarteur d'oreille et en jean déchiré se précipita sur la star avec une houppette, pour lui repoudrer le nez en quelques secondes. L'animateur sortit ensuite de sous la table une petite bouteille d'eau à la forme inhabituelle, d'une marque rare, et en avala une gorgée.

Une autre jeune femme du harem (sans pouvoir dire pourquoi, Romano aurait juré qu'il avait couché avec toutes) s'approcha d'un pas rapide et réarrangea d'un millimètre le réglage du col de sa chemise. Impressionnant de voir cette cour papillonner autour de lui. L'unique rejeton des chausseurs de Bailleul avait sacrément tracé sa route.

Romano avait un profond respect, pour ne pas dire un complexe, vis-à-vis de ceux qui s'étaient faits tout seuls – même si la chance les avait accompagnés. Réaction doublée d'un mépris assumé pour les « fils et filles de », auxquels elle avait échappé de justesse. C'était en partie pour ne pas devenir le « docteur Romano fille » qu'elle avait renoncé à faire médecine, contrairement à ses sœurs. Elle s'agaçait d'entendre des enfants de stars prétendre avoir dû faire leurs preuves plus que les autres. Tu parles ! Plus facile pour eux de devenir célèbres que pour un fils de commerçants.

Le film montrait deux extraits de discours de Marine Le Pen, prononcés à une semaine d'intervalle, dans lesquels elle faisait exactement à la même seconde le même calembour nul accompagné du même éclat de rire gras, en tentant visiblement de faire croire à une improvisation. Pas passionnant mais plutôt rigolo.

« À demain même heure, pour de nouvelles aventures ! » À peine prononcée la phrase rituelle, la troisième jeune femme s'approcha de Sanchez pour lui murmurer quelques mots à l'oreille. Il se dirigea vers Romano, tout sourire.

« Venez, commissaire, ne restez pas sur votre tabouret, on dirait que vous êtes punie. »

D'un geste enveloppant, il lui fit signe de le suivre. Le public et les assistants en tout genre s'écartèrent devant eux, comme la mer Rouge devant les Hébreux.

« Un café ? J'ai un Blue Mountain sublime venu directement d'un producteur biodynamique, un vrai nectar.

– Avec plaisir. »

Chaque fois qu'on lui vantait un puligny-montrachet sublime, un cacao grand cru sublime, un café sublime, ou, plus récemment, une bière artisano-locale sublime, le vieux fond sceptique de Romano rêvait de proposer une dégustation à l'aveugle, histoire de vérifier.

Sanchez la regardait, l'air amusé, comme s'il lisait dans ses pensées. Le petit sourire en coin lui faisait une fossette assez irrésistible du côté droit.

« Vous me prenez pour un snob ? Le goût de la qualité, ce doit être la seule chose que je doive à mes parents. Ils étaient chausseurs et ne cédaient jamais sur la qualité – même s'ils ont fini franchisés Mephisto. »

Romano hocha la tête en songeant à sa mère, qui ne partait jamais en vacances sans sa boîte de Russian Earl Grey de Mariage Frères et sa boule à thé. Ce à quoi Romano attribuait son goût pour le Kentucky Fried Chicken, les soupes en sachet et les bonbons garantis cent pour cent chimiques. L'éducation n'est pas une science exacte.

« Maintenant que j'ai les moyens, je m'offre toujours le meilleur, dans tous les domaines », ajouta Sanchez.

Romano se demanda s'il faisait allusion à son goût pour les femmes décoratives.

« Un double expresso, c'est possible ? »

Sans se donner la peine de répondre, Sanchez appuya sur une touche de son imposant téléphone beige à combiné, très vintage.

« Hello ma belle, tu nous apportes un double expresso et un *ristretto* ? Merci ! »

Là encore, à une certaine nuance de son ton, Romano aurait juré qu'ils avaient couché ensemble. Sanchez raccrocha sans attendre la réponse mais la sonnerie retentit aussitôt, accompagnée d'un voyant rouge clignotant.

« OK, je passe juste une tête. En attendant, apporte le café à Mme la commissaire. »

Sanchez adressa à Romano une moue désolée en ouvrant les mains, paumes en avant, dans un geste d'excuse. Le rappeur star du moment sortait d'un enregistrement et voulait le voir.

« Je comprends », sourit Romano, tout miel.

Comme s'il y avait quoi que ce soit à comprendre, songea-t-elle, agacée. En général, elle n'aurait pas apprécié qu'on la plante en plein entretien. Ce mec ne la tirait décidément pas vers le haut.

Avec une admirable discrétion, l'assistante glissa jusqu'au bureau pour apporter le fameux Blue Mountain, dans une tasse en poterie émaillée d'un blanc bleuté. Design sobre, matériau noble, sûrement hors de prix. Comme tout ce qui se trouvait dans le bureau – une pièce d'au moins trente mètres carrés, avec immense baie vitrée et vue splendide sur Paris. Estampes japonaises superbement encadrées, coin salon avec trois fauteuils Chesterfield, façon club de gentlemen anglais, bureau en chêne massif, sous-main en cuir patiné, pile de papier vélin tramé, lampe de bureau rétro : tout, absolument tout, sentait l'argent à plein nez. Même les trombones dorés évoquaient le pognon : elle n'avait jamais réalisé qu'il existait des trombones de luxe.

Le seul élément banal était une pile de journaux, quoique posés dans une sorte de bannette – qui ne s'appelait sûrement pas bannette – du même cuir patiné que le sous-main. Romano se souvint d'avoir vu, dans une série anglaise, un domestique qui repassait les feuilles du journal avant de le monter à M. le comte sur un plateau d'argent. Elle se demanda si on repassait le journal d'Alex Sanchez avant de le lui déposer sur son bureau.

Tout ce décor, typé masculin, riche et puissant, avait sur elle un effet presque intimidant. Pour ne pas rester comme une cruche à attendre le bon vouloir du maître, elle attrapa le journal du dessus, un exemplaire de *La Voix du Nord*.

« Désolé. Au moins, vous aviez de la lecture. *La Voix du Nord*, c'est mon rituel. Une façon de ne pas oublier d'où je viens, un antidote à la grosse tête : dans notre société, un animateur télé est plus admiré qu'un prix Nobel. Merci, Emma. N'est-ce pas que je suis redoutable si je ne trouve pas mon journal le matin ? »

Il déshabillait la jeune femme du regard avec une impudence que Romano trouva plutôt sympathique. Pas de faux-semblants. La jeune femme gloussa. Sanchez était du genre à faire glousser les femmes.

« Parlez-moi de Nicolas Peyrard. »

Afin de revenir à un ton plus professionnel, Romano avait parlé d'une façon abrupte, surtout pour s'adresser à quelqu'un qui venait de perdre son meilleur ami. Elle avait du mal avec les réglages, comme dans une douche où on passe du froid au chaud sans trouver la bonne température.

« On s'est connus le jour de la rentrée en cinquième, on est instantanément devenus potes, allez savoir pourquoi. "Parce que c'était lui, parce que c'était moi." »

Sanchez s'interrompit pour avaler son *ristretto* en une gorgée. Il avait cité la phrase de Montaigne comme une boutade et semblait s'être aperçu en la prononçant qu'elle était vraie. Romano eut l'impression qu'il était trop habitué à faire le malin, et avait du mal à sortir du rôle.

« Bref, reprit-il. À l'époque, la vedette, c'était lui, et moi le vilain petit canard. J'étais grassouillet, tout le collège m'appelait Bouboule. Jusqu'à ce que je devienne le pote du fils du député et qu'on me foute la paix, puis, assez vite, que je devienne encore plus populaire que lui.

En quelques mois, je suis passé du statut de pestiféré à celui de star du collège, sans trop comprendre pourquoi. Au lycée, nos parents nous ont fichus tous les deux chez les Chartreux, à Lille, dans la classe internationale. Vous voyez le genre. »

Romano, que ses parents avaient fichue chez les Maristes, à Bordeaux, dans la classe européenne, voyait très bien.

« Vous étiez bons élèves ?

– Moi oui, en lettres. J'avais décidé que c'était plus chic que d'être cancre : à quoi ça tient ! Pour faire mon malin jusqu'au bout, j'étais spectaculairement nul dans les matières scientifiques – dommage, car en fait je crois que j'aimais ça. Nicolas n'avait sans doute pas le niveau pour entrer dans cette classe mais un fils de député, ça ne se refuse pas. Jusqu'à ce que le député passe du côté des pourris. Et là, ça s'est gâté. »

Sanchez se tut.

« Une sacrée baffe ?

– Il a appris la nouvelle au lycée, par un copain de classe qui l'avait entendue à la radio, en déjeunant chez lui, un certain Arnaud. Je revois ce salopard arriver comme une flèche dans la cour et se précipiter sur Nicolas. Il était tout rouge d'avoir couru, pour être sûr d'être le premier à lui annoncer : "Les gendarmes ont perquisitionné chez toi, ton père va aller en taule." Nicolas est devenu tout blanc.

– Et vous ?

– Moi, rien. C'est resté mon pote. Les histoires de son père, rien à foutre. Quand j'ai vu le Arnaud en question tout fiérot de son scoop, j'ai même voulu le frapper. Nicolas m'a retenu, j'ai pas insisté : courageux, mais pas téméraire. Je ne faisais pas encore de boxe thaï, je n'étais plus grassouillet mais maigre comme une allumette. »

Romano retint de justesse un regard sur les biceps qui gonflaient la chemise. On avait peine à l'imaginer gringalet.

« Et les autres ?

– Beaucoup l'ont laissé tomber. Je vous ressers un café ? Sûr ? Emma, tu me refais un *ristretto*, *please* ? »

De nouveau, il relâcha le bouton de l'interphone sans attendre de réponse. Romano se demanda si l'assistante restait vissée à sa chaise en permanence pour attendre ses ordres.

« En fait, reprit-il, à part Marion et moi, tout le monde l'a lâché. Je ne sais pas ce qui a été le pire. Voir son père se faire démolir ou comprendre qu'il n'était que ça : le fils du député, le pote plein aux as qui payait des tournées. Avant que son père se prenne les pieds dans le tapis, on était les rois du lycée. On fumait des Chesterfield longues, on se sapait, bref, les fils à papa classiques, un peu petits cons mais pas méchants. »

Romano hocha la tête. « Un peu petit con mais pas méchant » : il lui semblait que, vingt ans après, l'expression le définissait encore assez bien.

« Marion, c'est sa première femme ?

– Ils se sont rencontrés au lycée, un vrai coup de foudre. Avec ses airs de jeune fille de bonne famille, Marion était franchement craquante. Ses parents dirigeaient le Sofitel mais l'avaient élevée sous cloche : elle avait l'air de sortir du couvent. Ils se sont mariés à dix-huit ans, juste après la mort du père de Nicolas – autre coup dur. Elle l'a plaqué au bout de cinq ans, il l'avait bien cherché. Après, il a galéré, côté nanas et boulot. Dès qu'il avait deux bières dans le nez, c'est-à-dire à peu près tout le temps, il reparlait d'elle, son grand amour. Il a tenu plusieurs bars en gérance, à Toulouse et à Lille. Toujours pareil : l'affaire du siècle, qui se transformait au bout de six mois en plan foireux. J'ai essayé de le conseiller, je lui ai prêté de l'argent une fois ou deux, on se donne bonne conscience comme on peut. Jusqu'à ce qu'il rencontre cette harpie et ouvre son bar à chats. Au début, je craignais le pire, mais j'ai changé d'avis peu à peu. Et puis ils n'avaient pas la licence pour l'alcool : un sacré avantage. »

Sanchez garda le silence quelques secondes. Un sourire vaguement moqueur accentuait sa fossette droite. Romano se demanda si elle avait déjà couché avec un type à fossettes.

« Résultat, reprit-il, ce con se tire une balle dans la tête. »

Romano hésita à rectifier mais se tut, en notant que Sanchez n'avait pas voulu voir le corps. Tête ou ventre, le résultat était le même. Et elle était curieuse de comprendre pourquoi tout le monde croyait aussi facilement au suicide.

« Vous pensiez qu'il allait mieux, et pourtant vous avez tout de suite cru au suicide ?

– Je pensais, oui et non. Disons que le conte de fées m'arrangeait. »

Romano songea que Solange Peyrard était une drôle de fée, mais ne fit aucun commentaire.

« La vérité, ajouta le journaliste dans une sorte de ricanement, c'est que j'en avais ras le bol de le porter à bout de bras. »

Il soupira et caressa pensivement son bracelet de cuir noir. Son regard était ailleurs, ses traits s'étaient relâchés. Comme si, pour la première fois, il tombait le masque. Elle eut l'envie idiote de lui tendre un coton pour enlever son fond de teint.

« Vous vous y connaissez, en serments ?

– Pardon ?

– Les serments, une fois que les gens sont morts, vous croyez que ça tient toujours ? »

Romano garda le silence. Il lui avait fallu longtemps pour apprendre à se taire, mais maintenant, elle savait faire.

« Il m'avait fait jurer de ne le dire à personne mais désormais, ça ne change pas grand-chose. Une semaine après la mort de son père, j'ai trouvé sur son bureau une ordonnance de Lexomil. Je lui ai demandé d'où ça sortait. Il m'a avoué qu'il l'avait bricolée lui-même en photocopiant une autre prescription, et qu'il comptait se foutre en l'air. Est-ce qu'il aurait eu le cran d'aller dans une pharmacie ? Est-ce qu'on l'aurait servi ? Est-ce qu'il aurait avalé ces cochonneries ? Je me pose ces questions maintenant, mais sur le coup, j'ai juste paniqué. J'ai déchiré le papier et je lui ai fait jurer de ne jamais faire ça. En échange, il m'a fait promettre de n'en parler à personne, et j'ai ajouté à mon serment que je ne le lâcherais jamais. Il y avait un côté théâtral, comme les gosses qui signent des trucs avec leur sang – j'ai toujours aimé faire mon intéressant. N'importe : depuis ce jour-là, je me sentais responsable. »

De nouveau, Sanchez regarda dans le vide et caressa le bracelet de cuir – peut-être un cadeau du disparu.

« À l'enterrement de sa mère, j'ai eu un choc. On aurait dit un somnambule. Même église et même cimetière que pour son père : désolé pour la psychologie à deux balles, mais c'était comme s'il revivait la scène. Ou comme s'il voyait tout le ratage de sa vie depuis ce moment-là. Solange était restée à Lille pour ne pas fermer le bar. "Tu comprends, il m'a dit, le samedi, c'est notre plus gros jour." Il n'avait même pas l'air de se rendre compte. Dix jours plus tard, quand elle m'a prévenu de sa mort, j'ai failli lui demander si elle comptait se déplacer pour l'enterrement de son mari ou si elle préférait rester derrière sa caisse. »

Décidément, songea Romano, Peyrard était le suicidé parfait. Sauf que Martel était formel : l'arme n'aurait pas atterri là si le tir était venu de sa main. Les lois physiques, contrairement à celles des hommes, étaient toujours respectées.

« Nicolas Peyrard a été assassiné. Un meurtre maquillé en suicide. »

Sanchez resta interloqué quelques secondes, puis éclata de rire. On avait l'impression qu'il aurait pu tout aussi bien fondre en larmes.

« Je me serai vraiment planté sur toute la ligne ! Dans un sens, pourtant, c'était prévisible.

– Prévisible ?

– Nicolas avait un flair dément pour les situations foireuses. Côté nanas, il tombait sur les pires garces. En affaires, il s'entourait toujours de charlots et d'escrocs, souvent les deux à la fois. Se faire dégommer, d'une certaine façon, c'est la situation foireuse ultime. Pourtant, je ne comprends pas qu'un mec aussi viscéralement inoffensif ait pu se faire haïr à ce point. Se faire plumer, oui, mais se faire tuer, ça paraît dingue.

– Vous savez quelles relations il avait avec le maire de Bailleul ? À l'enterrement, il tenait le haut de l'affiche.

– Un pote de son père, qui s'en voulait de l'avoir lâché comme les autres – peut-être parce qu'il avait profité directement de sa chute en prenant sa place à la mairie. Il essayait de se donner bonne conscience en invitant une fois par an la veuve et l'orphelin au resto gastronomique du coin. Je n'en sais pas plus. J'assume mes racines de petit provincial, mais ces notables à la Brel me font gerber.

– Nicolas Peyrard avait gardé d'autres accointances politiques ?

– Plus ou moins. Il idolâtrait sa mère et voulait qu'elle reste dans la bonne société. Je crois qu'elle jouait au bridge avec les épouses de la nomenklatura locale.

– Vous pensez qu'il aurait pu s'embarquer dans de sales affaires, style chantage ou corruption ?

– Il y a cinq minutes, je vous aurais dit que l'histoire de son père lui avait servi de leçon, maintenant, j'en sais plus rien. Il ne s'en était jamais remis : après tout, peut-être qu'il rêvait secrètement de le venger. Dans ce cas, pas étonnant que ça ait mal tourné. Il n'avait sûrement pas les qualités suffisantes pour magouiller. »

Romano imagina la tête de Tellier s'il avait entendu ce bout de phrase : l'association des termes « magouiller » et « qualités » l'aurait fait bondir.

De nouveau, Sanchez avait le regard vide. Pas facile de se rendre compte qu'on ignore tout de son copain d'enfance.

« Je vous laisse : si besoin, j'ai vos coordonnées.

– N'hésitez pas, répondit-il en jetant un coup d'œil à sa montre. Je reste boxer un peu, ça me fera du bien. Je vous présente Big Bob ? »

Il ouvrit une porte latérale et invita Romano à le suivre dans une petite salle de sport, avec des équipements dernier cri. On n'y accédait que par son bureau : autrement dit, elle était réservée à son usage personnel. Romano aurait volontiers embarqué la machine à courir.

« Commissaire Romano, Big Bob. »

Sanchez donna une bourrade amicale à un mannequin de frappe en silicone, dans un coin de la salle. Sourcils menaçants, abdos en tablette de chocolat et pectoraux impressionnants – pas tellement plus que ceux de Sanchez. Curieusement, Romano pensa à son vibromasseur. La même idée, dans un autre registre : remplacer un partenaire par un objet.

« Big Bob, c'est son nom officiel, qui était écrit sur l'étiquette. Je n'ai pas trouvé mieux. Big Bob et moi, on passe pas mal de temps ensemble. Un bon pote, qui ne me lâchera pas, ni pour s'envoyer une balle dans la tronche ni pour s'en prendre une comme un con. N'est-ce pas, *my friend* ? »

Sanchez referma la porte et ils se dirigèrent vers l'ascenseur, en parlant sports de combat et arts martiaux. Romano était fan de boxe française, Sanchez de boxe thaï.

Dans le couloir, ils croisèrent un grand type voûté qui glissait comme une ombre. Contrairement aux autres, le négligé de sa tenue n'avait rien d'étudié : poils de barbe blancs erratiques, chemise froissée, crâne chauve sur lequel était rabattue une longue mèche noir corbeau, qui paraissait teinte. Romano n'avait pas vu cette coiffure depuis son prof d'anglais de troisième. Dans le genre ringard, lui aussi avait un côté ostentatoire.

« Il faut qu'on se voie, murmura-t-il à Sanchez.

– D'ac, répondit l'animateur, désinvolte, sans ralentir. C'est le médiateur de la chaîne, expliqua-t-il à Romano, un mal nécessaire. »

D'où le style vestimentaire décalé, songea Romano. Une façon de marquer sa distance avec un monde auquel il n'appartenait pas tout à fait. Une espèce de passerelle entre le monde extérieur et le monde de Télé 2, un genre de loup dans la bergerie. Drôle de boulot.

« Vous n'imaginez pas le nombre de gens qui écrivent à la chaîne. Surtout des retraités grincheux, mais pas seulement. »

Romano repensa à Tellier, qui inondait journaux et radios de courriers furibards. S'il avait eu la télé, Télé 2 n'aurait pas échappé à sa prose. Une manie sympathique, avait-elle longtemps pensé, typique de son côté Don Quichotte. Jusqu'à ce que cette obsession de faire entendre son point de vue manque de le faire limoger, un an plus tôt. Il s'était fendu d'une longue lettre au *Huffington Post* pour dénoncer le travail administratif lié à la dernière réforme de la police. Une lettre remarquablement tournée, modérée (pour qui connaissait Tellier) et juste en tout point. Une catastrophe. Romano avait explosé. S'il tenait à apporter son grain de sel, il aurait pu garder l'anonymat – surtout depuis la mode des lanceurs d'alerte. « Vous ne pensiez tout de même pas que j'allais faire comme ces lâches qui écrivent leur blog avec un pseudo ? » s'était étouffé Tellier. Que répondre ? Romano avait promis des retours d'ascenseur, léché des bottes, bref, elle l'avait sauvé in extremis. Comme Nicolas Peyrard, Tellier avait un talent certain pour se mettre dans des situations foireuses.

Après une poignée de main ferme Sanchez lui adressa le fameux sourire à la fossette. Il avait repris le dessus. Elle le remercia infiniment de s'être rendu disponible, avec un sourire extatique.

Putain, Romano, depuis quand les flics remercient-ils infiniment les témoins d'une enquête pour meurtre de leur disponibilité ? Elle se jura de faire deux cent cinquante sauts à la corde pour se punir. Une habitude venue de ses confessions d'enfance, quand le curé faisait une espèce d'ordonnance de *Notre Père* et *Je vous salue Marie* selon le nombre de bonbons piqués dans le placard. Putain d'éducation catholique. La différence, c'est que ses punitions à elle étaient toujours utiles. Elle avait horreur du saut à la corde, mais pour le souffle, c'était irremplaçable.

14

Tellier pédalait énergiquement vers le commissariat, en tenant le guidon d'une main. De l'autre, il tirait sur son pull violet raccourci, qui remontait à chaque coup de pédale. Et merde, Romano allait encore faire une remarque sur son obstination curieuse à boycotter le programme spécial lainages malgré le petit dessin sur la machine à laver : « Vous savez, le symbole d'une pelote de laine ? »

Il n'avait pas la tête à plaisanter. Cinq minutes plus tôt, il avait promis à son ex-femme de parler des problèmes de Rose à Romano, et de la prévenir qu'il serait moins disponible pour le travail. Et maintenant, il hésitait, pris entre les deux femmes de sa vie, une fois de plus. Connaissant Romano, elle risquait de lui intimer l'ordre de prendre un congé pour s'occuper de sa fille. Sous ses dehors bourrus, elle était attentionnée, et même limite paranoïaque, dès qu'un membre de son équipe donnait des signes de faiblesse.

Pendant une longue nuit de planque pour une affaire de double homicide, Tellier avait entendu le commissaire parisien qui les accompagnait lui reprocher de trop « materner ses troupes ». Il s'était demandé si cet abruti prétentieux avait choisi le verbe exprès pour la faire sortir de ses gonds : les bons vieux stéréotypes sur les femmes. Il s'était attendu à ce que Romano parte dans une gueulante force 8, histoire de lui faire tâter de la douceur féminine. Pas du tout. Après quelques secondes de silence, elle avait parlé, d'un ton glacial, du brigadier de son équipe qui s'était foutu en l'air avec son arme de service moins d'une semaine après sa première prise de poste. Alors materner, oui, pourquoi pas, si cela pouvait éviter ça. Le commissaire parisien s'était tu : l'envie de faire le malin lui était passée. Le lourd silence avait finalement été interrompu par Romano. « Bref, avait-elle conclu, c'est de la vieille histoire, et non, son fantôme ne me hante pas toutes les nuits, n'allez pas vous imaginer des choses. » Tellier ne s'était rien imaginé du tout mais il avait enregistré l'information. Voilà sans doute pourquoi Romano, sous ses dehors brusques, avait vite fait d'expédier ses collaborateurs chez le médecin du travail, le psy, ou dans une brasserie du centre-ville, où la bière brassée sur place, à sept degrés et demi, était propice aux épanchements.

Alors maintenant, il hésitait. Valait-il mieux trahir une promesse à son ex-femme ou sa conscience professionnelle ?

Tellier attacha son vélo au poteau habituel, en face du commissariat. Pendant longtemps, il avait expliqué à qui voulait l'entendre que travailler là le dispensait d'avoir un cadenas. Mais au bout du troisième vélo disparu, il s'était résigné à en acheter un. L'enseigne *Police nationale* n'avait pas un effet dissuasif suffisant. Ou peut-être que certains ne la voyaient même pas. Elle était plutôt discrète, et, hormis les grilles aux fenêtres du rez-de-chaussée, le petit immeuble en brique du commissariat ne se distinguait en rien de ses voisins de la place.

Il avait à peine franchi la porte de l'accueil que Clément se précipitait vers lui, tout frétillant. D'un geste de la main, Tellier lui imposa le silence et lui fit signe de le suivre dans son petit bureau. Il venait de reconnaître un journaliste de *La Voix du Nord* en train de harceler le flic de l'accueil pour interviewer la commissaire. Un journal en ligne avait annoncé la veille au soir que le suicide de Nicolas Peyrard était en réalité un meurtre.

« On a trouvé une lettre anonyme dans la boîte aux lettres ! Elle est signée du nom du mort, comme une lettre d'adieu, mais elle a été postée hier, six jours après le meurtre : ce n'est pas lui qui l'a envoyée. »

Visiblement fier de son esprit de déduction, il tendit à Tellier une paire de gants puis une banale feuille A4, pliée en quatre. En voyant le visage de Clément se crisper sous l'effet d'un éternuement imminent, Tellier s'éloigna de quelques mètres. Inutile d'arroser une pièce à conviction des postillons de son collègue. En fait de lettre, il y avait surtout la photo d'un grand bâtiment triangulaire ultramoderne, tout en vitres et acier, avec une grosse enseigne lumineuse, genre Broadway : MÉMORIAL ARTOIS-FLANDRES. LA GRANDE GUERRE COMME SI VOUS Y ÉTIEZ.

Au bas de la page, une phrase dactylographiée :

Le mémorial m'a tuer.

Nicolas Peyrard

« Vous avez vu la faute ? On a affaire à un corbeau pas très cultivé ! »

Tellier expliqua d'un ton las l'allusion au célèbre *Omar m'a tuer*, retrouvé en lettres de sang près du corps de Ghislaine Marchal, et qui avait fait condamner son jardinier Omar Raddad. Clément déclara d'un air pincé n'en avoir jamais entendu parler. En 1991, ajouta-t-il, tout content de son calcul, il avait quatre ans.

Tellier soupira et faillit lui faire remarquer qu'il était possible, et même recommandé, de s'intéresser à certains événements ayant précédé sa naissance. À quoi bon ?

S'il racontait ses problèmes familiaux à Romano, la malheureuse risquait de se retrouver seule sur l'enquête avec cet abruti. Tant pis : il fallait tenir la promesse faite à Louise.

« La commissaire est dans son bureau ?

– Elle termine un semi-marathon chez elle, sur son tapis, et sera là dans une demi-heure. Je viens de lui envoyer une revue de presse sur le projet de mémorial Artois-Flandres, elle la lit en courant et on peut l'attendre dans son bureau. Je vous ai fait une copie aussi. »

Clément lui remit une quinzaine de pages imprimées. Il aimait le papier, sans doute parce que cette accumulation rassurante de pages palpables lui semblait mieux valoriser son travail.

L'idée d'un mémorial dédié à l'Artois et aux Flandres venait du maire de Bailleul. Il l'avait évoquée publiquement pour la première fois le 11 novembre 2016. Au milieu des discours et événements commémoratifs en tout genre, l'information n'avait pas fait grand bruit. Quelques lignes dans *La Voix du Nord*, édition de Bailleul, et un court article dans l'édition de Béthune-Bruay, pour saluer cette initiative qui sensibiliserait le grand public sur des batailles moins célèbres que Verdun, la Marne ou la Somme. Le journaliste citait quelques affrontements, à titre d'exemples, précisait-il : Arras, les deux batailles de l'Artois en 1915, dont la première avait fait plus de cent mille morts, ou encore la bataille de Vimy en 1917. Les Flandres françaises n'étaient pas en reste, depuis la « course à la mer » du début du conflit jusqu'aux offensives (allemande, puis alliée) de 1918.

Ensuite, plus rien. Jusqu'au branle-bas de combat déclenché un an plus tard par *Le Canard enchaîné*. Dans le cadre d'une mission exploratoire sur le projet de mémorial Artois-Flandres, le maire comptait se faire payer un séjour à Las Vegas pour repérer les meilleurs spécialistes du carton-pâte et des effets spéciaux. Le billet d'avion était réservé, et le journal en avait publié une copie.

D'abord financier, le scandale avait tourné à la polémique historique. L'un des historiens les plus connus du pays avait signé une tribune dénonçant l'indécence du projet. Qui comportait, entre autres, l'éclatement de faux obus, des jeux vidéo et des projections en 3D mêlant images de synthèse et archives colorisées.

Affreux, songea Tellier en frissonnant. Si cette monstruosité avait vu le jour, ses filles auraient sûrement eu droit à une visite avec le collège.

Le maire avait organisé sa défense autour de la sensibilisation du public et du devoir de mémoire. Est-ce que, dans notre monde si violent, tous les moyens ne devaient pas être utilisés pour dénoncer la brutalité des conflits ? Ne devait-on pas éviter à tout prix que les jeunes générations retombent dans les mêmes errances ?

Tellier songea à Dorgelès, Genevoix, Jules Romains et tant d'autres, qui avaient vécu l'horreur en question et l'avaient racontée de façon terrifiante et bouleversante. Il se souvint aussi du mémorial du Linge, visité au hasard d'un séjour avec Louise en Alsace, avant la naissance des filles. Un modeste mémorial associatif à la muséographie démodée : quelques uniformes de poilus sous des vitrines poussiéreuses, des panneaux explicatifs au style désuet, quelques douilles d'obus décorées. Et un modeste pré, dans lequel on avait conservé quelques tranchées. Français et Allemands s'étaient disputé le pré en question pendant deux mois, pas grand-chose. Le temps d'y laisser dix-sept mille cadavres. À ce stade, les deux parties s'étaient lassées de la plaisanterie. Et chacun était resté de son côté. Tellier se souvenait d'un des cartels mentionnant « des combats particulièrement meurtriers pour des gains territoriaux minimes ». Un pré, oui, on pouvait appeler ça un « gain territorial minime ». Ni 3D ni faux bruits d'obus : juste un pré ponctué de quelques fossés, des chants d'oiseaux et dix-sept mille fantômes. Comment imaginer raccourci plus glaçant de la connerie de la guerre ?

Et voilà, un siècle après, un charlot projetait la création d'un « Tranchéeland » obscène, pour se faire mousser et développer le commerce local. Dieu merci, le projet n'avait pas vu le jour. Tellier était certain qu'il serait passé comme une lettre à la poste si ce scandale de déplacement à Las Vegas ne l'avait pas plombé. Mais avec une telle entrée en matière, difficile de contester l'accusation de mauvais goût.

Le maire l'avait bien compris, et avait eu la sagesse de retourner sa veste. Il ne s'agissait que d'un préprojet : d'ailleurs, il avait l'intention de constituer une commission scientifique pour valider la pertinence du contenu. Sans doute connaissait-il la phrase de Clemenceau : « Si vous voulez enterrer un problème, nommez une commission. » De fait, l'affaire était plus ou moins tombée dans les oubliettes, sans même que la commission en question soit créée – il avait suffi de l'évoquer. Six mois plus tard, le maire avait annoncé l'abandon du projet dans un bref communiqué, officiellement pour raisons budgétaires. N'empêche : l'enterrement de son œuvre majuscule, censée devenir sa pyramide de Gizeh personnelle, avait dû être un camouflet.

« Regardez ce que ma belle-sœur m'a envoyé ! claironna Clément. Je vous ai fait une copie.

– Votre belle-sœur ?

– Elle travaille à la mairie de Bailleul. Depuis que le maire lui a trouvé une place en crèche pour ses jumeaux, elle est une vraie fan. Je lui ai dit que si elle nous envoyait quelques billes, ça éviterait peut-être une perquisition. »

Tellier se garda de tout commentaire. Clément s'était avancé bien au-delà de ses compétences. Si la perquisition avait lieu, il se débrouillerait avec sa belle-sœur.

La note, rédigée par une agence de scénographie, était intitulée « Premières intentions pour le mémorial Artois-Flandres ». En grosses lettres rouges, sur la page de garde, figurait la mention *Confidentiel*. L'introduction soulignait la force pédagogique de la reconstitution et présentait le parti pris : donner au visiteur un aperçu de l'extrême violence des combats.

Le cœur du projet était un jeu vidéo, qui commencerait par un tirage au sort de la nationalité, destiné à faire comprendre que les souffrances avaient été les mêmes des deux côtés. La technologie reposerait sur la réalité augmentée et nécessiterait tablettes, casques et lunettes 3D. Tous les sens seraient mobilisés : odeur de putréfaction, frôlements des rats, « vrais-faux obus », qui reproduiraient l'ambiance sonore sans pour autant exposer les visiteurs à des risques de dommages auditifs. Le jeu serait scénarisé, dans l'esprit d'une websérie.

La note proposait ensuite un synopsis pour le *trailer* du premier épisode. La première image serait un écran coupé en deux : à gauche, la photo d'un jeune homme, prise avant la guerre ; à droite, la photo de son cadavre atrocement mutilé.

La dernière partie du document énumérait des propositions de slogan :

Une plongée dans l'apocalypse

Venez vivre l'enfer de la Grande Guerre

La Grande Guerre comme si vous y étiez

La Grande Guerre en première ligne

L'enfer de l'Artois comme si vous y étiez

Plongez au cœur de l'horreur

Venez vivre l'enfer des tranchées

Le mémorial de l'Artois : une expérience à vivre

Vivez l'expérience du poilu – vous n'en sortirez pas intact !

Sa lecture terminée, Tellier reposa les feuilles au bout du bureau, comme s'il avait peur d'être contaminé. La porte s'ouvrit énergiquement : Romano.

« Vous avez vu ça ? se précipita Tellier, encore sous le coup de l'émotion.

– Je me demande si ce n'est pas un peu *too much*, en effet. »

Tellier en eut le souffle coupé. Sa commissaire et lui n'étaient pas du même moule, il l'avait compris depuis longtemps. Plus d'une fois, ses airs blasés l'avaient exaspéré et il lui en avait voulu de ne pas partager ses emportements. Pourtant, il avait toujours pensé qu'ils étaient d'accord sur l'essentiel. Et voilà que ce projet à vomir ne lui répugnait même pas.

« Un peu *too much*, répéta-t-il, incrédule, ne sachant par où commencer. Et pourquoi pas "Shoahland : les fours crématoires comme si vous y étiez" ?

– Tellier, calmez-vous, je plaisantais. C'était pour détendre un peu l'atmosphère. Respirez bien, relâchez vos épaules. Et oui, je suis d'accord avec vous. Inutile de me poser la question dix fois. »

Tellier lui adressa un regard mi-soulagé, mi-furibard. Surtout furibard. Pour détendre l'atmosphère, c'était réussi. D'ailleurs, il ne voyait pas du tout l'intérêt de détendre l'atmosphère. Dans les tranchées de l'Artois, l'atmosphère n'était pas détendue.

« OK, reprit Romano, le projet était ignoble, il a été abandonné, tout va bien. Vous m'entendez, Tellier ? C'est fini. Donnez-moi ce dossier, arrêtez de vous faire du mal et mettons-nous au boulot. Qu'est-ce que notre patron de bar à chats dépressif vient foutre dans cette histoire ? »

Tellier hocha la tête. Il fallait se calmer et se remettre à l'enquête. Le travail était le meilleur antidote à tous les problèmes – ceux du monde et les siens.

Romano enleva le capuchon de son marqueur et s'approcha du tableau blanc.

Le mémorial m'a tuer, écrivit-elle pour lancer le débat.

« Clément, qu'est-ce que ça vous inspire ?

– Nicolas Peyrard a peut-être soutenu le projet, et été tué par une personne qui y était hostile ?

– C'est une première hypothèse », le remercia Romano. Elle la nota au tableau en s'appliquant. « Mais, ajouta-t-elle en se retournant, le mémorial en question a été vite abandonné et n'a jamais vu le jour.

– Ou alors, à l'inverse, il a été tué pour avoir fait planter le projet.

– Hum hum, c'est une autre option. »

Romano nota de nouveau puis se tourna vers Tellier, qui bougeait la tête de droite à gauche tel un balancier tout en marmonnant dans sa barbe. « L'enfer de l'Artois comme si vous y étiez », l'entendit-elle murmurer.

« Tellier, vous en dites quoi ?

– Désolé, je n'ai pas entendu la fin.

– Venez noter au tableau, ça vous apprendra. Les poilus sont morts, et nous, on a besoin de vos neurones. »

15

Un dos blond et velu : deux ans après, c'était la seule chose dont Romano était sûre. Sans doute à cause de sa rareté. Les fortes pilosités sont plus fréquentes chez les bruns. Elle avait rencontré ce type deux ou trois fois, peut-être quatre, toujours au Mercure de Dijon centre-gare – une enquête sur un tueur en série cannibale lui avait fait faire quelques promenades en Bourgogne. Soirées sympas au resto, parties de jambes en l'air ni mémorables ni désastreuses. Toujours dans sa chambre à lui, plus confortable que la sienne : toutes choses étant égales par ailleurs, mieux vaut s'envoyer en l'air au Mercure qu'à l'Ibis. Les vétérinaires sont mieux logés que les commissaires de police. Juste ou pas, c'était un fait. Aller dans sa chambre à lui évitait aussi le risque de croiser Tellier, que les coucheries de sa chef mettaient toujours mal à l'aise – même si sa rigidité morale ne s'étendait pas à ce domaine. Dernier avantage, de loin le plus important, cela lui permettait de repartir quand elle voulait.

Elle balança son gobelet vide dans la poubelle et, tout en s'étirant, posa les deux pieds sur son bureau. La pose faisait un peu shérif de western mais c'était la plus confortable : tant pis pour le reste.

Ah oui, elle se souvenait aussi d'une large alliance assez bling-bling – toujours mieux que de la planquer comme un imbécile. Romano avait une préférence pour les hommes mariés, statistiquement moins collants – elle n'était pas chargée de la moralisation de la vie conjugale du pays.

Elle relut le SMS. Le blond velu, prénommé Jean-Jacques, venait de s'inscrire pour une formation sur la chirurgie orthopédique canine à Lille, deux jours par mois pendant un an. Zéro déplacement, discrétion assurée, pas de risque de dérapage sentimental. Pourquoi pas ? Elle envoya un *OK 20h* laconique – cette histoire promettait d'être globalement laconique. Puis elle hésita à enregistrer dans son répertoire le numéro du fameux Jean-Jacques mais jugea la chose prématurée. Au boulot.

Elle ouvrit sa carte mentale de l'enquête pour la mettre à jour, un exercice qui lui procurait toujours beaucoup de plaisir. Ajouter des informations, effacer des points d'interrogation, remplacer les questions par des réponses, supprimer des hypothèses pour en noter de nouvelles, ajouter à son arbre de nouvelles branches et de nouvelles racines : c'était comme si l'avancée de l'enquête prenait corps sous ses yeux.

La séance de réflexion collective de la veille avait permis d'esquisser un scénario à peu près plausible. Nicolas Peyrard avait découvert le projet de voyage d'étude du maire à Las Vegas, et du même coup l'idée du mémorial. Comment ? Rien de sûr à ce stade. Peut-être par sa mère, qui jouait au bridge avec l'épouse du maire – possible que celle-ci ait gaffé ou voulu faire un coup bas à son mari. Ou alors une confidence du maire lui-même, s'il faisait suffisamment confiance à Nicolas Peyrard ou avait un peu forcé sur la bouteille. Ou encore, dernière hypothèse, une conversation entendue au *Café des chats* : le maire s'y était rendu plusieurs fois.

En tout cas, Nicolas Peyrard avait compris la portée du projet. Si l'information de ce voyage payé par le contribuable pour un projet plus ou moins délirant tombait entre les bonnes mains, il y avait de quoi, au minimum, lui barrer la route de l'Assemblée nationale. Il avait décidé de transmettre l'information à ses ennemis politiques, pour une raison qui restait à déterminer. Une nouvelle fois, Romano dut créer plusieurs branches, correspondant à différentes hypothèses. Première possibilité : venger son père, vingt ans après sa mort. Avant d'être pris de remords, le maire actuel avait bel et bien lâché Peyrard Senior, comme les autres – dans l'esprit du fils, il avait sans doute une part de responsabilité dans son infarctus. Il avait pu aussi monnayer cette information à un ennemi politique du maire, ce qui pouvait expliquer les sommes déposées sur le compte. Petite crapule ou gamin de près de quarante ans hanté par des rêves de vendetta ? En tout cas, Nicolas Peyrard n'était pas seulement un brave gars.

L'étape suivante était d'interroger le maire. Qui était malheureusement en Australie pour dix jours, afin de rencontrer les familles d'anciens combattants de la Grande Guerre et de voir comment les associer aux cérémonies commémoratives. Ce type avait un talent exceptionnel pour voyager sur tous les continents aux frais de la princesse.

En attendant son retour, Romano espérait mieux comprendre la psychologie de la victime grâce à Marion Caron, le grand amour de Nicolas Peyrard. Qui était rentrée la veille de sa croisière familiale et attendait à l'accueil depuis dix minutes. Bon Dieu, que foutait Tellier ?

« Désolé, commissaire, un contretemps. »

Son adjoint fit justement irruption dans son bureau, rouge et transpirant, après un bref coup à la porte. Il avait réussi la prouesse d'avoir mis son pull à la fois à l'envers et devant-derrière (une chance sur quatre même en l'enfilant dans le noir, remarqua Romano).

« Asseyez-vous et crachez le morceau. Vous n'êtes pas un suspect, je ne vais pas m'emmerder à employer des manœuvres subtiles pour vous faire parler. »

Il la regarda, pris de court, et hésita. Pas longtemps. Quand Romano utilisait ce ton, rien à faire.

« Rien de grave, un petit souci à l'école, avec ma fille. Rose, la plus jeune. »

Il fut surpris lui-même du tremblement de sa voix, qui s'était accentué au moment où il avait prononcé le prénom de sa fille. En plus, Romano avait peut-être mal pris qu'il précise qui était Rose : comme si elle ne le savait pas.

« Mais encore ?

– Eh bien, euh… une histoire de harcèlement à l'école, un truc pénible, qui est allé assez loin. Mais c'est en train de se régler. Son tourmenteur s'appelle Jérémy Lange : ça ne s'invente pas ! »

Romano hocha la tête, sans sourire. Tellier avait beau jouer les braves petits soldats, elle n'était pas dupe.

« En train de se régler ?

– Ce matin, on devait voir la directrice, mais elle a eu un pépin de santé, le rendez-vous est reporté. J'espère qu'on va la voir rapidement.

– Hum hum, l'encouragea Romano.

– On a discuté avec Louise, on attend. On a confiance dans le corps enseignant et on n'enseigne pas le respect en se faisant justice soi-même. Le gamin va sûrement être sanctionné.

– Sûrement », approuva Romano, qui en déduisit qu'il ne l'avait pas encore été.

Tellier repensait à la phrase découverte par Louise dans le journal intime de Rose : *Si je mourais, tout serait réglé.* Il valait mieux passer à autre chose s'il ne voulait pas risquer de craquer.

« Rose voit une psychologue très bien. Et vous, commissaire, tout va bien ?

– Très bien, répondit Romano d'un ton exagérément joyeux. L'épisode portugais est clos, mais tout va bien, les *pasteis de nata*, on s'en lasse. »

Elle regretta aussitôt. C'était venu comme ça, pour mettre Tellier à l'aise, comme si les confidences devaient absolument être troquées, à une contre une. Mais sa rupture à trois sous n'avait rien à voir avec une histoire de harcèlement sordide.

« Tout va même très bien », tenta-t-elle de se rattraper, comprenant trop tard qu'elle aggravait son cas. Chacun connaissait sa théorie, selon laquelle quand une personne vous disait trois fois de suite qu'elle allait bien, il fallait s'inquiéter. Décidément, il était temps de se changer les idées. Vivement sa soirée avec son vétérinaire.

Tellier regardait dans le vide, sans paraître l'écouter. Il était trop pris par ses soucis pour relever sa gaffe.

« Vous nous amenez Marion Caron ? »

La première épouse Peyrard partageait avec la deuxième un air déterminé, émanant de sa démarche et de son regard volontaire. Nicolas Peyrard aimait les femmes décidées, peut-être pour compenser sa propre mollesse.

Pour le reste, elle était son opposé en tout point : grande, élancée, carré court brun à la garçonne, calme et souriante, très classe dans une robe manteau gris perle. A priori nettement moins timbrée que Solange, et aussi beaucoup plus jolie. Pour que Nicolas Peyrard les ait épousées dans cet ordre, il fallait qu'il soit sérieusement perturbé. Ou prêt à tout pour échapper à la solitude, une maladie assez répandue. Romano connaissait d'innombrables exemples de divorcés des deux sexes qui, le jour même où ils parvenaient à mettre fin à vingt années d'enfer conjugal et presque autant de douloureuses hésitations, s'inscrivaient frénétiquement sur Meetic pour chercher un(e) remplaçant(e). Il lui semblait qu'ils auraient dû danser de joie tout nus en chantant « Bon débarras » sur tous les tons. Pas du tout. Leur enthousiasme pour le concept de vie à deux ne paraissait nullement émoussé par leur fiasco, et ils étaient possédés d'une rage de recommencer l'expérience au plus vite, peut-être pour ne pas rester sur un échec. Cette ténacité était-elle pathétique ou admirable ? Romano avait du mal à se décider. Faute de se faire une opinion tranchée, elle se contentait de trouver ça étonnant. Un malheureux tout juste sauvé de la noyade n'a généralement pas une envie frénétique de se refoutre à l'eau dans les meilleurs délais.

D'un regard, Romano fit signe à Tellier de démarrer.

« Vous pouvez nous rappeler votre état civil, vos adresse et profession ?

– Marion Caron, née le 5 juin 1979. 12, rue des Acacias, Lille. Divorcée. Conseillère préconjugale. »

Tellier lui adressa un regard intrigué.

« C'est-à-dire ?

– Vous avez entendu parler des conseillers conjugaux et autres thérapeutes de couples, censés aider à réparer les pots cassés ? Vous avez déjà essayé de réparer un pot cassé ? »

De peur que la question ne ravive des souvenirs douloureux pour Tellier, Romano répondit à sa place.

« Les archéologues y passent leurs journées, non ?

– Tout le monde n'a pas leur patience et leur talent. D'où mon idée, toute bête : solidifier les pots avant et les soumettre à quelques crash-tests. En gros, je fais du préventif avec les couples sur le point de se marier ou de faire un enfant. Vous vous rendez compte que les gens font des mômes sans avoir jamais parlé de leurs valeurs éducatives ? »

Tellier écoutait, intéressé.

« S'ils viennent vous voir, ça veut dire qu'ils envisagent déjà un échec ?

– Avec le nombre de couples qui divorcent, mieux vaut l'envisager. Les Américains signent des accords prénuptiaux pour décider à l'avance qui récupérera les assiettes à dessert. Moi, je les aide à réfléchir avant. Comment se met-on d'accord pour choisir les assiettes ? Qui les débarrasse de la table ? Comment évite-t-on de se les envoyer à la figure ? Parfois, j'évite des erreurs grossières ; parfois, je solidifie les fondations. Comme mon premier mariage m'a suffi, je trouve rigolo de travailler sur celui des autres. »

Tellier hocha la tête, en se demandant si la démarche était saugrenue ou si elle lui aurait évité le divorce.

« Parlez-nous de Nicolas Peyrard. »

Marion Caron se rembrunit. Elle avait connu Nicolas quand il était élève en première et elle en seconde. Lui et Alex formaient alors une de ces paires inséparables qu'on voit parfois à cet âge. La répartition des rôles était claire. Alex était la star du lycée, qui récitait *Les Illuminations* dans la cour, s'habillait comme un dandy, séchait les cours pour traîner dans les bistros – d'après la légende, il y déclamait parfois du Shakespeare en anglais. Nicolas vivait dans son ombre et ramassait des miettes de sa gloire.

« Un faire-valoir ? demanda Tellier.

– Je dirais plutôt qu'ils se mettaient en valeur l'un l'autre. D'un côté le petit brun baraqué, qui paraissait encore plus baraqué, de l'autre le grand blond séraphique, qui paraissait encore plus romantique et fragile. Ils étaient encore plus voyants à deux que séparément. Le week-end, ils allaient en boîte avec leur petite cour, payaient des Malibu coco et des Jet 27 aux copains, bref la *dolce vita.* »

Romano nota au passage que, contrairement à ce qu'il avait prétendu, Sanchez était déjà baraqué au lycée, et non fin comme une allumette.

« Je suis tombée raide dingue d'Alex le jour de la rentrée – comme la moitié des filles du lycée. Un an plus tard, je l'ai vu à une soirée chez une copine. Il est sorti avec une fille de terminale qui couchait, selon la rumeur. Alors je me suis laissé draguer par Nicolas. Beau garçon aussi, dans son genre. D'ailleurs, il s'était mis à la boxe en même temps qu'Alex et n'était pas si gringalet. »

Romano repensait à son adolescence où elle se serait volontiers laissé draguer par le premier venu. Elle se revoyait attendre en vain qu'on l'invite à un slow, appuyée contre le mur rugueux d'un garage – à l'époque, les boums avaient lieu dans les garages, peut-être était-ce toujours le cas. Docile comme une Chinoise aux pieds bandés. Comment avait-elle pu être aussi cruche ?

« Il aurait mieux valu que je n'aille pas à cette soirée. Un mois après, le père de Nicolas faisait la une du journal. Il était foutu, et moi aussi.

– C'est-à-dire ? »

Marion Caron semblait satisfaite de son effet. Elle avait raconté cette histoire mille fois et en connaissait chaque formule, chaque intonation, chaque silence.

« Une fois mon bien-aimé tombé en enfer, plus question de le lâcher. Mon père, qui s'envoyait sûrement certaines des call-girls qui fréquentaient son hôtel, m'a nourrie aux contes de fées – je crois qu'il aimait vraiment ça. Alors les héroïnes qui franchissent sept mers et sept montagnes pour sauver leur prince, je connaissais. Prête à tout pour mon bien-aimé. »

Romano se demanda à quand remontait ce détachement teinté d'ironie. Quand ce lien avec ses lectures d'enfance lui était-il apparu, quand le récit officiel s'était-il figé, quand ce chapitre avait-il intégré le canon ? Chacun était son propre biographe, et, comme tout historien, sélectionnait a posteriori les faits marquants, puis échafaudait des théories plus ou moins fumeuses pour en expliquer les causes et les conséquences.

« Tout le lycée l'a lâché de façon spectaculaire. Une nouvelle rumeur chaque jour : son père qui détournait une partie des salaires des employés municipaux et qui ne payait pas sa femme de ménage, sa mère qui avait une fausse voiture de fonction, etc. Du jour au lendemain, il est devenu un paria. Sauf pour Alex, qui a été génial. Son soutien aurait pu aider Nicolas à remonter la pente : vu son influence, les mauvaises langues se seraient écrasées assez vite. Mais Nicolas s'est replié dans sa coquille, pour protéger sa mère, disait-il.

– Vous étiez toujours ensemble ?

– Plus que jamais. Il m'avait demandé de ne pas lui parler au lycée, pour ne pas m'attirer d'ennuis. Puisqu'il ne sortait plus, j'allais le voir chez lui, le week-end, comme un prisonnier. Parfois on allait sur un banc du cimetière, pour être tranquilles. Puis mes parents ont eu l'inspiration géniale de m'interdire de le fréquenter – une idée de mon père, ai-je su après. Et son père est mort : deuxième choc en quelques mois. Pour le coup, tout le monde lui a foutu la paix mais il n'adressait plus la parole à personne. On s'est mariés le lendemain de mes dix-huit ans, avec deux témoins, point barre : ma sœur et Alex. On aurait voulu un mariage secret mais la publication des bans n'est pas passée inaperçue. La mère de Nicolas m'a étouffée dans ses bras en me disant que désormais j'étais sa fille. Une nouvelle génitrice qui me tombait du ciel : merci du cadeau ! J'étais en froid avec ma mère, mais pas au point de vouloir la remplacer. À la sortie de la mairie, la pauvre attendait sur les marches, les yeux rouges, et elle m'a envoyé un baiser de la main. Elle avait mis son tailleur le plus chic, espérant sans doute qu'on lui propose de boire un verre. Alex est allé lui demander de me foutre la paix. Sans lui, je l'aurais sans doute embrassée : c'est bien les mecs, toujours prêts à jouer les gros bras, mais pas très subtils. »

Marion Caron jeta un regard complice à Romano, qui se fendit d'un sourire. Tellier poussa un soupir, exaspéré par ces stéréotypes à deux balles. Et dire que Romano sautait au plafond dès qu'elle entendait un préjugé sur les femmes. Tous les préjugés devaient être combattus, sans distinction. Il faudrait lui en parler.

« Alex nous a emmenés dans sa Golf GTI à Toulouse, où j'avais été admise à l'école d'éducateurs – je me revois quitter la ville avec les larmes aux yeux.

– Comment faisiez-vous bouillir la marmite ?

– Alex nous avait donné de quoi acheter un matelas et quelques bricoles. Ensuite, la mère de Nicolas nous a envoyé de l'argent, mes parents aussi – ils venaient de vendre leur hôtel au groupe Accor, ils en avaient un paquet. Quand leur premier chèque est arrivé, Nicolas a décrété qu'il n'était pas question d'accepter. Mais le chèque était à mon nom, et dans notre équipe, c'était moi qui avais les pieds sur terre. J'ai encaissé, j'ai remercié, et j'ai pleuré.

– Vous pleuriez beaucoup, non, pour une jeune mariée ? demanda Romano.

– C'était moins fun que dans mes rêves, et ça ne s'arrangeait pas. Nicolas a décidé de reprendre un bar ; sur le coup, j'ai été ravie qu'il ait trouvé sa vocation. Il était le roi des cocktails, il était jeune, il aimait faire la fête – une expression que j'ai vite détestée. »

Tellier eut un signe d'assentiment. Quand il travaillait avec des petits délinquants, il avait entendu de nombreux parents expliquer que leur gamin aimait « faire la fête ». Lui n'avait jamais trouvé très festif de dealer des acides ou racketter des mômes pour payer sa dope.

« Reprendre un bar à moins de vingt ans, en pleine déprime, alors qu'il avait déjà tendance à boire : ça nous a semblé une super idée. Vous vous rendez compte ? »

Romano et Tellier firent oui de la tête. Romano trouvait ça con mais banal, Tellier banal mais attendrissant.

« Après, tout est allé vite. Nicolas s'est fait embaucher par un type qui voulait céder son affaire. Tout était merveilleux, les affaires marchaient, ses *frozen margaritas* commençaient à être connues – et le type n'était plus très pressé de prendre sa retraite. Mais Nicolas rentrait de plus en plus tard, on se voyait de moins en moins, notre couple était foutu. »

Mouais, pensa Romano, dubitative quant au lien de causalité. D'après l'exemple de ses parents, se voir le moins possible était aussi un bon moyen de rester ensemble. Pour assurer un minimum de présence auprès de leurs filles, ils prenaient leurs gardes, leurs jours de récupération et une bonne partie de leurs congés de façon complémentaire. Le jour de ses seize ans (passé avec son père), qui était aussi le lendemain de Noël (passé avec sa mère), elle avait calculé que ses parents se voyaient moins en une année qu'un couple de chômeurs en une semaine. En somme, ils avaient inventé la garde alternée sans le divorce. Plus tard, quand il n'y avait plus eu personne à garder, la cohabitation était suffisamment limitée pour ne pas s'emmerder à chercher des avocats ou des appartements.

« Une nuit, je suis allée au bar à l'improviste et je l'ai trouvé à rouler un patin à une fille. J'ai pris la décision de divorcer comme celle de me marier : en cinq secondes. Si j'étais restée, il serait peut-être toujours là.

– Ne dites pas ça, commença Tellier. »

Elle l'interrompit d'un geste de la main.

« Pour la culpabilité, j'ai suffisamment donné au moment du divorce. »

Sa voix était plus triste et plus sincère. Le deuxième acte, celui du divorce, avait été moins souvent répété que le premier – l'amour de jeunesse. Faute de vernis romanesque, ne subsistait que le parfum de l'échec.

Un ton plus bas, elle raconta qu'elle avait revu Nicolas huit mois plus tard, chez l'avocat, amaigri, le regard éteint. « Je ne me le pardonnerai jamais », répétait-il dans une espèce de transe. Elle lui avait demandé s'il voyait toujours Alex, le fidèle soutien des mauvais jours. Il avait aboyé qu'il ne voulait plus en entendre parler. Alex lui avait sûrement reproché d'avoir gâché leur mariage : c'est lui qui les avait présentés l'un à l'autre et avait été leur témoin.

Romano hocha la tête, tout en notant intérieurement de confirmer ce point avec Sanchez. L'ex de Nicolas Peyrard avait sûrement tendance, comme tout le monde, à tout ramener à elle : il faudrait vérifier que la déprime de Nicolas et sa brouille avec l'ami de toujours étaient bien liées à la rupture.

Quelques mois plus tard, reprit Marion Caron, elle avait appris par ses parents que Nicolas était revenu à Lille et que les deux amis s'étaient rabibochés. Alex lui avait prêté de l'argent pour reprendre un bar – le premier d'une longue série.

« Vous aviez gardé contact avec Nicolas et Alex ? demanda Tellier.

– Assez peu. Alex avait choisi le camp de Nicolas, ça m'arrangeait. Depuis, il a toujours été là pour lui. Nicolas s'occupait de sa mère, Alex s'occupait de Nicolas. Il le surveillait comme le lait sur le feu, l'envoyait en cure de désintoxication. Avec une carrière comme la sienne, il n'y en a pas beaucoup qui se seraient encombrés d'un loser tel que Nicolas, même ami d'enfance.

– Vous les voyiez tout de même de temps en temps ?

– Je passais parfois une soirée avec l'un ou l'autre. Avec Alex, assez régulièrement, pour le plaisir de sa compagnie. Avec Nicolas plus rarement, et plutôt par pitié – pas sûr que cela lui ait fait du bien, mais je n'avais pas le courage de refuser. Je ne les voyais jamais ensemble : cela aurait remué trop de choses. »

Romano se garda de tout commentaire mais apprécia le mélange de tact et de franchise. La formule « plaisir de sa compagnie » ne laissait guère d'ambiguïté sur le programme des soirées passées avec Sanchez : rien d'étonnant, vu sa réputation de don juan.

« Et puis, je regarde Alex à la télé. Quand on pense que ses parents tenaient un magasin de chaussures à Bailleul !

– Oui, on est au courant. »

Tellier commençait à en avoir sa claque, des parents chausseurs. Un fils de commerçants promu animateur minable, tu parles d'un exploit.

« Ce n'est pas non plus du Zola », remarqua Romano avec un sourire.

Tellier se sentit agacé. D'abord, Zola avait dépeint les bourgeois autant que les miséreux. Ensuite, l'air ravi de la commissaire, chaque fois que la discussion se portait sur Sanchez, l'exaspérait. Il s'était habitué à la voir lancer des regards suggestifs aux types qui lui plaisaient, mais la voir se pâmer comme une gamine, il avait du mal. Surtout pour un sale type, et impliqué dans l'enquête en plus.

« Côté financier, non, même si leur affaire a connu des difficultés. Ils sont devenus franchisés Mephisto : assez malin, vu que leur clientèle vieillissait en même temps qu'eux. Côté culturel, par contre, c'était la misère : Alex s'est fait à la force du poignet, il a toujours été hyper brillant. Pour vous donner une idée du niveau, son père refusait de soigner son acné sévère, parce que c'était des "trucs de gonzesse". C'est Nicolas qui lui fournissait les traitements. Quand ils étaient encore au collège, Alex m'a raconté que c'est Nicolas qui le soutenait : être ami avec le fils du député, pour un fils de chausseurs dévoré d'acné, ce n'était pas rien.

– Vous deviez dîner avec Nicolas, le soir de sa mort. Qui avait pris l'initiative ?

– À l'enterrement de sa mère, j'ai assisté à la messe : je l'aimais bien et elle en avait vu de toutes les couleurs. Nicolas avait l'air dévasté, et Alex, qui était à côté de lui, semblait presque aussi effondré – j'ai appris qu'il avait écourté des vacances en Irlande pour être là. Je suis partie discrètement mais j'ai quand même déposé un mot de condoléances. Il m'a appelée le lendemain, je n'ai pas compris grand-chose. J'ai accepté de passer la soirée avec lui, même si je le sentais très vulnérable. Après tout, il avait refait sa vie. »

La jeune femme baissa les yeux et tripota nerveusement ses doigts.

Refaire sa vie, songea Romano, quelle connerie. *Primo*, on ne refait rien, on continue. *Secundo*, si on refait sa vie avec son deuxième conjoint, ça sous-entend qu'on l'a faite une première fois avec le premier. Autrement dit, les célibataires ne font jamais leur vie : sans doute errent-ils dans les limbes.

« Il avait bu ? demanda Tellier.

– J'ai d'abord cru qu'il bafouillait à cause du chagrin, puis j'ai compris qu'il était saoul. Ça m'a fait un choc : Alex m'avait dit qu'il ne buvait plus depuis des années.

– Vous vous souvenez de ce qu'il vous a dit, exactement ?

– J'étais dans le TGV, dans les tunnels près de la gare du Nord, j'entendais une phrase sur deux. À un moment, il a dit que c'était de sa faute si sa mère était morte. Je lui ai répondu qu'il n'y était pour rien et il m'a dit que je ne pouvais pas comprendre. J'ai proposé qu'on mange des moules frites, pour lui remonter le moral. J'avais peur qu'il fasse une connerie. »

Romano hocha la tête, même si l'expression lui avait toujours paru bizarre. Décider de quitter ce bas monde, c'était une connerie un poil plus irréversible que les autres.

« Vous savez qu'il s'agit d'un meurtre ?

– J'ai lu ça dans le journal. J'ai d'abord été choquée, d'autant que le suicide ne m'avait pas étonnée. Mais tout compte fait, ce n'est pas si surprenant.

– Vous pensez qu'il aurait pu s'embarquer dans de sales affaires ? »

Elle hésita, visiblement désireuse de peser ses mots. « J'aimerais vous répondre que les histoires de son père lui avaient servi de leçon, mais je n'en sais rien. Il était obsédé par le déshonneur de la famille. J'ai parfois eu l'impression que c'était une excuse pratique pour tous ses ratages.

– Il connaissait bien l'actuel maire de Bailleul ?

– Depuis la mort de son père, le maire l'invitait au restaurant avec sa mère une fois par an, dans les temps de Noël. J'ai entendu Nicolas dire une fois ou deux que c'était un salaud comme les autres, n'empêche qu'il y allait toujours, peut-être pour faire plaisir à sa mère. Pendant notre vie commune, je faisais tout pour qu'il arrête de ressasser le passé, alors je ne posais pas trop de questions. Quand le bar à chats a ouvert, mes parents m'ont montré un article dans la feuille de chou municipale, pour lui faire un peu de pub. Je n'en sais pas plus.

– Vous savez s'il était impliqué dans le projet de mémorial de l'Artois, d'une façon ou d'une autre ?

– Aucune idée. Je n'ai jamais entendu parler de ce truc. C'est drôle, sourit-elle, je viens de me souvenir que le 11 novembre juste avant la mise en examen de son père, il m'a traînée à la cérémonie commémorative, en entendant le clairon et *La Marseillaise*. Interrompre un rendez-vous amoureux pour voir des vieux messieurs déposer des gerbes, j'ai trouvé que c'était une drôle de lubie. Si je l'avais quitté ce jour-là, je me serais épargné bien des choses.

– Mais vous ne seriez pas conseillère préconjugale », la consola Tellier.

Romano se leva pour la raccompagner et lui poser, en même temps, la question qu'elle réservait depuis le début.

« Vous pensez que, dans le but de venger son père, Nicolas aurait pu rendre public le voyage du maire à Las Vegas, pour saboter le projet de mémorial et du même coup sa carrière politique ?

– Vous m'en demandez trop, je ne le connaissais plus assez. Nicolas était avant tout un brave type, je n'ai pas envie de salir sa mémoire. »

16

Romano s'emmerdait un peu, mais pas tant que ça. À force d'être feutrée, l'atmosphère du restaurant en devenait presque hypnotique. Les sommeliers et serveurs glissaient, la sonate de Debussy s'étirait, les orchidées s'alanguissaient. Sans oublier la flamme de la chandelle, qui jouait agréablement sur le visage de l'ex. La vision du feu, sous toutes ses formes, la ravissait toujours. La conversation n'était pas mal non plus. Le récit de l'amputation d'un labrador accidenté aurait pu déplaire à certaines, mais l'intéressait au plus haut point. On est fille de chirurgiens ou on ne l'est pas. Et puis, ça changeait un peu de la médecine légale.

Tout en étant plutôt maigrichon, l'ex avait pris un léger soupçon de brioche – Romano ne put s'empêcher de faire la comparaison avec la carrure de Sanchez. Mais il avait un sourire agréable. En fait, il était plutôt mieux que dans son souvenir. Peut-être parce qu'il faisait partie des 10 % d'hommes à qui la barbe allait bien. Dommage qu'ils ne soient pas allés à l'hôtel avant le repas, ils en auraient mieux profité. Putain de conventions à la con.

Au moment où la serveuse en tailleur débarrassait enfin son assiette de carpaccio de bœuf Angus à la truffe, qu'elle aurait volontiers léchée, l'air du chœur des esclaves de *Nabucco* jaillit de son portable, signalant un appel de Tellier. Elle avait trouvé que la célèbre musique de Verdi, solennelle et combative, allait bien avec son adjoint.

Romano adressa un vague sourire d'excuse à l'ex, tandis que la serveuse prenait un air pincé. Une diva interrompue en plein air de la Reine de la nuit n'aurait pas été plus choquée de cette intrusion malvenue dans la magie du moment. Dès l'arrivée de Romano, la pimbêche avait regardé le pantalon de toile noir et le T-shirt rouge avec une pointe de condescendance – c'était le maximum dont Romano était capable. À sa décharge, elle ne savait pas que madame était commissaire de police, ce qui était une bonne excuse pour prendre les appels. Mais elle aurait aussi pu être directrice de centrale nucléaire, ministre, chirurgien spécialiste des greffes, bref, un métier qui justifie de décrocher son téléphone dans une soirée aux chandelles. Romano eut la certitude odieuse que la serveuse n'aurait pas pris cet air scandalisé si c'était l'homme qui avait reçu l'appel. Elle y serait sûrement allée d'une moue compréhensive : monsieur est repris par la marche du monde, ce que c'est que d'avoir des responsabilités.

« Commissaire Romano », annonça-t-elle d'une voix forte en décrochant.

La serveuse rosit de plaisir et faillit en lâcher la fourchette. Elle aurait des choses à raconter.

« Un événement très important, demanda Romano, vraiment ? Avec cette timbrée de Solange, je m'attends à tout. OK, dites à Clément que je le retrouve là-bas. »

À l'autre bout du fil, Tellier reconnut la subtile nuance d'agacement caractéristique de l'interruption d'un rendez-vous amoureux. Plus d'une fois, il avait eu confirmation qu'il ne s'était pas trompé en voyant Romano débarquer les joues rouges, échevelée et mal reboutonnée. Jamais, en revanche, ces circonstances ne l'avaient empêchée de venir : le boulot passait avant le reste. Cette fois, cependant, il eut des scrupules à la déranger et proposa d'y aller à sa place. Sans succès.

« Je m'en occupe, restez avec vos filles, c'est un ordre. »

Romano congédia la serveuse d'un sourire glacial, mais se ravisa au moment où la malheureuse s'éloignait, confuse.

« Je pourrais avoir le plat très vite, je veux dire tout de suite ?

– Bien sûr, madame la commissaire. »

Au moins une bonne nouvelle, elle n'avait pas l'occasion tous les jours d'avaler des tournedos Rossini. Elle expliqua à l'ex qu'elle avait une urgence : soirée foutue, désolée.

« Merde », commenta l'ex.

Romano apprécia la concision du commentaire.

La serveuse accourut en portant l'assiette du tournedos à deux mains, comme une offrande.

« Merci, la soirée promet d'être longue », déclara Romano avec gravité, comme si elle se préparait à traquer un tueur en série toute la nuit. La serveuse hocha la tête, impressionnée. À travers le tournedos, c'est un peu d'elle-même et de son établissement qui allait contribuer à une enquête policière majeure.

Romano avala la bête en quelques bouchées, sous le regard amusé de l'ex. Elle se demanda une seconde s'il n'était pas flatté de son petit show, puis écarta cette idée. Il était juste de bonne composition. Tous n'auraient pas pris aussi bien la soirée *dragus interruptus*, surtout vu le montant de l'addition.

– « OK, appelle quand tu peux. »

Romano approuva d'un hochement de tête en faisant descendre le tout d'une gorgée de gigondas. Ce type était pas mal, généreux et pas chiant : oui, elle l'appellerait.

Elle alluma le gyrophare pour rattraper le temps perdu. Sa Clio à 168 000 kilomètres n'aurait pas permis une course-poursuite sur l'autoroute mais elle pourrait au moins griller les feux. Elle éteignit l'engin deux rues avant d'arriver au bar, pour ne pas attirer les curieux.

La veuve jaillit du *Café des chats* en faisant claquer ses tongs à talon.

« Entrez vite, inspecteur, vous n'allez pas me croire, il est revenu. »

Clément eut l'air gêné. Sous le choc émotionnel, Solange Peyrard avait oublié que Romano était commissaire.

Romano se demanda un instant si le mort était ressuscité – ou du moins si elle avait cru l'apercevoir au détour d'une rue, comme il arrivait parfois aux personnes endeuillées. L'explication était plus prosaïque : c'était Ruru qui était revenu. À peine ouverte la porte du bar, le chat s'approcha de la veuve pour se frotter à ses pieds. Un persan superbe. À force de l'avoir vu placardé partout en grand format, sous toutes les coutures, Romano avait l'impression de le connaître.

Avec un gloussement de joie, Solange Peyrard le prit dans ses bras en le mettant sur le dos, comme on porte un bébé.

« Je ne suis pas inspecteur, je suis commissaire.

– Hein il est beau ? Oh oui, il est beau mon Ruru, mon poilu, mon velu, mon velu qui pue. »

Romano avait en horreur les scènes de tendresse familiale. En même temps, les qualités poétiques de la veuve la surprenaient.

« Il est revenu un vendredi soir, vous vous rendez compte ? Et dire que certains prétendent que les chats sont moins intelligents que les hommes. »

Romano ne comprit pas tout de suite le sens de la remarque, mais Clément lui expliqua que le vendredi était le soir d'ouverture nocturne du bar : Ruru aurait donc calculé son coup brillamment.

« Si ça se trouve, il a parcouru des milliers de kilomètres pour me retrouver.

– Hum hum », approuva Romano, polie. Ruru lui semblait encore plus gras que sur les photos. S'il avait parcouru des milliers de kilomètres, il avait mangé en conséquence.

« Je vous offre un jus de goyave ? Un *latte* ? Une limonade de sureau ? Ou alors un jus de mangue, c'est plein de vitamine A ? »

Romano songea avec nostalgie à son gigondas, et surtout à son propre velu. Putain, se dit-elle, avoir planté sa soirée pour ça. Elle aurait bien mérité un double scotch mais le *Café des chats* n'avait pas la licence.

« Un double expresso, c'est possible ? »

La veuve posa Ruru sur le sol avec délicatesse, puis déposa un long baiser sur sa truffe. Romano aimait à croire qu'elle était ouverte d'esprit, mais la chose était assez répugnante. Elle se laissa tomber sur la première banquette de velours rouge. Sacré métier.

« Et vous, commissaire, je vous ressers un jus de mangue ? »

Solange Peyrard s'obstinait à prendre Clément pour le commissaire. Sur ce sujet au moins, elle aimait respecter l'ordre naturel des choses.

« Je suis seulement lieutenant, le commissaire, c'est…

– Moi », termina Romano.

Solange Peyrard ignora la remarque, considérant visiblement que tout cela n'avait aucune importance.

« Je vous ai fait venir pour que justice soit faite, même si Ruru est revenu. »

Ruru est revenu : ça sonnait bien. Romano n'aurait pas pensé qu'il existait autant de rimes en « u ».

La veuve posa sur la table en granit une tasse mousseuse. Au moins, le café avait l'air bon.

« Et dire qu'il va falloir nous séparer de nouveau. »

Romano interrogea Clément du regard.

« J'ai expliqué à Mme Peyrard qu'on serait obligés d'emprunter Ruru quelques heures, le temps de faire des relevés d'empreintes sur son collier. Il est possible que sa disparition ait un lien avec le meurtre de M. Peyrard. Je sais que c'est dur, mais si vous voulez que justice soit faite, il faut être forte. »

Romano hocha la tête, même si elle n'y croyait guère. Le relevé avait peu de chances de donner quoi que ce soit. Le chat avait sans doute été pris d'une soudaine envie de liberté en voyant la porte ouverte, et passé les quatre jours planqué dans un garage du quartier. Jusqu'à ce que les gros poutous de sa maîtresse lui manquent et qu'il décide de rentrer au bercail. En plus, le collier de l'animal, payé à se faire caresser, devait être plein d'empreintes différentes.

« Emmenez la bête au labo : Mme Peyrard a sûrement une cage à vous prêter. »

Solange Peyrard lui jeta un regard assassin, outrée de sa désinvolture. Romano comprit que la crise d'hystérie n'était pas loin.

« Dites-leur bien que c'est très urgent et que le persan de Mme Peyrard doit être traité avec douceur et considération, eu égard à son pedigree et à son possible traumatisme. »

Le regard de la veuve s'illumina. Ouf.

Romano prit congé et hésita à rejoindre l'ex. Au moment où elle se décidait à l'appeler, elle reçut un SMS de lui : *Je vais me coucher pour être en forme à ma première journée de formation. Appelle-moi.*

Pas de problème. Face à un spécialiste autrichien de la chirurgie orthopédique du caniche, elle ne pesait pas grand-chose.

17

« Je vous assure, il arrive d'une seconde à l'autre », répéta Romano à l'agent de quai, qui tenait ostensiblement son sifflet entre ses doigts.

Depuis l'école où il venait de déposer Rose, son adjoint lui avait envoyé un SMS pour lui dire qu'il était en route. À vrai dire, pour cette deuxième rencontre avec Sanchez, Romano se serait volontiers passée de Tellier, surtout d'un Tellier à fleur de peau, enfin, encore plus à fleur de peau que d'habitude. D'autant que la soirée écourtée avec son ex lui avait laissé un petit arrière-goût de mauvaise humeur. Mais son fidèle second avait tenu à l'accompagner, sans doute pour se changer les idées. Il était le mieux placé pour juger.

« Il est 9 h 04, madame la commissaire, fit remarquer l'agent de quai.

– Regardez, le voilà ! »

L'agent de quai enfourna son sifflet en faisant signe à Tellier d'accélérer. Romano admira sa foulée. Ses ennuis ralentissaient peut-être son cerveau, mais pas sa course. Elle lui tendit une main symbolique pour monter dans le TGV et l'agent siffla le départ du train pour Paris, avec deux minutes de retard.

« Allons boire un truc au bar, pour nous remettre. »

Tellier, tout transpirant de sa course, apprécia le « nous ». Romano lui tendit un Kleenex pour qu'il s'éponge le visage et le précéda pour la traversée des voitures.

Comme Romano l'espérait, le bar du TGV était encore désert. La jeune *barista* (selon le mot utilisé pour se présenter dans son annonce au micro) achevait tout juste de remonter le petit rideau de fer. Elle commanda deux doubles expressos – quelque chose lui disait que Tellier avait besoin d'un double expresso. Pendant que la barista s'affairait sur sa machine en pestant, elle ramassa un assortiment de cochonneries disposées sur le comptoir : cookie, barre de céréales, chocolat, cake à l'air mouillé et sablés bretons ornés d'une Bigoudène hilare.

« Vous aimez le sucré !

– Le sucre donne de l'énergie, c'est physiologique. »

Elle déposa ses offrandes devant Tellier, qui réussit à composer un sourire de remerciement.

« La petite barre qui vous apporte douceur et énergie, lut-il sur l'étiquette. Exactement ce qu'il me faut. »

La première fois que Romano l'avait emmené déjeuner dans un restaurant chic pour discuter d'une affaire au calme, il avait proposé de partager l'addition, en priant le ciel pour que ce genre de folie ne lui arrive pas trop souvent – vu le montant, pas question de faire une note de frais. Romano avait réglé le sujet une fois pour toutes. « Tellier, avait-elle expliqué, je suis beaucoup plus riche que vous. Alors quand on est ensemble, je paye. » Le ton était à la fois factuel et sans appel : la commissaire n'avait pas de temps à perdre à discutailler de cette évidence.

Tellier engouffra sa barre aux fruits secs en deux bouchées et poussa un soupir d'aise. Petite consolation dans cette matinée de merde, il avait attrapé son train. Il but une gorgée de café, pas si mauvais, et avala un cookie aux noix de pécan, tout mou.

Romano le regardait, satisfaite.

« Très bien, il ne faut pas se laisser abattre. »

Tellier se sentit ému. Il n'aurait jamais osé le dire à sa commissaire, mais c'était une des phrases préférées de sa grand-mère. Les deux femmes se seraient appréciées malgré la distance entre elles. L'une, commissaire de police fille de bourgeois ; l'autre, paysanne ardéchoise élevée par une veuve de vingt ans, dont le mari était mort le troisième jour de la guerre. La pensée de sa grand-mère lui rappela que lui non plus n'était pas venu les mains vides. Son bref accès de bonne humeur s'envola aussitôt.

« Regardez, commissaire, moi aussi je vous ai apporté quelque chose. J'ai trouvé ça hier soir dans le livre d'histoire de ma fille, je vous ai fait une copie. »

Il sortit de sa serviette-sac à dos une feuille froissée, presque en éventail. De son index, il montra à Romano l'encadré qui l'intéressait.

Itinéraire 1
J'argumente à l'écrit

Soldat au cours de la bataille de la Somme, vous écrivez une lettre à votre famille dans laquelle vous expliquez la violence des combats.

« Ce n'est pas indécent, peut-être ? Après ça, étonnez-vous que des rigolos veuillent faire des parcs à thème sur les batailles les plus meurtrières de notre histoire !

Je crois que je vais écrire à M. Baron, l'agrégé qui a signé cette saloperie. »

Romano hésita sur la conduite à tenir. En général, le moyen sûr d'abréger ses envolées lyriques était de surenchérir. Selon un principe de vases communicants, plus elle en faisait, moins il en faisait. Mais, cette fois, il avait l'air trop abattu pour s'exciter. Inutile d'en faire trop.

« Ils feraient sans doute mieux de leur faire lire du Genevoix ou du Dorgelès.

– Je ne vous le fais pas dire.

– Gardez votre énergie pour l'interrogatoire, vous avez l'air crevé.

– Au moins, m'énerver, ça me distrait. »

Romano saisit la perche.

« Vous en êtes où ?

– La directrice de l'école s'est fracturé le tibia, elle est arrêtée pour trois semaines. Du coup, c'est l'institutrice qui s'en occupe – vous savez, celle des fractions. On l'a vue ce matin avec Louise. Horrible.

– Mmm. »

Romano avait senti la voix de Tellier trembler. Si l'institutrice en question était aussi douée en gestion de conflit qu'en proportionnalité, les choses étaient mal engagées.

« Vous savez ce qu'elle nous a dit ? Qu'à leur âge, ils ne se rendaient pas compte et qu'il ne fallait pas prendre les choses au tragique !

– Ah merde ! »

La remarque de l'institutrice traduisait un manque de psychologie désastreux. Comme si la spécialité de Tellier, justement, n'était pas de prendre les choses au tragique. Et cette fois, c'était à juste titre.

« Heureusement, Louise a été parfaite : glaciale mais calme. Je crois que cette imbécile a compris le message. Le gamin devrait être changé de classe et sanctionné sérieusement. Sinon, on fera appel à la médiation d'une association de parents d'élèves. La violence ne règle rien, au contraire.

– Bien sûr », approuva Romano en avalant sa dernière bouchée de cake au citron et au pavot, songeuse. Comment pouvait-on faire des trucs bio aussi dégueulasses ? Comme quoi, les matières premières ne font pas tout, songea-t-elle en regrettant de n'avoir pas pris un paquet de bonbons au colorant chimique et à la gélatine de porc.

Une fois dans le gigantesque hall d'accueil fleuri de Télé 2, Romano dut insister auprès des hôtesses en tailleur et foulard pour assister à la fin de l'enregistrement. Sûrement à cause de Tellier. Deux personnes à introduire en plein tournage, ça faisait beaucoup. Surtout quand l'un des deux, avec son pull trop court et son regard exalté, avait l'air d'un fou.

Comme la première fois, course de relais avec des jeunes femmes voyantes, dont la dernière avait toujours son T-shirt taille huit ans. Le côté trop court ne produisait pas le même effet que sur Tellier – et ne provenait pas d'une erreur de lessive. Traversée du couloir, lumière rouge devant le studio 18, doigt sur les lèvres.

De nouveau, la lourde porte noire s'ouvrit sur la voix chaleureuse de Sanchez et les rires du public. Après le calme du couloir, Romano eut, comme la première fois, l'impression d'entrer dans un monde parallèle. Leur guide désigna deux tabourets à roulettes au fond du studio, et les deux flics prirent place sans bruit.

Sanchez portait un pull en coton bleu, plutôt ajusté, qui faisait ressortir son hâle et ses biceps. Vraiment un beau mec.

« Attention, prévint-il d'un ton faussement dramatique, les images qui vont être projetées peuvent être dangereuses pour les personnes sujettes à la somnolence. »

Sur cette parodie d'avertissement, l'écran descendit pendant qu'il continuait à chauffer la salle.

« Prudence pour les personnes fragiles ! Ça se passe pendant la soirée de commémoration des soixante-dix ans de la Sécurité sociale, et je vous préviens, c'est du lourd. »

Un homme en costume gris, au centre d'une scène fortement éclairée, apparut à l'écran : l'animateur de la soirée en question. « Mesdames et messieurs, annonça-t-il d'un ton solennel, nous allons maintenant avoir l'honneur d'accueillir Monsieur le président de la République, qui va remettre le prix de notre concours "Les jeunes et la Sécurité sociale". » À cette annonce, la salle applaudit et l'animateur se fendit d'un large sourire. De courte durée. On le vit tripoter son oreillette, d'un air inquiet puis confus. « Désolé, reprit-il, on m'annonce que le président de la République a un léger retard. Sûrement, il ne va pas tarder. » Il avala sa salive, concentré. « Ah, reprit-il, on me dit qu'il arrive. » De nouveau, il y eut une seconde de silence. « Non, il n'est pas encore là. D'après ce qu'on me dit, il aurait un petit quart d'heure de retard. » Il avala de nouveau sa salive, puis devint rouge vif. L'expression « petit quart d'heure » fit sourire Romano : pour lui, il s'annonçait long. Il ouvrit la bouche en cul de poule, la referma, esquissa un sourire paniqué. Visiblement, il ne voyait pas comment meubler. Les gouttes de sueur perlaient sur son front, le silence devenait gênant. De toute évidence, il avait maintenant un blanc complet.

« Voilà ce qu'on appelle un professionnel au sommet de son art », commenta Sanchez, hilare. Le public du studio éclata de rire.

Le caméraman avait alors jugé bon de porter son regard ailleurs, peut-être dans un élan de charité. La caméra se posa sur une quinzaine de jeunes de quinze à vingt ans, alignés sur scène pour recevoir leur prix. Chacun d'entre eux portait un T-shirt avec une grande lettre de couleur, l'ensemble constituant l'expression SÉCURITÉ SOCIALE. Les pauvres se tortillaient sous les feux de la rampe, aussi gênés que l'animateur.

« On sent que l'ambiance est joyeuse, et cette idée de T-shirt résolument moderne », commenta Sanchez.

Le public éclata de rire, une nouvelle fois. L'œil de la caméra revint finalement sur l'animateur, parti chercher du secours auprès de l'un des messieurs à cravate du premier rang. Leur conciliabule dura quelques secondes (longues, elles aussi), puis il annonça d'une voix blême que le directeur de la CPAM de Lozère allait dire quelques mots sur l'histoire de la Sécurité sociale. La situation étant sauvée, au moins provisoirement, le film s'arrêtait là.

« Ce n'est pas fini, annonça pourtant Sanchez, voilà la suite de cette soirée inoubliable, à la hauteur de l'événement célébré. »

Le président et la ministre apparurent à l'écran : ils entraient enfin sur scène. L'animateur semblait revivre, tout allait bien. Jusqu'à ce que la ministre, bien intentionnée, demande à quelques lauréates d'entonner la chanson sur la Sécurité sociale composée à l'occasion du fameux concours. Les quatre gamines rougirent comme des tomates puis se résignèrent à pousser la chansonnette :

La Sécurité sociale est là pour moi,
Elle maintient la cohésion, la santé, la dignité,
Afin de contourner les inégalités.

A cappella, avec quatre voix que le trac rendait hésitantes et à peine audibles, la prestation n'était pas mémorable. *L'École des fans*, en pire.

« On s'éclate à la Sécu, pas vrai ? conclut Sanchez, devant un public écroulé de rire. Bonne soirée et à demain, pour de nouvelles aventures ! »

Romano leva le nez de son portable en entendant la formule de fin d'émission. Tout en écoutant la deuxième partie du reportage, elle avait regardé une vidéo de réduction de fracture du tibia chez un caniche, envoyée par son vétérinaire. Plus intéressant que les soixante-dix ans de la Sécu, même au comble du ringard. Elle se tourna vers Tellier. Et comprit qu'il y avait un problème.

« Dites-moi que je rêve, explosa-t-il en jaillissant de son tabouret au moment où le générique était lancé.

– Tellier, tout va bien, personne n'est mort, c'est de l'humour un peu bébête, rien de grave.

– Rien de grave ? » reprit-il plus haut en lançant des regards éperdus autour de lui. Romano comprit qu'il essayait de prendre à témoin les spectateurs. Mal barré : ils s'étaient précipités comme un seul homme vers la porte, en ayant l'air de se demander si ce fou pouvait être armé. Désespéré par sa solitude, il se laissa tomber sur le tabouret à roulettes, qui, sous le choc, bougea de quelques centimètres.

« Se moquer devant quatre millions de spectateurs d'un pauvre mec qui merdouille, ce n'est pas grave ? Non seulement le malheureux a vécu le pire quart d'heure de sa vie en cafouillant devant une salle pleine, mais maintenant, il en prend pour des semaines. C'est quoi, son crime, pour mériter cette humiliation publique ? Merdouiller. Ça ne vous est jamais arrivé, à vous, de merdouiller ? »

Romano comprit que Tellier était hors d'atteinte. Sans doute avait-il fait un effort monstre pour se contenir pendant l'émission, et maintenant, il lâchait les vannes – une chance qu'il n'ait pas fait irruption sur le plateau en hurlant. Dans cet état de rage, elle le voyait mal aller interroger Sanchez. À cette minute, il ne savait même plus qui était Nicolas Peyrard.

Elle lui prit le bras et l'emmena dans le couloir, tout vociférant, jusqu'à une petite salle de pause équipée de deux canapés orange et d'une machine à café.

« Vous m'attendez là, je viendrai vous rechercher quand j'aurai fini. »

Docile, Tellier se laissa choir sur un divan et plongea la tête dans ses mains. Romano sentit le désarroi la gagner. Il était pénible quand il vitupérait, mais c'était quand même mieux.

« C'est ça, marmonna-t-il. Comme dirait l'institutrice de Rose, il ne faut pas prendre les choses au tragique. »

Putain, se dit Romano, ce n'est pas la grande forme. Elle repartit seule vers le bureau de Sanchez. Il n'y avait qu'une chose à faire : le laisser se calmer.

« Je vous offre un double expresso ? proposa l'animateur en lui ouvrant la porte.

– Non, merci. »

Elle aurait volontiers bu de son délicieux Blue Mountain mais avait refusé par réflexe, pour reprendre le dessus. Ce besoin de réaffirmer son autorité la surprit. En temps normal, elle n'aurait pas sacrifié un café délicieux pour si peu. Le sourire de ce type la mettait en insécurité : elle regretta l'absence de Tellier.

Pendant que Sanchez demandait un *ristretto* à son assistante via le gros téléphone à touches, elle remarqua un exemplaire de *La Voix du Nord* ostensiblement ouvert sur le bureau – peut-être en rajoutait-il un peu dans le côté petit gars du pays fidèle à ses origines.

« J'ai vu Marion Caron. Elle m'a dit que Nicolas avait très mal vécu le divorce, et que lui et vous vous étiez brouillés à ce moment-là. »

Sanchez soupira.

« Dit comme ça, ça paraît idiot, mais j'ai très mal vécu ce divorce. J'étais leur ange gardien. Du moins, c'est comme ça que je me voyais – j'imagine qu'ils se seraient très bien débrouillés sans moi. Et voilà que ce con de Nicolas (voyez, je lui en veux encore !) foutait tout en l'air. Comme défenseur de la monogamie, je n'étais pas très crédible, mais le libertinage, c'était bon pour moi, pas pour Nicolas. Au fil des coups durs, j'avais pris l'habitude de décider pour lui, un truc pas très sain. »

Il eut une moue moqueuse. Romano fut frappée par sa lucidité : pas tendre pour les autres, encore moins pour lui-même. Malgré sa réussite, il ne se croyait pas au-dessus du commun des mortels. Ce sens de l'autodérision était pour beaucoup dans son charme.

« Vous vous sentiez aussi une responsabilité à son égard, entre autres pour le protéger du suicide ?

– Bien sûr, mais j'avais pris goût à tirer les ficelles. En l'aidant à foutre le camp avec Marion, je vivais une grande histoire d'amour par procuration.

– D'où votre déception quand Marion a fait ses valises ?

– Plutôt un caprice. La belle histoire que j'avais contribué à écrire ne se terminait pas comme je l'avais prévu, je faisais une grosse colère.

– Comment avez-vous repris contact après cette brouille ?

– Tout ce que je viens de vous dire, j'en ai pris conscience un mois après le divorce. Je venais de décrocher mon premier boulot fixe à la télé, j'étais fier, l'histoire de Nicolas et Marion commençait à s'effacer. Et voilà que je reçois une carte postale de Lille, où Nicolas venait de se réinstaller pour se rapprocher de sa mère et s'éloigner de Marion. Il s'excusait presque. Je l'avais traité de petit con, je lui avais servi des leçons de morale à trois sous, et il ne m'en voulait même pas. Il m'expliquait qu'il n'était pas assez bien pour elle, ni pour moi d'ailleurs. Et il me remerciait de l'avoir soutenu quand tout le monde l'avait lâché. Ça va vous paraître mélo mais j'ai compris qu'il valait mieux que moi. Tout le monde disait que j'étais son ange gardien (entre nous, pas très efficace), mais c'était l'inverse. Pendant dix ans, Nicolas m'a obligé à être un mec bien. D'ailleurs, je me demande comment je vais le remplacer.

– Vous savez s'il a été impliqué dans le projet avorté d'un mémorial Artois-Flandres ?

– C'est Marion qui vous a parlé de ça ? »

Romano ne répondit pas. Inutile d'évoquer la lettre anonyme.

« En mai dernier, il m'a appelé, tout excité, pour me dire qu'il avait un scoop, ou plutôt un double scoop : le voyage à Las Vegas payé par le contribuable et cet ignoble projet de mémorial. Il voulait que je lâche l'information dans l'émission, pour faire planter le projet.

– Comment avait-il été mis au courant ?

– Je me suis bien gardé de le lui demander. Il m'aurait fallu des sources, et ce truc ne sentait pas très bon.

– Ça sentait quoi ?

– Le règlement de comptes, la politique locale, ce genre de choses. En plus, pour le peu que Nicolas m'en avait dit, je ne voyais pas vraiment le problème : 3 000 euros de notes de frais, il n'y a pas de quoi fouetter un chat. Quant au reste, si le devoir de mémoire passe par la 3D, allons-y pour la 3D. Et si la 3D passe par Vegas, allons-y pour Vegas. »

Romano hocha la tête. Sanchez était un pragmatique, comme elle.

« Quelle pouvait être la motivation de Nicolas pour se mêler de cette histoire ?

– Spontanément, je dirais que c'était pour emmerder le maire de Bailleul, et donc venger son père. Ce fameux truc de la vengeance, plat qui se mange froid. Ça paraît dingue, mais il n'a jamais digéré cette histoire. Est-ce que le maire aurait pu, à son tour, le faire descendre pour avoir planté sa carrière ? Aucune idée. Je vous l'ai dit, ces gens-là ne m'intéressent pas. »

« Vous vous sentez bien ? Ça n'a pas l'air d'aller fort ? »

Tellier leva la tête, qu'il tenait entre ses mains, et observa son interlocuteur, intrigué. L'homme était mal rasé, chemise froissée, longue mèche brune qui lui balayait le crâne. Négligé et ringard. Pour que lui-même s'en rende compte, ce devait être spectaculaire.

« En sortant du studio, vous êtes passé devant mon bureau, avec votre collègue. Ma porte était ouverte, j'ai entendu ce que vous disiez sur l'émission de Sanchez. Vous ne pouvez pas savoir le bien que ça m'a fait.

– Vous travaillez ici et vous n'aimez pas l'émission de Sanchez ?

– Exact. Dans un sens, je suis ingrat : cette émission me fournit la moitié de mon travail. Je suis le médiateur de la chaîne. Croyez-moi, vous n'êtes pas le seul à détester ce type. Venez dans mon bureau, je vais vous montrer. »

Tellier quitta la salle de pause sans hésiter, curieux et vaguement réconforté. Dans cette journée de merde, c'était bon de se sentir moins seul.

Il fut surpris de la taille minuscule du bureau, qui en disait long sur le prestige de la fonction. La pièce communiquait avec une autre, un peu plus spacieuse, dans laquelle une jeune femme parlait au téléphone.

« Voyez, je suis le seul dont le bureau est deux fois plus petit que celui de son assistante. »

Tellier hocha la tête d'un air compréhensif. L'existence du médiateur était sans doute prévue dans un alinéa, quelque part dans les statuts de la chaîne, mais si on avait pu le mettre à la cave, on ne se serait pas gêné.

« Vous voyez ce classeur énorme ? Ce sont les lettres sur l'émission de Sanchez.

– Ah bon ! » s'exclama Tellier, requinqué de voir que ses frères humains n'étaient pas tous des veaux.

Il prit le classeur rouge que lui tendait le médiateur et commença à le feuilleter, en s'arrêtant sur les lettres les plus argumentées.

Votre talent tient en un mot : ricaner, sans humour ni brio, ni le moindre soupçon d'intelligence.

Il tourna la page, tomba sur une autre diatribe.

L'humiliation publique : voilà ce que vous pratiquez à longueur d'émission. Parfois avec des personnalités politiques, parfois avec des pauvres gens...

« … dont le seul crime est de s'être trouvés à portée de votre caméra. »

Tellier, qui avait lu à voix haute sans s'en rendre compte, leva la tête, étonné que le médiateur ait terminé la phrase de mémoire.

« Vous connaissez les lettres par cœur ? Vous êtes hypermnésique ? »

Le médiateur eut un sourire d'excuse.

« Celle-là, j'ai passé pas mal de temps à l'écrire. »

Tellier le regarda, interloqué, hésitant entre la déception et l'admiration. Écrire de fausses lettres n'était pas très correct, mais ce type allait au bout de ses convictions. Quand on a une telle tribune pour défendre une cause juste, il serait peut-être coupable de s'en priver.

« Rassurez-vous, la plupart des courriers sont authentiques. J'en ai juste ajouté quelques-uns, pour enrichir les extraits à insérer dans le rapport annuel. S'il y avait le moindre contrôle, on se rendrait compte que Christine A., de Montpellier, Frédéric S., de Lyon, Claire G., de Bouchemaine ou Françoise C., d'Orvault, n'existent pas. J'ai misé sur le fait que tout le monde s'en foutait, j'ai vu juste.

– C'est bien, ce que vous faites.

– Je ne sais pas. La chaîne est de plus en plus minable, Sanchez en est la parfaite illustration. Je tente de faire bouger les choses, dans la mesure de mes modestes possibilités. En tout cas, j'essaye de m'en convaincre. Alors je continue mes petits règlements de comptes dans mon petit bureau, bien au chaud. »

Le médiateur fit signe à Tellier d'approcher et baissa la voix, en montrant du doigt le bureau de son assistante.

« Le cagibi, je m'en fous, mais l'assistante, c'est plus dur. Non seulement elle fait la gueule dès que je lui demande un truc, mais c'est une fan de Sanchez.

Elle couche avec lui, comme la moitié du personnel féminin : ce type est un véritable cerf en rut. Enfin ! Tant qu'on ne me met pas à la porte, j'imagine que je ne devrais pas me plaindre. »

La conversation prenait un tour déprimant, et Tellier n'avait pas besoin d'être davantage plombé. Il serra la main au médiateur sans un mot et l'abandonna à son placard. Dans le couloir, il tomba nez à nez avec Romano.

« Je vous cherchais ! Le taxi nous attend. »

Un taxi Mercedes était garé devant l'immeuble de verre, commandé par Sanchez, expliqua Romano.

« Et non, ajouta-t-elle en tenant la portière à Tellier, vous ne vendrez pas votre âme en montant dedans. Vous pouvez augmenter un peu le son, demanda-t-elle au chauffeur afin qu'ils puissent discuter sans être entendus.

– Avec plaisir. Si tous les clients aimaient le zouk autant que vous, ce serait le paradis ! »

Il mit la musique plus fort et Romano reconnut un vieux tube de Zouk Machine sur lequel elle s'était éclatée vingt ans plus tôt, ou peut-être vingt-cinq.

« Parfait, la musique couvrira vos hurlements, je vais pouvoir vous torturer tranquille. Je plaisante : ce n'est pas vous qui parlez, c'est moi. »

Tellier la regarda, inquiet. Son air déterminé ne lui disait rien de bon.

« Qu'est-ce que vous avez de si grave à m'annoncer ?

– De grave, rien. Simplement, dès qu'on arrive à Lille, vous filez chez le médecin demander un arrêt.

– Je suis en pleine forme. Ne comptez pas sur moi pour creuser le trou de la Sécurité sociale avec un arrêt maladie de complaisance.

– Tellier, le trou, je m'en fous. Vous êtes dans une phase personnelle difficile. À partir du moment où vous ne savez plus séparer vie privée et boulot, vous devenez une charge. Vous m'emmerdez au lieu de m'aider. C'est clair ? »

Tellier suffoqua sous le choc de l'attaque.

« Séparer ? Comment voulez-vous que je sépare alors qu'il y a un lien direct entre l'enquête et ce que vous appelez mes problèmes personnels, qui sont plutôt ceux de ma fille, en l'occurrence.

– Un lien direct ? »

Tellier leva les yeux au ciel, excédé.

« Vous ne voyez pas que Sanchez fait exactement la même chose, sur son plateau, que l'autre salopard dans la cour de récré de ma fille ? Elle, elle n'a pas bafouillé sous les projecteurs, elle a perdu son pantalon de jogging parce que l'élastique a craqué. »

Putain, songea Romano, la famille Tellier a vraiment un problème avec l'entretien du linge.

« Elle s'est retrouvée en culotte pendant à peu près deux secondes, juste assez pour que ce petit con tourne son portable vers elle. Dix jours après, il y avait huit cent cinquante-quatre vues sur Facebook, et cette petite ordure continue à la ridiculiser dans la cour. Vous me direz, à côté de quatre millions de téléspectateurs, c'est peu de chose.

– Désolée, Tellier, je n'avais pas fait le rapprochement. »

Tellier garda le silence, abattu. Romano se dit qu'un peu de provocation lui changerait les idées.

« En même temps, reconnaissez que cette soirée de la Sécu était horriblement ringarde. »

Tellier lui envoya un regard exaspéré et explosa, avec une fureur qui couvrait le bruit du zouk.

« Et alors ? Vous auriez préféré qu'on creuse encore un peu plus le trou de la Sécurité sociale pour payer un journaliste star ? C'est un crime, d'être ringard ? Regardez-moi : je suis ringard, et content d'être ringard ! Ça accélère le réchauffement climatique, d'être ringard ? Ça creuse les inégalités sociales ? Ça nuit à quelqu'un ? Je préfère être ringard que de me moquer des ringards.

– Vous vous trompez, Tellier, Alex Sanchez n'est pas méchant. C'est pour rire.

– Le problème n'est pas là. On peut nuire sans être malintentionné : en général, on vous apprend ça vers l'âge de cinq ans, quand on vous dit de ne pas pousser les copains dans la piscine. Rigolo pour celui qui pousse, mais pas pour celui qui se retrouve dans l'eau. L'humiliation publique, très peu pour moi. J'essaye d'inculquer ça à mes filles, mais pas évident d'exiger de gamins prépubères plus de maturité que d'un animateur star. »

18

Romano rattrapa de justesse l'oreillette de son portable, qui se cassait la figure, et dicta lentement, en articulant avec exagération.

« F – E – deux R – Y. École Jules-Ferry, comme un ferry pour l'Angleterre, vous savez, l'île de l'autre côté de la Manche ? »

À l'autre bout du téléphone, Dédé n'avait pas l'air d'apprécier.

« Putain, commissaire, vous me prenez pour un con !

– Dédé, le prenez pas mal ! » répondit Romano d'un ton conciliant.

Ce n'était pas le moment de se le mettre à dos. Comme indic, il n'était pas une flèche, mais pour jouer les gros bras face au harceleur de la petite Tellier, il serait parfait.

« Vous notez toujours ? L'école finit à 16 h 30, il faut y aller vendredi. C'est le seul jour où Lange va chercher son sale gosse, le reste du temps, c'est sa femme – on appelle ça un bon père. A priori, c'est le seul à venir à l'école en overboard, et en plus il est roux ! Difficile de le rater.

– Pas d'inquiétude, commissaire, j'ai tout dans la tête, vous me connaissez. »

En effet, songea Romano, elle le connaissait, et c'était bien le problème.

« On est d'accord, vous y allez mollo. L'idée, c'est de mêler douceur et persuasion, pour ainsi dire de faire acte de présence.

– Acte de présence, vous avez le chic pour trouver les bonnes expressions ! Si je dois un jour refaire un tour devant un juge, je la ressortirai ! Comptez sur moi, c'est comme si c'était fait.

– Merci Dédé, je m'en souviendrai. »

Romano raccrocha, satisfaite. Avec ses cent trente kilos pour 2,05 mètres, Dédé n'aurait même pas à hausser la voix. Même s'ils n'étaient pas très futés, ce petit salopard de Jérémy Lange et son papa comprendraient que la plaisanterie avait assez duré.

On sonna à l'interphone. Romano fut soulagée de la ponctualité de Tellier, peut-être un début de retour à la normale. Elle lui avait proposé de venir chez elle comparer les empreintes digitales relevées sur le collier de Ruru à la nouvelle base de données nationale. Avec toutes les personnes qui avaient caressé la bestiole, la recherche ne donnerait sans doute rien, mais c'était l'occasion de le former au nouveau logiciel. Et de ne pas le laisser seul à ruminer chez lui, pendant que les deux filles étaient chez leur mère. Tellier savait que c'était le véritable but de la manœuvre, et Romano savait qu'il savait. Au moins, il serait occupé pendant une heure.

« Je vous sers quoi ? Un double scotch ? Une camomille ?

– Vous n'auriez pas un intermédiaire ?

– Du chablis ? »

Romano remplit un verre et indiqua son fauteuil à son adjoint.

« Mettez-vous aux manettes, je vous guide. »

En théorie, la base de données des empreintes digitales était protégée et inaccessible de l'extérieur, mais Romano avait craqué les codes sans problème. C'était tellement plus agréable de faire ces tâches fastidieuses chez soi que dans son bureau tristounet du commissariat. Le technicien avait relevé dix-neuf empreintes différentes sur le collier de Ruru, dont celles de la veuve et du défunt. Il en restait dix-sept à entrer dans la base.

Tellier suivit scrupuleusement les consignes de sa commissaire, s'interrompant à chaque étape pour prendre des notes sur son bloc-notes orange. C'était un élève appliqué mais l'informatique n'était pas son truc, et son cerveau semblait fonctionner au ralenti.

Il lui fallut vingt minutes pour rentrer les dix-sept empreintes dans le système : Romano lui avait conseillé de tout faire d'un coup, avant de lancer la recherche de correspondances pour l'ensemble.

« Nickel. Maintenant, vous cliquez sur "Lancer la recherche" et vous vous détendez. Quand l'ordinateur a fini une comparaison, il passe directement à l'empreinte suivante, sauf s'il y a une correspondance. Dans ce cas, il fait une espèce de *bip* triomphal, genre machines à sous. Je vais chercher une autre bouteille et des bricoles pour éponger. J'ai sûrement des chips, et peut-être même de la tapenade et d'autres cochonneries. »

Tellier rapprocha docilement le fauteuil de la cheminée. Il jeta un regard hésitant aux manettes de réglage, pour l'allonger davantage, mais renonça : trop compliqué. Il observait les flammes en s'efforçant de ne penser à rien. Romano avait raison, le feu avait un certain pouvoir d'apaisement. Une sonnerie brutale vint interrompre sa somnolence, suivie de près par un « Putain » sonore de Romano, qui rappliquait de la cuisine. Elle lui tendit la bouteille et le tire-bouchon.

« Il y a une correspondance. Ouvrez-nous ça pendant que je lis la fiche. »

> MORICHON Max, 56 ans, dit Max le Fou. Deux condamnations pour complicité de proxénétisme et coups et blessures, à Lille, huit ans d'incarcération. Libéré pour bonne conduite au mois de janvier 2017. Passionné d'armes à feu. Soupçonné d'avoir repris contact avec des réseaux de trafiquants comme homme de main. Dernières résidences connues à Nieppe et à Lompret.

« Nieppe : à quelques kilomètres de Bailleul, compléta Tellier. Ce pourrait bien être une mauvaise fréquentation du maire. Merde ! Désolé, commissaire, j'ai cassé le bouchon.

– Bon, on avance ! La piste d'une vengeance de notre brave édile bailleulois commence à prendre du relief. »

Elle prit la bouteille des mains de Tellier et l'ouvrit en trois secondes, sous le regard penaud de son adjoint.

« OK, vous êtes complètement HS. On goûte ce chablis-là, pour comparer avec l'autre, vous avalez quelques tartines, et vous filez au dodo. On verra demain matin comment cueillir notre ami Max, et on essayera de comprendre comment Ruru a atterri chez lui. Je mets un SMS à Clément. Huit heures trente au *Machiatto*, ça vous va ?

– J'ai promis à Louise d'accompagner Rose à l'école.

– Sept heures trente au commissariat ? Clément est matinal. C'est encore à cette heure-ci que ses rares neurones fonctionnent le mieux. »

Tellier et Clément trempaient délicatement leur cuillère dans les couches successives de masse neigeuse, comme s'ils procédaient à une espèce de forage. Romano était passée au *Machiatto* acheter de quoi petit-déjeuner. Pour elle, un double expresso ; pour chacun de ses collègues, un *latte* extralarge aux brisures de cookies et crème fouettée. Malheureusement, le bombardement massif de cochonneries sucrées n'avait pas l'impact espéré sur Tellier. Le chablis lui réussissait mieux.

Clément, à l'inverse, avait l'air extatique d'un gosse devant sa première coupe glacée. Les félicitations de Romano pour l'initiative de la prise d'empreintes l'avaient fait rougir de plaisir. Romano lui aurait volontiers suggéré de s'asseoir sur le vélo plutôt que sur la chaise, pour éliminer un peu, mais elle ne voulut pas être rabat-joie.

« C'est parti, annonça-t-elle en s'approchant du tableau blanc, le feutre à la main. Comment notre persan primé a-t-il pu atterrir chez notre homme de main ? Je vous écoute. Qui a une idée ?

– Max le Fou a pu être recruté pour tuer Nicolas Peyrard et récupérer Ruru, qui s'est ensuite échappé. »

Romano nota avec application, tout en jugeant l'idée tordue. L'initiative de Clément de faire envoyer le collier de Ruru au labo ne devait pas l'aveugler : il fallait quand même se débarrasser de lui. Une copine des ressources humaines venait de lui donner un tuyau sur un poste bientôt vacant à Cassis. Ce n'était pas une promotion, mais comme sa femme était originaire de Marseille, ça pouvait marcher.

« OK. Cela impliquerait un commanditaire prêt à sacrifier beaucoup d'argent et une vie humaine pour récupérer le persan.

– J'ai une autre option, plus plausible, proposa Tellier. Max le Fou a exécuté Nicolas Peyrard comme prévu, et il a piqué Ruru sur une pulsion soudaine – désolé pour le pléonasme. »

Clément quitta sa chaise pour le vélo, sentant que son option allait être dépassée dans le virage. Quand il perdait du terrain dans la discussion, Romano avait remarqué qu'il aimait pédaler. Toujours ça de gagné.

« Personnellement, j'y crois pas trop ! Max le Fou remplit son contrat comme un professionnel, imite parfaitement le suicide, puis sabote tout parce qu'il a le coup de foudre pour un chat ?

– Rien n'empêche d'être brillant dans un domaine et complètement con par ailleurs, remarqua Romano. Regardez les footballeurs.

– Et on a un commanditaire crédible : le maire de Bailleul, furieux qu'on l'ait privé de son grand œuvre. Il est connu pour ses liens avec le milieu.

– OK. Tellier, il est temps d'amener votre fille à l'école, et prenez votre matinée pour vous reposer, c'est un ordre. Clément, allez voir Solange Peyrard avec la photo de Max le Fou, au cas où elle l'aurait vu au bar à chats. Il est possible qu'il soit venu pour des repérages, ou tout simplement qu'il soit client, l'explication la plus simple à ses empreintes. Pendant ce temps, je préviens le chef. On part à Lompret cueillir notre ami dès que possible. »

Romano éloigna le combiné de son oreille, pour mettre à distance les glapissements du divisionnaire. En vingt-trois années dans la police, Romano avait appris que les avancées dans une enquête n'appelaient pas toujours les félicitations. Tout de même, elle ne s'attendait pas à se faire engueuler. Depuis qu'elle avait prononcé le nom de Max le Fou, Bertin lui aboyait à la figure, comme si elle s'était chargée personnellement de déposer les empreintes du malfrat sur le collier de Ruru.

« Max le Fou ? Qu'est-ce qu'il vient foutre dans votre histoire ? Les stups l'ont mis sur écoute il y a quelques jours. Il vient d'être contacté par un réseau de cocaïne qui tente de s'implanter à Lille, une grosse affaire. Vous ne bougez pas, vous ne touchez à rien : votre patron de bar à chats, à côté, c'est *peanuts*. »

Romano remercia le ciel que Tellier ne soit pas là pour servir son discours sur la valeur de toute vie humaine. Curieusement, le fait de diriger un bar à chats n'attirait pas beaucoup de sympathie. Un inconvénient de ce métier, par ailleurs très lucratif : la perfection n'est pas de ce monde.

« À quand remonte la mise sur écoute ? Peyrard a été descendu il y a huit jours : peut-être que tout a été enregistré ?

– Voyez avec eux, je crois qu'il y a trois ou quatre jours maximum, vous n'aurez rien sur votre histoire.

– Il peut avoir eu des contacts avec le commanditaire après le meurtre, par exemple pour le payement, ou avoir raconté son exploit à des copains. Il faut qu'on ait accès aux écoutes. C'est notre suspect numéro un, et aussi le seul.

– Je demanderai à ce que vous soyez tenue au courant. »

Romano retint le « Putain ! » qui lui brûlait les lèvres. Le divisionnaire avait mal pris son refus du « management par la bienveillance », mieux valait s'écraser. La gueulante était un art subtil : utilisée avec parcimonie, elle était efficace, employée trop souvent ou à contretemps, elle s'avérait contreproductive. Elle lui souhaita une bonne journée du bout des lèvres et attendit d'avoir raccroché pour lâcher son juron.

Tenue au courant, tu parles ! Les stups auraient autre chose à foutre, eux aussi, que de s'occuper d'un patron de bar à chats – elle les entendait d'ici ricaner. Dès que Tellier et Clément seraient de retour, elle les enverrait mettre la pression sur leurs collègues. Et ils auraient ordre d'y aller matin et soir, tous les deux, pour avoir un résumé des écoutes. Mieux valait qu'elle ne s'en mêle pas directement. Depuis qu'elle avait refusé les avances du patron des stups, un cow-boy solitaire infect et arrogant, la collaboration était franchement difficile. L'inconvénient de coucher avec pas mal de collègues, c'est que ses refus étaient mal perçus.

19

Le cœur serré, Tellier regarda sa petite Rose se diriger vers l'attroupement d'enfants qui se formait au pied de l'escalier. Depuis que Louise et lui avaient découvert que leur fille était harcelée, ils s'étaient mis d'accord pour la déposer à l'école pile au moment de la sonnerie, pour lui éviter d'attendre dans la cour. Comme si cela changeait quoi que ce soit, songea-t-il tristement, en la voyant disparaître dans le bâtiment, à travers la grille de la cour.

Il enfourcha son vélo pour rentrer chez lui et se reposer, comme l'avait ordonné Romano. Sauf que c'était la dernière chose au monde dont il était capable.

En guise de distraction, il décida de relire pour la énième fois *Le Premier Homme*, le roman posthume de Camus qui faisait partie de ses livres de chevet. Au bout de la troisième fois qu'il arrivait au bas de la première page sans la comprendre, il referma le livre. Romano avait cru bien faire, mais elle s'était trompée : le travail était la seule chose au monde susceptible de le distraire. Il hésita à retourner au commissariat, mais n'eut pas le courage d'affronter ses éventuelles remontrances. Il chercha quelques secondes un moyen de travailler sur l'enquête sans prendre le risque de la croiser et opta pour un petit tour à Bailleul, la ville de Peyrard. Souvent, les lieux aidaient à comprendre les personnes.

Une heure plus tard, il descendait du TER. Après le bruit et la foule de Lille, le calme de la petite ville avait un côté apaisant. En longeant les coquettes maisons de brique, d'un style parfaitement homogène, il regretta de n'être encore jamais venu à Bailleul avec ses filles, comme il se l'était promis. Dans le guide touristique du Nord-Pas-de-Calais acheté en arrivant dans la région, la petite ville, qui avait droit à une étoile, était saluée pour son charme, ses jolies façades et la qualité de sa reconstruction, après la Première Guerre mondiale. Mais en regardant sur Internet, Tellier avait appris que la reconstruction en question n'avait pas grand-chose à voir avec l'aspect antérieur de la ville. Le « plus pur style flamand » mentionné par le guide était né de l'imagination des architectes, qui avaient inventé un style régionaliste flamand très éloigné du véritable Bailleul d'avant-guerre. Certains puristes auraient peut-être critiqué le côté « carton-pâte » – ce qui expliquait sans doute que les guides touristiques restent évasifs sur cette reconstruction. Mais lui trouvait, au contraire, que c'était une belle histoire : on avait voulu profiter de la disparition quasi complète de la ville pour en inventer une autre, plus jolie.

Ses pas le menèrent vers la Grand-Place, où il hésita à boire un café. Mais dans une petite ville comme celle-là, c'était s'exposer au risque de devoir faire la conversation, et il ne s'en sentait pas le courage.

Il tourna le dos à la Grand-Place et se retrouva sur une avenue rectiligne qui se prolongeait au-delà du centre-ville, guidé par le hasard ou peut-être par son envie de solitude. Tout entier pris par son inquiétude pour Rose, il marchait pour marcher, de son pas de chasseur alpin, se fichant du paysage. Quelle idiotie d'être venu ici alors qu'il ne voulait parler à personne. Difficile d'enquêter sans ouvrir la bouche, ni même lever le nez. Au moment où il se faisait cette remarque et s'obligeait, précisément, à regarder autour de lui, un vaste bâtiment néoclassique au fronton gravé, un peu en retrait de la rue, attira son attention.

Des nombreuses visites de châteaux et musées qui gâchaient ses rares vacances en famille, Tellier avait gardé une antipathie secrète pour toutes les formes de patrimoine – ce qui ne l'empêchait pas d'imposer, lui aussi, des visites de musées à ses filles. Mais ce fronton-là l'attirait. Son sens de l'observation, complètement éteint une minute plus tôt, était soudain en alerte, et il se sentit comme Champollion devant la pierre de Rosette. L'inscription du fronton était en lettres rectilignes et chiffres romains. Du latin, peut-être ? Non, du français.

CONSTRUIT EN L'ANNÉE MDCCLXXVI – RUINÉ EN L'ANNÉE MCMXVIII – RESTAURÉ EN L'ANNÉE MCMXX.

De grandes lettres solennelles, genre AUX GRANDS HOMMES LA PATRIE RECONNAISSANTE, au Panthéon, ou tout bonnement LIBERTÉ, ÉGALITÉ, FRATERNITÉ sur les écoles et les mairies – d'ailleurs, pourquoi pas sur les commissariats ? L'inscription courait sur toute la façade, quinze mètres au moins.

Tellier la relut à voix haute et frissonna. Le château de Versailles l'avait ennuyé, les châteaux de la Loire l'avaient déçu, et voilà que le palais de Bailleul le mettait en transe.

En reculant, pour mieux voir la totalité de la façade, il découvrit un panneau explicatif marron pour touristes, en français, anglais, allemand et flamand. Le bâtiment en question était le présidial de Flandre, siège de la Cour de justice présente à Bailleul dès 1716 et compétente pour une partie de la Flandre française.

À vrai dire, on s'en fichait complètement. Il aurait pu s'agir, aussi bien, d'une halle, d'un octroi, d'une maison des consuls ou de n'importe quelle autre vieillerie. Ce que le bâtiment était au moment de sa première construction n'avait plus aucune importance. La seule chose qui comptait désormais, son identité, sa raison d'être, c'était la phrase sculptée au fronton.

Après la destruction quasi complète de Bailleul, les élus de la municipalité avaient décidé de restaurer le grand bâtiment à l'entrée de la ville, quelques mois après que la dernière bombe avait éclaté (façon de parler, bien sûr ; les bombes, il en remontait encore régulièrement des champs alentour).

Dans la première version, il y avait un autre fronton, avec une autre inscription. Mais personne n'avait eu l'idée saugrenue de reconstituer cette phrase d'origine, disparue sous les obus. La nouvelle inscription avait dû s'imposer comme une évidence. Façon de proclamer que la ville était debout, de dire sa rage de survivre, de recommencer malgré tout. Ce n'était plus le présidial de Flandre, c'était un bâtiment construit en 1776, ruiné en 1918 et restauré en 1920.

Qui avait décidé de le restaurer (combien de frères et de fils ces hommes-là avaient-ils perdus) ? Où avait-on discuté du projet (de la mairie, il ne restait sans doute rien) ? Qui avait gravé les lettres et coupé le ruban le jour de l'inauguration ?

Il reprit sa marche, ému, mieux : bouleversé.

Presque en face, de l'autre côté de l'avenue, un bâtiment moderne, en brique, surmonté d'un drapeau.

Collège public Clément-Marot : les lettres n'étaient pas gravées dans la pierre mais peintes en noir, assez discrètement, au-dessus de la porte d'entrée. C'était là que Nicolas Peyrard et Alex Sanchez avaient eu leur coup de foudre, façon Montaigne et La Boétie. Là qu'ils s'étaient rendus, cinq jours par semaine, de onze à quinze ans.

Chaque matin et chaque soir, Nicolas Peyrard était passé à pied devant le bâtiment construit, ruiné et restauré, son cartable au dos. Chaque matin et chaque soir, le gamin avait vu ce témoignage modeste et poignant de la ville martyre. Certaines salles de cours avaient vue directe sur le monument : sacré cadre pour apprendre l'histoire.

Alors quand Nicolas Peyrard, quelque vingt-cinq ans plus tard, avait entendu parler du projet de mémorial – parc à thème, façon Las Vegas –, il avait bien pu avoir la nausée. Ou même se sentir investi d'une mission.

Soudain, Tellier eut la certitude que Peyrard était sincère dans son combat. Romano et lui avaient toujours tenu pour évident que cette histoire n'était qu'un prétexte pour servir ses intérêts personnels : ils s'étaient trompés.

À force de fréquenter des salauds, tous les deux avaient voulu voir une machination là où il n'y en avait pas. Ils avaient soupçonné Peyrard de vouloir venger le déshonneur de son père vingt ans après, dans une espèce de vendetta minable. En réalité, le mort avait voulu donner un coup d'arrêt à une initiative ignoble. Et en plus, il avait réussi.

Tellier s'assit sur un banc providentiel et sortit son portable. Il fallait mettre Romano au courant de sa trouvaille.

« Commissaire, je suis à Bailleul, commença-t-il d'un ton surexcité, je crois qu'on a fait fausse route depuis le début.

– Vous n'étiez pas censé vous reposer ?

– J'ai essayé, je vous promets, mais travailler me change les idées, alors je suis venu ici, pour sentir un peu la ville de Peyrard. Quand on voit les traces de la guerre, on se dit qu'un type un peu sensible tel que lui a dû être choqué comme moi par ce projet de mémorial. Je vous raconterai, faites-moi confiance. On croyait avoir affaire à un raté assoiffé de vengeance ou cupide, en fait je suis sûr qu'il était sincère dans son combat. »

Un idéaliste un peu dans votre genre, compléta Romano mentalement, mais elle se contenta d'approuver.

« Hum hum, je vois. Et vous trouvez que c'est important de ne pas trahir la mémoire de ce brave gars. »

Comme toujours quand il sentait son interlocuteur plus réservé que lui, Tellier s'enflamma.

« S'il n'avait pas été là, vous vous rendez compte que ce truc aurait peut-être vu le jour ? Il a grandi dans une ville marquée physiquement par le désastre de la Grande Guerre et a été révulsé par ce projet.

– Je comprends, en effet. Une petite question, quand même : du point de vue de l'enquête, ça change quoi ? Le mobile de Peyrard était peut-être différent de celui qu'on a imaginé, mais il a tout de même fait capoter le Grand Projet du maire, avec un G et un P majuscules. Ce vieux salopard a pu mal le prendre et se venger. »

Tellier se sentit brutalement dégrisé : Romano avait raison, comme toujours.

« Je me suis emballé comme un idiot : pour ce qui est du meurtre de Peyrard, on n'avance pas d'un pouce. Du point de vue de l'enquête, ça ne change rien. »

Romano sentit la déception profonde de son adjoint, qui n'avait pas besoin de ça. Il fallait à tout prix lui remonter le moral.

« Rien, je n'irais pas jusque-là. Si Peyrard était effectivement sincère dans sa volonté de démolir ce projet, la rage du maire a dû en être décuplée. Si le fils de son ennemi avait dégommé le projet pour ramasser du pognon ou même pour venger l'honneur familial, l'élu l'aurait peut-être mieux pris. Des règlements de comptes et des coups bas, ça rentre dans son cadre de référence : toute une carrière à calculer, envoyer et renvoyer des ascenseurs, parer les coups de l'adversaire et réfléchir au coup suivant, peser et soupeser chaque magouille pour voir si elle va lui rapporter plus qu'elle ne va lui attirer d'emmerdes. Mais voir le joujou en 3D dont il était si content, et aussi sa carrière, sabotés par une espèce d'excité sincère qu'il croyait avoir sous sa coupe, ça a dû le rendre fou de rage.

– Peut-être, oui, soupira Tellier. Je dois avouer que je ne sais plus trop quoi penser. J'emmène Rose manger une pizza et je vais si possible voir les parents délégués ensuite, puis je rentre au commissariat.

– Allons Tellier, haut les cœurs. Grâce à vous, ce Peyrard qu'on prenait tous pour une chiffe molle est en train de prendre de la consistance. Avoir de la sympathie pour la victime, c'est toujours un bon carburant pour faire avancer une enquête. »

20

Qu'est-ce qu'il fout ? Romano pédalait sur son appareil, énervée. Que Clément soit encore avec Solange Peyrard, rien d'étonnant, d'autant qu'ils avaient l'air bons amis. À leur dernière rencontre, elle avait surpris une conversation enflammée sur leurs rhumes des foins respectifs. Mais Tellier aurait dû être de retour de son déjeuner avec sa fille. Sans doute était-il englué dans une de ses médiations de merde. Vivement vendredi que Dédé remette quelques idées en place et règle cette affaire pour de bon. Entre le pacifisme du couple Tellier et l'inertie de l'institutrice, elle ne pouvait quand même pas laisser cette affaire s'enliser pendant des mois.

Le téléphone fixe sonna et Romano reconnut le numéro du chef. Qui, d'un ton plus excédé que jamais, lui demanda si elle était au courant des faits d'armes de son adjoint. Elle écouta son récit, incrédule.

« Deux d'un coup ? Ah quand même.

– Et les dents, comme chacun sait, ça ne repousse pas.

– Effectivement, sauf chez les requins.

– Vous pouvez compter sur moi pour le mater, votre doux rêveur : je ne tolérerai pas ces dérapages chez mes agents.

– Bien sûr, monsieur le divisionnaire, je comprends parfaitement. On se tient au courant. »

Elle reposa le combiné et poussa un profond soupir. Tellier n'était pas dans une de ses médiations de merde. Il était dans un panier à salade.

Elle remarqua qu'elle avait recommencé à pédaler, sans même s'en rendre compte. Deux incisives, pour un non-violent convaincu : joli score. Pas évident de sortir Tellier de ce bourbier. Surtout si les parents de Jérémy Lange portaient plainte – et pourquoi s'en priver ? Elle se voyait mal terminer cette enquête avec le seul Clément. Objectivement, c'était la merde.

Pourtant, au fond, elle était assez fière de son adjoint. Péter la gueule d'une femme, dans un sens, cela ne manquait pas de panache. Toutes ces années à lui bourrer le mou sur l'égalité hommes-femmes : de ce point de vue, les deux incisives de Mme Lange, c'était un peu son œuvre aussi. À la limite, on pouvait considérer que le coup de poing de son adjoint faisait avancer la cause des femmes.

« Je peux entrer ? »

En entendant la voix de Clément, Romano s'installa sur son vélo. Pour écouter ses comptes rendus sans s'impatienter, il était prudent de passer ses nerfs sur les pédales.

Solange Peyrard l'avait accueilli très gentiment au *Café des chats*, où elle procédait à quelques aménagements. Un lot de lampes rouges à perles achetées sur Internet, que Clément avait personnellement trouvées très jolies : ça relevait bien la déco. Quand il lui avait montré la photo de Max le Fou, elle s'était montrée catégorique : jamais mis les pieds dans leur établissement. Elle n'avait pas vraiment réagi en apprenant qu'il s'agissait sans doute du meurtrier de son mari. Par contre, elle avait beaucoup pleuré en comprenant que Ruru avait séjourné chez le tueur supposé.

« Elle est gentille mais un peu spéciale », conclut Clément.

Romano approuva : le qualificatif ne lui paraissait pas excessif.

Par ailleurs, l'expert-comptable lui avait confirmé que les dépôts en espèces provenaient bien de l'activité du bar à chats. Il lui avait même fait envoyer le journal de caisse, et avait pointé avec lui.

« Incroyable le pognon que rapportait ce truc, conclut-il avec un peu d'envie.

– Le monde est plein de phénomènes mystérieux », approuva Romano.

Elle ajouta que Tellier était indisponible pendant quelques jours, pour raisons personnelles. Clément devait donc se rendre aux stups pour demander un résumé des écoutes de Max le Fou, et les prévenir qu'ils auraient sa visite deux fois par jour. Clément accepta avec sa bonne volonté habituelle, sans poser de questions. Pas brillant mais toujours bon soldat.

Restait à aller voir Tellier, pour lui remonter les bretelles et le moral.

Histoire de se remettre les idées en place, elle décida d'aller à pied au commissariat d'Euralille, où son adjoint avait atterri, et elle attrapa un des parapluies de l'accueil.

Après avoir traversé la magnifique Grand-Place, elle fut bousculée par un touriste asiatique qui reculait pour mieux photographier le beffroi de la chambre de commerce. Juste à côté, un groupe de retraités anglais studieux écoutait les commentaires d'une guide aux allures de gamine, à travers un casque rose fluo qui leur donnait une allure étrange. Dans un sens, Lille avait réussi sa renaissance. Avec ses secteurs historiques superbement rénovés, ses rues chics, sa vie culturelle et étudiante intense, la grande métropole attirait touristes et cadres supérieurs : tant mieux. Mais Romano était bien placée pour savoir que l'agglomération, jamais tout à fait remise de sa désindustrialisation, recelait aussi de véritables poches de pauvreté, souvent à quelques centaines de mètres des quartiers les plus opulents.

Quatre ans plus tôt, quand elle avait été mutée dans le Nord, Tellier lui avait expliqué sans rire que Lille ressemblait beaucoup à Marseille, d'où il venait d'arriver. Bien sûr, avait reconnu son nouvel adjoint, il y avait quelques différences de surface : les briques, la Méditerranée, le climat, le pastis, ce genre de choses. Mais les deux villes étaient les seules grandes métropoles à conserver de vrais quartiers populaires dans leur centre, et à avoir un tel écart entre ville imaginée et ville réelle. Un écart regrettable, bien sûr, mais qui s'accompagnait aussi d'une formidable énergie pour construire l'avenir. Voilà pourquoi il avait choisi d'habiter Roubaix. Une des villes les plus pauvres du pays, mais qui abritait, aussi, le magnifique musée de la Piscine, un des leaders mondiaux de l'hébergement Internet, des friches industrielles superbement réaménagées, un centre-ville redevenu pimpant et un formidable tissu associatif. Bref, une ville éprouvée mais combative.

En arrivant devant le gigantesque centre commercial d'Euralille, elle reçut un SMS de l'ex lui proposant de passer le week-end suivant à Berlin, où il avait un congrès. Pourquoi pas ? Leur soirée interrompue lui avait laissé une bonne impression et elle aimait la bière – pas autant que les *pasteis de nata*, mais il était temps de passer à autre chose. Cela la distrairait aussi de Sanchez, à qui elle avait tendance à penser un peu trop. À voir en fonction des horaires d'avion.

Merci de ta proposition. Je te tiens au courant.

Elle acheta deux sacs de chouquettes, très efficaces pour dédramatiser les situations – peut-être à cause de leur nom rigolo. Puis elle sortit du centre commercial et arriva sur la place François-Mitterrand, ornée de sa grande sculpture pop art de tulipes multicolores.

Au milieu d'un quartier conçu par les grands noms de l'architecture contemporaine, le commissariat d'Euralille était l'opposé du sien. Étincelant, moderne, élégant, mais aussi vaguement intimidant. Après un coup de sonnette et une courte attente, la porte automatique s'ouvrit. Romano dut encore patienter quelques secondes dans le sas, puis entra dans le bâtiment. Elle reconnut avec plaisir le vieux flic de l'accueil, qui l'avait guidée à son bureau le jour de son arrivée à Lille. Il la remercia pour les chouquettes.

« Le chef nous a obligés à mettre Tellier en cellule, je vous accompagne. »

Romano le suivit dans un long couloir immaculé, qui lui fit songer avec nostalgie à ses locaux vieillots – le vieillot n'était pourtant pas son truc. Le collègue lui expliqua que les parents Lange avaient porté plainte pour coups et blessures ayant entraîné une incapacité totale de travail de six jours : c'était mal engagé.

Le couloir se terminait par une cellule à barreaux, où Tellier était occupé à dévorer un croissant. À ses pieds, une grande tasse *Tom & Jerry* remplie de café fumant. Il était assis dans un fauteuil ergonomique que

Romano jugea presque aussi confortable que celui de chez elle, et beaucoup plus que celui de son bureau – visiblement, le commissaire d'Euralille avait négocié son mobilier mieux qu'elle. Le fauteuil en question avait sûrement été transporté dans la cellule pour Tellier. Jamais détenu n'avait été aussi bien soigné. Il termina sa bouchée à la hâte et la regarda d'un air confus.

« Désolé, commissaire, j'ai merdé. »

Malgré son embarras, Romano le sentit plus détendu. De toute évidence, les coups et blessures lui avaient fait du bien.

« Bon Dieu, Tellier, qu'est-ce qui vous a pris ? »

Tellier raconta les faits avec une sobriété inhabituelle : l'heure n'était plus aux envolées lyriques. Tout avait commencé par un coup de fil de Louise, en état de choc, alors qu'il venait de déposer Rose à l'école. Au lieu de clôturer son compte Facebook comme convenu avec l'institutrice, Jérémy Lange venait d'y publier une nouvelle photo de Rose en culotte, avec la légende : *Pour Miss France, c'est raté !*

Juste à ce moment-là, il avait vu la mère de Jérémy, qui venait aussi de déposer sa progéniture, mauvais timing. Il s'était précipité sur elle pour lui montrer l'image, que sa femme venait de lui envoyer sur son portable – Romano remarqua qu'il avait dit « ma femme » au lieu de « mon ex ». Tellier fit une pause, non pour ménager ses effets mais pour déglutir. Le dénouement approchait.

Mme Lange avait haussé les épaules et rétorqué qu'ils n'en seraient pas arrivés là si les Tellier avaient acheté des fringues correctes à leur gosse. Aïe, pensa Romano, voilà donc la réplique qui avait signé l'arrêt de mort des deux incisives. À ce moment-là, il avait perdu le contrôle, reconnut-il.

« À tous les coups, votre Rose sera la star de l'école, demain matin. Tout le monde n'a pas un papa héros. »

Tellier rougit de nouveau, mi-honteux, mi-content.

« Les parents ont porté plainte, ça se présente mal, avoua-t-il.

– Une plainte, ça peut se retirer. Je vais vous sortir de là. »

Tout en ouvrant son parapluie, Romano se félicita de ne pas avoir décommandé la visite de Dédé trop vite : elle avait toute confiance en son pouvoir de conviction. Mais restait le risque d'une sanction interne, genre mise à pied ou séjour au placard. La seule solution était d'aller plaider directement la cause de Tellier auprès du divisionnaire. Ce qui nécessitait évidemment une monnaie d'échange. Merde, la connerie de Tellier, c'est elle qui allait en payer le prix.

Elle remonta le boulevard de la Liberté en direction de la DIPJ, pour voir Bertin. Ce genre de négociations fonctionnait mieux en direct que par téléphone.

« Vous n'avez pas jugé utile de prendre rendez-vous ? »

Le divisionnaire l'accueillit avec son air éternellement excédé et écouta son plaidoyer, incrédule.

« Vous n'êtes pas en train de me demander d'enterrer une affaire de voie de fait sur la voie publique ? »

Romano se fendit d'une moue timide.

« Ce serait dommage de voir notre réputation ternie par un scandale idiot. Nous sommes tous dans le même bateau. »

La ficelle était peut-être un peu grosse. Depuis une décennie, le divisionnaire ressortait périodiquement la métaphore de la voile à l'occasion des vœux du Nouvel An : « être tous sur le pont », « tenir le cap », etc. Mais il se contenta d'un soupir qui fleurait bon le renoncement.

« Tellier est un boulet, reconnaissez-le.

– Non, c'est un pur. Dans un sens c'est pire. Mais il a un dévouement et une puissance de travail exceptionnels – et c'est sans doute le meilleur tireur du département. »

Les sourcils du divisionnaire demeuraient obstinément froncés. Pas gagné.

« D'ailleurs, j'y pense, si Tellier reprend son poste, ça va me libérer un peu de temps. Je pourrais peut-être prendre le pilotage du "management par la bienveillance".

– Tiens donc ! Laissez-moi me souvenir. Il me semble que vous estimiez ne pas avoir les qualités pédagogiques suffisantes pour apporter le niveau d'excellence exigé par l'importance de l'enjeu. Quelque chose comme ça. Vous voulez que je retrouve votre mail ? »

Romano se composa un sourire embarrassé.

« Il n'y a que les imbéciles qui ne changent pas d'avis.

– Parfait, vous êtes nommée chef du projet, je fais diffuser la note de service tout de suite. Pour Tellier, je vais voir : quelques jours de réflexion ne lui nuiront pas. Et si vous voulez que je vous paye un stage de confiance en soi, n'hésitez pas. »

Salopard, pensa Romano, il n'avait rien promis, et en plus il se foutait de sa gueule. Elle remercia poliment et fit mine de quitter le bureau, puis se retourna juste avant de sortir :

« Pour les écoutes de Max le Fou, je compte sur votre soutien, si les stups traînent la patte. »

Le divisionnaire lui adressa un sourire mi-figue, mi-raisin.

« Bien sûr, nous sommes tous dans le même bateau. »

21

Romano devait maintenant faire ce qu'elle détestait le plus : attendre. Que Max le Fou se décide à raconter autre chose que des histoires de cul : d'après les comptes rendus que Clément et Tellier extirpaient à leurs collègues des stups, il ne faisait que ça. Que Dédé trouve les arguments pour que M. et Mme Lange retirent leur plainte. Que le divisionnaire accepte de sortir Tellier de sa geôle dorée. Que M. le maire rentre de son voyage d'agrément au bout du monde. Que vienne l'heure de son vol pour Berlin, ce soir.

Sans se lever de sa chaise, elle balança son gobelet à la corbeille et hésita à descendre chercher un troisième café à la machine. Mais elle dut s'avouer qu'elle n'en avait aucune envie. Juste un prétexte pour retarder encore le moment de se mettre au boulot.

Elle rassembla son courage pour allumer son ordinateur et créa un nouveau dossier « Management par la bienveillance ». Dans un de ces accès de vulgarité qui la prenaient parfois sans prévenir, elle eut une furieuse envie d'ajouter « mon cul » au nom du dossier, mais jugea sage de s'abstenir : sait-on jamais.

Le dossier était créé, bel effort. Restait à le remplir. À commencer par la note de présentation demandée par le divisionnaire. Elle avait toute la matinée devant elle pour la rédiger, merveilleux.

« Allez Romano, sois forte, s'encouragea-t-elle tout haut, ce n'est qu'un mauvais moment à passer. »

Elle se souvint vaguement qu'un beau-frère consultant avait mentionné au dernier Noël une étude de Google sur l'importance du confort psychologique pour l'efficacité des équipes. En quelques clics, elle dénicha un article du *New York Times* qui racontait comment des chercheurs de tout poil employés par le géant du Net avaient analysé des centaines de groupes de travail pour déterminer les ingrédients du succès. Fallait-il que les membres de l'équipe aient des centres d'intérêt communs ? Des profils complémentaires ? Se voient en dehors du travail ? Rien de tout cela n'avait d'impact mesurable sur l'efficacité. Après toutes ces fausses pistes, la conclusion était apparue, miraculeusement simple : les meilleures équipes étaient celles où les gens se sentaient en « sécurité psychologique », autrement dit étaient gentils les uns envers les autres. En somme, moins vous êtes emmerdé, mieux vous bossez : tout ça pour ça !

Nickel pour sa note de présentation. D'autant que l'article plaçait les choses sous l'angle de l'efficacité et non de la morale : elle se voyait mal dans le rôle du prédicateur donneur de leçons. N'ayant pas les talents d'écriture d'un journaliste du *New York Times* et n'étant pas payée à pisser de la copie, elle traduisit l'article en un quart d'heure, ajouta trois lignes d'introduction et envoya le tout. Adjugé.

Elle attrapa sa sacoche, claqua la porte de son bureau, dévala les escaliers. Puis annonça à la cantonade qu'elle filait à Bailleul pour l'enquête Peyrard. Clément pointa le nez hors de son box. Elle hésita une seconde, puis décida d'y aller seule : Clément ne le faisait pas exprès, mais il l'empêchait de réfléchir.

Romano prit la direction du bistro. Vu son emplacement stratégique, c'était sûrement le plus important de la petite ville. Et puis, il s'appelait *Café de la Grand-Place*, ce qui dénotait chez ses propriétaires un sens de l'observation prometteur.

Elle n'était pas venue à Bailleul juste pour s'occuper mais aussi pour éclaircir les questions nouvelles apparues sur sa carte mentale. Le maire connaissait-il Max le Fou ? Qui avait signé la lettre anonyme les ayant mis sur la piste du lien entre la victime et le projet avorté de mémorial ? Comment Nicolas Peyrard avait-il découvert ce projet, et le voyage programmé à Las Vegas ? Était-ce bien lui qui avait orchestré la campagne de dénigrement, dans l'ombre ? Si oui, comment le maire était-il remonté jusqu'à lui ?

Les tables du bistro étaient vides, à l'exception d'un quadragénaire cravaté qui aurait été pas mal sans ce gel ridicule dans les cheveux. Il pianotait sur son ordinateur : sans doute un commercial entre deux rendez-vous. Dans ce décor vieillot, avec banquettes de moleskine, publicités pour le PMU et calendrier des pompiers, il détonnait. Contrairement au rougeaud appuyé au bar, qui commentait le match avec le patron et semblait faire partie du décor.

Romano commanda un café au comptoir. Comme toujours, son titre de commissaire suscita un silence respectueux. De courte durée. La sonnerie de portable du rougeaud (la chanson de Pierre Bachelet sur les corons) retentit. « J'arrive », répondit-il d'un bon bougon sans laisser à son interlocuteur le temps d'en placer une – sa femme sans doute. Il sortit en maugréant.

« Vous le connaissiez bien, Nicolas Peyrard ?
– Je le connaissais, oui, mais pas tant que ça. Vous savez comment sont les gens. »

Romano approuva d'un air entendu, sans relever la contradiction. Si elle comprenait bien, la théorie du patron était justement qu'on ne savait pas comment sont les gens.

« Vous en pensiez quoi ? »

Le patron leva les yeux au ciel, pour gagner du temps. Romano comprit qu'il passait ses journées à prononcer des formules laconiques et sentencieuses qui pouvaient vouloir dire tout et son contraire, dans le but légitime de ne pas froisser la clientèle. Toute une vie d'entraînement à ne pas donner son point de vue : il s'annonçait coriace. Et si elle tentait la flatterie ?

Elle avisa un set de table encadré au mur, dédicacé par l'enfant chéri du pays : *Merci à mon ami René, qui prépare le meilleur potch de toute la Flandre.*

« Vous êtes ami avec Alex Sanchez ? Il paraît que lui et Nicolas Peyrard étaient inséparables, gamins ? »

Le patron se dérida. Alex Sanchez était son héros, il ne s'en cachait pas. Romano écouta non sans plaisir le portrait énamouré du petit gars du pays, pas fier et généreux. Elle eut droit à l'inévitable couplet sur les parents chausseurs – et eut une petite pensée pour Tellier. Ce n'était pas du Bossuet, mais le panégyrique était sincère. Après tout, le succès n'attire pas toujours la sympathie.

Quand elle orienta la conversation sur la victime, le ton devint plus sec. Le patron haussa les épaules, maussade, et en dressa un portrait lapidaire. Un pauvre type sans intérêt, qui avait passé sa vie à se lamenter sur les malheurs de son père et n'avait jamais eu de couilles. « Pardon pour mon langage, mais vous voyez ce que je veux dire. » Un mou, en somme, et lui, il n'avait pas honte de le dire, il n'aimait pas les mous.

Cela sonnait comme une conclusion. En sortant sa monnaie, Romano demanda au patron ce qu'il pensait du maire, histoire de rigoler un peu. La réponse fut à la hauteur de ses attentes. « Que voulez-vous que je vous dise, il y a du bon et du moins bon. »

Au moment où Romano se levait de son tabouret, il voulut ajouter quelque chose. Classique, les gens se mettaient souvent à parler après l'entretien « officiel ».

« Je vais vous dire, commissaire, reprit-il d'un ton grave après avoir reposé la soucoupe sur le bar, comme pour rendre sa déclaration plus solennelle. Le décès de Nicolas Peyrard, c'est bien triste, mais vous perdez votre temps. Il s'est foutu en l'air, point final. Et sans le soutien d'Alex, il l'aurait fait depuis longtemps. Qu'un type aussi brillant s'encombre d'un tel minable, j'appelle ça de la charité. »

Romano prit congé pour de bon, surprise de cette envolée. Elle repensa à la scène des soixante-dix ans de la Sécurité sociale. Charité : ce n'est pas une qualité qu'elle aurait spontanément associée à Sanchez. Mais comment expliquer autrement sa fidélité à un type que tout le monde décrivait comme un raté ?

En cinq minutes, Romano arriva au musée de la Première Guerre mondiale, fléché depuis la Grand-Place. Au guichet, elle demanda les coordonnées de Mme Lesage, la présidente fondatrice du lieu, et l'érudite locale d'après Tellier. Elle devait être au courant du projet de mémorial. Le téléphone ne répondait pas, Romano décida de tenter sa chance chez elle, deux rues plus loin.

Un vieux monsieur affable en pantalon de velours, genre professeur à la retraite, vint lui ouvrir la porte.

Sa femme était à un colloque international à Verdun jusqu'au lendemain, mais il serait ravi de lui offrir une tasse de café. Il venait justement d'en préparer.

Romano le suivit jusqu'à un petit salon donnant sur un ravissant jardin à l'anglaise, qu'on ne soupçonnait pas depuis la rue. Une grande bibliothèque, fabriquée sur mesure, courait sur deux murs. La plupart des ouvrages portaient sur la Première Guerre mondiale – certains en français, d'autres en anglais, allemand et italien.

« Votre femme a une véritable passion pour la Grande Guerre ?

– Plus qu'une passion, une mission. Quand on a grandi ici, ça se comprend. Vous connaissez l'histoire de Bailleul ? »

Le vieil homme lui en raconta en quelques phrases le martyre. En octobre 1914, près de cinquante mille soldats allemands avaient envahi la ville, bientôt rejoints par d'autres troupes. L'occupation ennemie n'avait duré qu'une semaine mais avait été marquée par les pires exactions – même si l'équipe municipale, l'archiprêtre et d'autres volontaires avaient donné leur vie en gage pour tenter de protéger les habitants. Après des combats particulièrement sanglants, les Anglais avaient fait leur entrée dans la ville meurtrie. Bailleul allait devenir, pendant quatre ans, ville de garnison britannique – et aussi cité-hôpital. Quatre années marquées par des bombardements réguliers et par la proximité des combats : le bruit, bien sûr, mais aussi l'odeur du gaz répandu à Ypres, toute proche. Au printemps 1918, l'offensive allemande s'était traduite par un déluge de bombes pendant plusieurs semaines, détruisant Bailleul à quatre-vingt-quinze pour cent. Certains des derniers habitants avaient été réquisitionnés pour le ravitaillement du front d'Ypres où ils moururent gazés.

« Voilà, conclut le vieil homme : une histoire tragique, comme celle de toute la région. Mais comme ma femme a grandi ici, elle s'est spécialisée dans l'histoire de Bailleul. Elle est devenue présidente du musée peu avant sa retraite, il y a vingt ans. Préserver la mémoire de cette guerre est son obsession. D'ailleurs, je crois qu'elle a encore acheté une lettre de poilu sur eBay hier soir. »

Romano leva le nez de sa tasse, interloquée.

« Vous voulez dire qu'elle est tombée sur une personne qui vendait des vraies lettres de poilu ?

– Ce n'est pas une personne, c'est une rubrique », répondit M. Lesage en attrapant sa tablette sur la commode voisine.

En deux clics, il fut sur le site, et tapa le mot-clé « Première Guerre mondiale ». Huit mille huit cent quatre-vingt-un résultats. Et donc au moins huit mille huit cent quatre-vingt-un objets à vendre.

« La plupart des annonces viennent de brocanteurs qui ont vidé des maisons – on les repère au nombre d'objets qu'ils proposent. D'autres fois, ce sont les familles qui vendent directement la correspondance ou la médaille de l'arrière-grand-père. Des objets de "première main", plus cotés que les autres, comme pour les voitures d'occasion. Regardez. »

Bonjour, je vends des lettres écrites par un soldat français. DOCUMENTS AUTHENTIQUES ET POIGNANTS. Il raconte jour après jour la vie sur le front, les jours où ils perdent des amis. Dans le lot, des cartes postales et des lettres à sa femme. Très rare. Me faire une offre en rapport avec ce petit bijou presque centenaire ! Joignable par téléphone. Cordialement.

« Merde alors !

– Étonnant, non ? Vu la façon dont celle-ci est rédigée, c'est sûrement une annonce de la famille. Je vais cliquer sur PhilouB79, le vendeur, pour vérifier. Voyez, la lettre est le seul objet à vendre, avec une paire de chaussures de ski Salomon, très bon état, peu servi. »

Romano s'était remise de son étonnement et son côté pragmatique reprenait le dessus.

« Remarquez, il vaut mieux un collectionneur qu'une décharge.

– Exact, c'est pour ça que ma femme consacre la moitié de l'argent de sa retraite à récupérer tout ça. Le problème, ce n'est pas ceux qui achètent, c'est ceux qui vendent. Quand ces pauvres gamins ont écrit leurs lettres au milieu de l'enfer, ils n'imaginaient pas qu'elles seraient vendues avec des chaussures de ski d'occasion. »

Romano hocha la tête, puis expliqua la raison de sa présence à Bailleul.

« Pauvre gosse, soupira M. Lesage. Je l'ai peu connu mais ma femme l'a eu comme élève. Pas brillant, je crois, mais elle l'aimait bien.

– Pensez-vous qu'il ait pu l'informer du projet de mémorial de l'Artois porté par le maire ? »

Le vieil homme la regarda, hésitant.

« Si vous savez quelque chose, dites-le-moi. Sinon, je serai obligée de vous interroger officiellement.

– Nicolas Peyrard l'a appelée un soir et lui a donné rendez-vous au cimetière pour lui révéler une information secrète – sur le coup, je me suis dit qu'il se croyait dans un film d'espionnage. C'est là qu'il lui a parlé du projet de mémorial, en lui faisant jurer de ne pas dire que l'information venait de lui. Elle me l'a confiée à moi seul.

– Comment Nicolas Peyrard était-il au courant ?

– Tout ce que je sais, c'est que personne ne devait savoir que le tuyau venait de lui. Comme convenu avec lui, ma femme a appelé le lendemain quelques journalistes et historiens, et ça s'est mis à tirer de tous les côtés. Les plus terre à terre ont fait leurs choux gras du billet d'avion pour Las Vegas payé par le contribuable. En parallèle, deux historiens renommés ont signé une tribune dans *Le Monde*, pour dénoncer la bêtise et l'apologie de la violence, sous prétexte de devoir de mémoire.

– Si votre femme et vous n'avez rien dit sur votre source, comment le maire a-t-il pu savoir que la fuite provenait de Nicolas Peyrard ?

– Aucune idée. En tout cas, ma femme ne trahit jamais un secret.

– Vous pensez que Peyrard aurait pu saboter ce projet pour venger son père ? Il s'est quand même écoulé vingt ans depuis le fameux scandale de corruption, qui a amené le maire actuel de Bailleul à le lâcher, comme les autres, et accessoirement à lui piquer sa place à la mairie. »

M. Lesage haussa les épaules et fit une moue incertaine.

« J'ai toujours préféré les certitudes aux élucubrations : c'est pour ça que j'enseignais les mathématiques. Les turpitudes de l'âme humaine, ça n'a jamais été mon truc. »

Romano faillit répondre qu'elle était pareille mais se rendit compte qu'elle se berçait d'illusions. En entrant dans la police, elle avait signé aussi pour les turpitudes et les élucubrations.

22

« L'opéra, c'est quand on regarde sa montre au bout de deux heures et demie et qu'il s'est écoulé vingt minutes. » La phrase de Billy Wilder aurait pu aussi s'appliquer aux aéroports, se dit Romano en passant pour la troisième fois dans la même allée.

En attendant l'embarquement pour Berlin, elle essayait de reconstituer l'histoire qui s'était conclue avec une balle dans le ventre de Nicolas Peyrard. Pour réfléchir, la lente déambulation était moins efficace que la véritable marche, mais elle se voyait mal enchaîner les tours du terminal 2 comme des tours de stade, de son pas habituel. Elle aurait eu l'air d'une dingue (ce qui ne la gênait pas) et aurait été vite interceptée par un agent de sécurité ou un flic – surtout avec cette annonce, qui demandait en boucle, dans quatre langues, de signaler toute situation ou tout comportement suspects.

Les pièces du puzzle apparaissaient peu à peu, et s'emboîtaient plutôt bien. Vingt ans après la mort du député-maire de Bailleul, son fils, traumatisé et raté, apprenait par hasard le projet répugnant d'un des coupables – du moins le considérait-il comme tel. Et comprenait, au même moment, qu'il avait le pouvoir de faire planter à la fois le projet et son auteur. La vengeance lui tombait toute cuite dans le bec, ou presque : une occasion à saisir, même pour un mou comme lui. Tout marchait nickel. Seul hic, le maire remontait jusqu'à lui, et n'appréciait pas qu'on lui bousille ses rêves de grandeur.

A priori, ça tenait la route, mais elle aurait aimé avoir l'opinion de Tellier. C'était bien la peine de rester célibataire pour ne pouvoir se passer trois jours de son adjoint. Quand le divisionnaire allait-il le sortir de son trou ?

Pour se changer les idées, elle s'approcha d'une vitrine qui proposait des ceintures à clous et jeans à paillettes. On aurait dit du cher qui imitait du pas cher : étonnant. La vitrine d'à côté exposait des T-shirts pour enfants, avec des phrases dessus : « Je suis le p'tit mec de maman » ; « Je suis la nana de mon papa »… Romano relut plusieurs fois, sans comprendre. De l'humour, sans doute. À croire que le créateur n'avait jamais entendu parler de l'inceste. Au bout de l'allée, une pin-up en bikini de quatre mètres sur trois lui souriait. « Bientôt l'été : et si vous pensiez enfin à vous ? » De quel droit cette pétasse maigre et siliconée sommait-elle les femmes de s'occuper de leur nombril à temps plein, du haut de son bronzage parfait et de son absolue vacuité ? En s'approchant, elle constata que c'était une publicité pour des salons de bronzage. En fait, « pensez à vous » signifiait simplement « soyez belle », ou plutôt « soyez conforme ».

Elle repensa à toutes les gamines anorexiques qui vibrionnaient autour de Sanchez comme d'un dieu vivant. Adoré autant des midinettes branchées que des patrons de PMU, belle prouesse. Non seulement Sanchez était beau à tomber par terre, mais il avait une capacité exceptionnelle à attirer la sympathie. Un raccourci, à lui seul, de l'injustice du monde.

Elle acheta un guide de Berlin pour se mettre dans l'ambiance du week-end, puis s'installa sur un des rares sièges disponibles de la salle d'embarquement. Tout en avalant son chocolat blanc aux amandes, elle ouvrit le livre au hasard. La Topographie de la terreur, trois étoiles d'après le guide, était un centre de recherche historique construit sur l'emplacement de l'ancien bunker d'Hitler. Cool. La page suivante était consacrée au mémorial de la Shoah. Sympa. C'était l'inconvénient de Berlin : pas facile d'échapper à ces joyeusetés. Restait à espérer que le vétérinaire brillerait dans tous les domaines, et pas seulement dans ses récits d'amputation.

Romano emporta son verre de chablis et plongea dans son bain. Quelle idée géniale d'avoir renoncé à Berlin. Quand l'hôtesse d'embarquement lui avait proposé de reporter son départ pour cause de surbooking, en échange de 300 euros de dédommagement, elle avait accepté sans hésiter, ni même réfléchir. Un imprévu providentiel : qu'allait-elle faire dans cette galère ?

Bizarre, comme principe, de changer le cours de sa vie contre de l'argent. Un super truc pour valoriser la présence des proches. Une journée avec ma femme ? Je vous la fais à 200 euros. Trois heures avec ma maîtresse ? Désolé, je ne descends pas au-dessous de 600, en plus, c'est à Venise, symboliquement, ça compte. Elle avait informé l'ex du surbooking sur le vol, sans préciser qu'elle avait eu le choix. En retour, un SMS sec : *Tant pis.* C'était bien son avis aussi. Il y aurait d'autres types et d'autres occasions. Elle pensa aux trois billets de 100 euros restés dans sa poche de jean et se promit de les dépenser en Blue Mountain grand cru. Sanchez lui avait transmis le virus.

Il restait à peine vingt minutes avant son émission. Elle sortit de son bain et mit à jour sa carte mentale, de plus en plus chargée. Maintenant, le schéma ressemblait davantage à une pieuvre qu'à un arbre : le petit encadré contenant le nom de la victime pour la tête, les branches aux formes étranges en guise de tentacules.

Elle alluma la télé pendant le générique. L'invitée du jour était une actrice américaine superbe, moulée dans une robe fourreau rouge sang. Impossible de retrouver son nom, même si elle l'avait vue dans plusieurs films. Curieusement, son visage ne semblait pas lifté et elle accusait quelques belles rides autour des yeux. Romano se dit qu'elle avait à peu près son âge.

Dans un anglais quasi parfait qu'il traduisait lui-même pour les spectateurs, Sanchez interrogea la star sur sa carrière. Pour une fois, c'est lui qui semblait béat, presque intimidé. Après tout, peut-être préférait-il les femmes mûres à ses stagiaires à peine majeures. L'une des caméras fit un gros plan sur son sourire à fossette et Romano eut l'impression qu'il s'adressait à elle. « Romano, ça devient grave », dit-elle tout haut. Elle éteignit la télé et attrapa le rapport de Scotland Yard sur les dernières techniques de chronométrie. Rien de tel pour se changer les idées.

Au bout de trois lignes, elle fut distraite par un SMS : Sanchez l'invitait à boire un verre le lendemain à Lille, où il venait pour le week-end. 20 h 05 : il venait juste de quitter le plateau. On aurait cru qu'il l'avait vue derrière l'écran de télévision.

Putain, Romano, tu crains !

23

Romano avait fixé le rendez-vous avec Sanchez à dix-sept heures, pour éviter la soirée. À Bailleul et non à Lille comme il l'avait proposé, pour reprendre, au moins en partie, le contrôle de la situation. L'occasion, aussi, de voir la présidente du musée. L'entretien avec son mari avait éveillé sa curiosité, et peut-être avait-elle des choses à dire sur Nicolas Peyrard.

Elle gara sa Clio sur le parking de la Grand-Place et décida de profiter de son avance pour jeter un coup d'œil au fameux musée, qu'elle localisa sur son téléphone. Cinq minutes plus tard, elle arriva devant une grande maison bourgeoise en brique, dans le style néoflamand typique de la ville. Une affiche modeste, à côté de la porte d'entrée, signalait qu'il s'agissait bien du musée.

Elle acheta son ticket à une jeune guichetière tout sourire et commença par le rez-de-chaussée, comme on le lui avait conseillé. Elle parcourut rapidement la première salle, consacrée à des scènes de genre et des tableaux religieux, français et flamands. Puis elle tomba en arrêt en entrant dans la salle suivante, plus petite. Les œuvres exposées là n'étaient pas de vrais tableaux mais des descriptions de tableaux, présentées dans des cadres de tailles différentes. Elle s'approcha du premier texte :

Paysage (chevaux dans un pâturage)

Joseph-Édouard de GERNON, Tours 1811-Bordeaux 1878
Huile sur toile h. 499 mm, l. 703 mm
Cadre en bois doré
n° 3017

Deux vieux chevaux maigres et usés, l'un blanc, l'autre alezan, sont là bien tristes l'un près de l'autre dans une prairie, entre un monticule agreste et un sentier qui s'éloigne, près d'une mare où se reflète un ciel couvert en partie de nuages gris et lourds annonçant la pluie. L'herbe rare et très brune par places ne tente guère les vieux serviteurs. Au second plan à gauche une femme vue de dos est assise sur un tas de pierres et cause avec un jeune garçon debout devant elle qui tient un panier au bras droit. Un chien est couché à côté de la femme, entre elle et une seconde pièce d'eau qui s'étend à gauche. Plus loin, au milieu du tableau, devant les bâtiments d'une ferme, près desquels est une femme, on voit trois vaches : deux debout et une couchée. Plus loin encore à l'horizon on distingue vaguement des arbres qui se continuent à gauche derrière un groupe de maisons.
Signé en noir, en bas, à gauche de la mare : de Gernon 1843.

Elle vit alors un cartel qui expliquait l'origine de ces « tableaux fantômes ». Les trois quarts des collections du musée avaient été abandonnés à leur sort au début de la terrible offensive allemande de mars 1918, avant qu'on ait eu le temps de les évacuer. Les œuvres avaient disparu à jamais, certaines d'entre elles détruites par les bombes. Dans les années 1990, le conservateur, un certain Laurent Guillaut, avait retrouvé des carnets de l'un de ses prédécesseurs, comportant une description méticuleuse de plusieurs milliers d'œuvres. Il avait alors eu l'idée d'exposer certaines de ces notices, au format exact des œuvres disparues. Le résultat était saisissant.

Romano repensa aux envolées lyriques de son adjoint, après avoir vu le fronton du présidial reconstruit, et elle comprit mieux son émotion. En proclamant sa reconstruction, ou au contraire en soulignant les manques, Bailleul rappelait partout, par petites touches inattendues, les souffrances endurées un siècle plus tôt. Elle renonça à visiter l'étage, certaine qu'il lui aurait semblé fade. De toute façon, il était l'heure d'aller voir la présidente.

Le vieil homme, toujours affable, l'accompagna vers un petit bureau lumineux, où une septuagénaire à l'allure austère terminait un Skype sur un MacBook dernier cri. Elle fit signe à Romano de s'asseoir en face d'elle, de l'autre côté de l'ordinateur et des piles de dossiers. La commissaire obéit sans moufter. Avec son visage nu et ridé, ses sourcils sévères et sa maigreur renforcée par un pull noir, la professeure à la retraite dégageait une autorité naturelle impressionnante. Ses élèves n'avaient pas dû rigoler.

« *OK, I will check in the library. Have a pleasant day.* »

L'historienne parlait avec un accent épouvantable teinté d'une nuance de chti – grâce à quoi Romano la comprenait parfaitement. En même temps, son anglais était fluide. Romano en déduisit qu'elle avait l'habitude d'échanger avec ses homologues du monde entier.

« Bonjour madame la commissaire, mon mari m'a dit que vous aviez des questions sur Nicolas Peyrard ? »

Romano hocha la tête. La vieille femme allait droit au but, sans faire mine d'avoir envie de papoter. Pas aussi chaleureuse que son mari, mais directe et franche. Autre bon point, elle avait féminisé le titre de Romano : rare chez les gens de son âge.

« Je voudrais que vous me parliez de lui, lors de vos derniers échanges mais aussi quand il était votre élève. »

L'historienne réfléchit quelques secondes à la façon de structurer son exposé. Elle semblait préférer la rigueur professorale aux échanges à bâtons rompus.

« Premièrement, mes souvenirs, en gardant à l'esprit qu'en plus de vingt ans, j'ai pu oublier et déformer. Nicolas Peyrard n'était ni brillant ni très attachant. Gentil mais peu de personnalité. Le genre de gamin influençable qui peut mal tourner en cas de mauvaises fréquentations. Pas de risque en l'occurrence : son seul ami, c'était Sanchez, un garçon gentil aussi et, pour le coup, très brillant. J'avais sans doute quelques préjugés sur Nicolas à cause de son père – notoirement corrompu. Mais quand on a abordé la Grande Guerre, il s'est montré vraiment intéressé. Il m'a rendu une copie excellente et m'a appris qu'il avait un peu connu son arrière-grand-père, ancien poilu qui avait vécu centenaire. Je lui ai proposé de faire un exposé à la classe, et il nous a lu des extraits de lettres de Verdun, forcément très touchantes. Deux ans plus tard, au moment des événements familiaux, il n'était plus dans ma classe. J'ai hésité mais suis finalement allée à l'enterrement de son père, par sympathie pour ce pauvre gosse. Je crois qu'il n'était pas dupe des larmes de crocodiles versées par tous ceux qui avaient lâché son père, et que ma présence lui a fait plaisir. En tout cas, j'ai eu cette impression quand mon tour est venu de lui serrer la main, après cette mascarade assez pénible.

« Ensuite, je n'ai eu aucune nouvelle, hormis les potins en allant acheter le pain – je n'avais aucune raison d'en avoir. D'où ma surprise de ce rendez-vous mystérieux, sur un banc du cimetière – comme pour en rajouter dans la mise en scène. J'ai vérifié hier soir sur mon agenda, c'était le 22 septembre, il y a presque six mois. »

Romano remarqua qu'elle avait oublié le « deuxièmement » en route, emportée par son récit.

« Deux jours avant, le maire était venu boire un verre avec son premier adjoint dans son bar à chats tout neuf, et Nicolas l'avait entendu se vanter de partir bientôt à Las Vegas pour rencontrer un spécialiste des effets spéciaux. Curieux, il avait réussi à épier la conversation en faisant mine de nettoyer les vitres, et découvert ainsi le projet de mémorial.

– Le maire avait donné des détails ?

– Nicolas avait une excellente mémoire, comme moi, et se souvenait très bien de ses propos hallucinants. "Tu comprends, avait expliqué le maire à son adjoint, l'Artois, c'est pas vendeur : les historiens ne sont même pas d'accord entre eux sur le nom des batailles. Les Flandres, idem. Le seul truc sexy, c'est les gaz, à Ypres, mais pas de bol, c'est côté belge. Il faut voir plus grand, et justement, avec la nouvelle région Hauts-de-France, il y a un coup à faire. En récupérant la Picardie, on ramasse les batailles de la Somme et du Chemin des Dames : ça, le grand public achète – les Anglais compris. Ce ne sera pas le mémorial Artois-Flandres, ce sera le mémorial des Hauts-de-France. On mettra des effets spéciaux à tout péter, crois-moi, il y a un coup à faire." »

La présidente laissa flotter l'expression dans l'air pendant quelques secondes. Puis elle reprit, en hochant la tête de droite à gauche :

« Deuxième bataille de l'Artois, cent mille morts ; Somme, quatre cent mille morts, dont près de vingt mille Britanniques tués le seul 1er juillet 1916, premier jour des combats. Et je vous fais grâce des autres batailles de la région : Arras, Armentières, Lorette, Festubert… Sans oublier les civils terrorisés et les villes anéanties. Vous savez ce qu'a écrit Albert Londres en voyant les ruines du front ? Qu'on y entendait exactement les mêmes propos que ceux des touristes à Pompéi : "Ici, ce devait être un four. Là, c'était vraisemblablement l'école." Alors pour répondre à votre question, le maire n'était peut-être pas rentré dans les détails, mais il en avait dit assez pour montrer combien son projet était abject. Nicolas voulait donc que je contacte les journalistes et historiens – en ne disant à aucun prix qu'il était à l'origine de la fuite. L'idée était de jouer sur les deux tableaux, pour ratisser large : d'une part, le scandale financier du voyage à Las Vegas payé par les administrés ; d'autre part, l'obscénité du projet. »

Romano se dit que pour un pauvre type prétendument mou et dénué d'initiative, ce n'était pas un mauvais plan.

« Il avait peur de la réaction du maire ? »

La vieille femme fit une moue sceptique.

« Je ne crois pas. Vu le mépris avec lequel il parlait de lui, je crois qu'il aurait été ravi de s'opposer à lui publiquement. Ce qui le terrorisait, c'était la réaction de sa femme. Elle lui avait interdit de se mêler de politique sous prétexte que c'était mauvais pour le chiffre d'affaires.

– Vous croyez que le sabotage du projet du maire était une façon de venger son père ? »

L'historienne la foudroya du regard. Décidément, Romano n'aurait pas aimé apprendre l'histoire sous ses ordres.

« Le sujet, ce n'est pas le maire ! Nicolas Peyrard a saboté ce projet ignoble parce que c'était la seule chose à faire, point final. »

Romano sortit de la petite maison, un peu agacée. Comme tous les monomaniaques, la présidente du musée était incapable d'imaginer qu'on ait d'autres centres d'intérêt que les siens. Même biaisé, son témoignage avait tout de même l'intérêt de conforter la vision romantique que Tellier avait de Peyrard.

Tout s'emboîtait, ou presque. La victime s'était élevée contre le projet du maire, par sincérité et non par calcul. Ce dernier, fou de rage de voir sa carrière brisée, avait fait assassiner Peyrard par un tueur à gages de ses amis. Il n'y avait plus qu'à aller le cueillir à l'aéroport à son retour de Sydney – dans un monde parfait, elle se serait même fait offrir un petit voyage là-bas pour accélérer les choses. Tellier se chargerait de le faire passer aux aveux, et il serait excellent, comme toujours.

Restait quand même la question de cette foutue lettre anonyme. Hormis le couple de gentils retraités, qui était au courant du lien entre Peyrard et le mémorial, et qui avait intérêt à mettre les flics sur cette piste ? Cette pièce-là ne trouvait pas sa place dans le puzzle. Quelque chose avait dû lui échapper, et ne lui apparaîtrait qu'en reprenant tout à zéro.

En général, elle avait besoin de mouvement pour réfléchir – le sien ou celui des flammes dans la cheminée. Mais quand elle devait appuyer sur « pause » et revoir le film depuis le début, il lui fallait de l'immobilité. Comme s'il fallait arrêter sa propre course pour arrêter aussi celle de l'enquête.

Elle fit demi-tour et rejoignit la Grand-Place d'un pas vif. Par chance, le café était désert. Elle sortit son ordinateur et ses écouteurs, commanda un double expresso. Que le patron lui apporta aussitôt, avec deux spéculoos.

Un expresso, un spéculoos ; un double expresso, deux spéculoos. Si seulement tout pouvait être aussi simple.

24

Un cilice ou une planche à clous pour se punir lui-même, voilà ce qu'il lui aurait fallu, se dit Tellier en buvant son deuxième café dans sa cellule – cette fois, son collègue l'avait accompagné d'un pain au chocolat. Depuis qu'il avait basculé dans la violence physique, il était gâté comme jamais. Ses collègues étaient aux petits soins, Louise l'avait béni de son intervention avec un regard quasi énamouré et Rose lui avait écrit une lettre qui lui avait arraché des larmes. *Merci papa de m'avoir si bien défendue.* Avec un « e » à la fin pour le complément d'objet direct placé avant l'auxiliaire. Non, il n'était pas si mauvais père.

Non seulement sa retraite forcée était presque plaisante, mais, plus grave, il n'éprouvait aucun remords d'avoir cassé la figure de Mme Lange, malgré tous ses efforts. Paradoxalement, ce manque de culpabilité était ce qui le culpabilisait le plus. Pour le reste, le fait d'avoir défendu efficacement sa fille l'emportait sur le regret d'avoir trahi, d'un seul coup de poing, ses principes et la mémoire de son père.

Peu autoritaire et modérément impliqué dans l'éducation de ses deux fils, entre autres parce que son métier de boulanger lui permettait de dormir quand le reste du monde vivait, ce dernier avait la violence physique en horreur – peut-être un résidu d'une jeunesse baba cool. Quand les chamailleries de ses fils menaçaient de dégénérer en bagarre, il les rappelait à l'ordre d'un ton sans appel. « Pas de *voix de fées* », assénait-il avec une exaspération qui poussait à obéir. Tellier n'avait jamais compris ce que les fées venaient faire là-dedans, mais se gardait de poser des questions. Il avait dû attendre la fac de droit pour comprendre enfin que les « voix de fées » étaient en réalité des « voies de fait ». L'accent provençal de son père l'avait induit en erreur. D'où son boulanger de père avait-il sorti cette expression juridique ? C'était une des mille questions qu'il ne lui poserait jamais. Le pacifiste convaincu était mort d'un cancer foudroyant vingt ans plus tôt.

Du point de vue de sa conscience, son accès de violence n'avait donc pas eu un impact trop dramatique. Sur sa carrière, en revanche, les conséquences risquaient d'être lourdes. Il était résigné à rester capitaine toute sa vie mais n'avait aucune envie d'être mis au placard, à numériser des microfiches. Une perspective autrement inquiétante que les deux jours en cellule imposés par le divisionnaire.

« Un jour par dent, avait-il remarqué d'un ton sec, ce n'est pas cher payer. »

La sonnerie de son portable vint le distraire de ses pensées moroses – on lui avait laissé son téléphone, un privilège de plus.

« Bonjour, c'est le médiateur de Télé 2, vous vous souvenez ? Comment allez-vous ? Toujours à traquer les criminels ? »

L'avantage des personnes qui posaient plusieurs questions à la fois, c'est qu'on pouvait choisir auxquelles répondre.

« Bien, et vous ? »

Vu la voix de son interlocuteur, qui suintait l'amertume plus encore que la première fois, Tellier n'avait pas trop de doutes sur la réponse.

« Comme un chômeur de cinquante-huit ans complètement grillé dans le seul milieu professionnel qu'il connaisse…

– Vous avez perdu votre travail ?

– Vous vous souvenez des fameuses lettres de ma main ? Le lendemain de votre passage, une auditrice interne est venue éplucher mes dossiers et a découvert le pot aux roses. Quand j'ai vu son physique de bimbo, j'ai compris que ce devait être la dernière conquête de Sanchez – et qu'il lui avait demandé de me chercher des poux dans la tête.

– Ils vous ont viré pour ça ?

– Ça s'appelle une rupture transactionnelle. D'après la DRH, ils auraient pu me licencier pour faute, je peux m'estimer heureux. J'attends que ça vienne : pour l'instant, heureux n'est pas l'adjectif qui me décrit le mieux. »

Le médiateur se tut. Tellier laissa le silence s'installer, pour qu'il se décide à annoncer le véritable motif de son appel.

« J'aurais quelques irrégularités à révéler sur notre ami Sanchez, moi aussi. Rien de sûr, rien de récent, mais peut-être des bricoles intéressantes.

– C'est urgent ? »

Le médiateur ricana, avant de poursuivre d'un ton blasé :

« Vous avez mieux à faire que d'aller chercher des noises à une star interplanétaire, forcément. J'avais l'impression que vous aviez plus de couilles, encore une erreur. »

L'attaque laissa Tellier indifférent. Leur détestation commune de l'émission de Sanchez, et plus largement de la médiocrité morale et intellectuelle de la chaîne, lui avait donné une première impression favorable du médiateur. Mais cette fois, tout son propos sentait si fort la rancœur que ses pseudo-révélations avaient toutes les chances de n'être qu'un règlement de comptes. Ou même, pourquoi pas, un montage ou de fausses informations : ses lettres bidon montraient que le médiateur prenait des libertés avec la vérité quand ça l'arrangeait. Malgré tout, Tellier pouvait difficilement refuser de l'écouter.

« Je vous ai juste demandé si ça pouvait attendre un peu. Après-demain, ça irait ? »

Le médiateur proposa un rendez-vous dans une brasserie de la Grand-Place à Lille. Comme ça, au moins, il serait obligé de quitter sa robe de chambre. Il s'assura que Tellier avait noté son numéro de portable et raccrocha brusquement. Tellier se rendit compte qu'il ne connaissait même pas son nom.

À peine avait-il posé son portable que l'un de ses collègues se précipita vers lui, le sourire jusqu'aux oreilles.

« Les parents Lange viennent de retirer leur plainte. »

Tellier le regarda d'un air dubitatif, en se demandant si ce n'était pas une plaisanterie de mauvais goût ou une erreur. Mais déjà, l'inspecteur ouvrait sa cellule, en ajoutant qu'il allait leur manquer.

Apparemment, le couple avait débarqué au commissariat avec leur gamin et son cartable sous le bras, juste après la sortie de l'école, dans un état bizarre. Le père était surexcité, la mère quasi mutique, comme s'ils venaient de s'engueuler. Le père avait demandé à voir le commissaire et exigé que leur plainte soit retirée tout de suite et l'affaire classée définitivement. Il répétait en boucle qu'il ne voulait plus entendre parler de cette histoire. La mère avait signé les papiers sans dire un mot. Plus de plainte : le capitaine était libre.

Tellier avait écouté le récit de son collègue, incrédule puis ravi. Plus encore que sa libération, le renversement de position des parents Lange le réjouissait. S'ils avaient pris cette décision à la sortie de l'école, c'était sûrement après un entretien avec la directrice. Elle avait réussi à leur faire comprendre la gravité du comportement de leur fils, et ils étaient entrés dans une logique d'apaisement, et peut-être une remise en cause de leur éducation. Non, il ne fallait pas désespérer de l'humanité.

Il rassembla dans son cabas Monoprix les quelques affaires que Louise lui avait achetées en urgence : brosse à dents, pyjama, sous-vêtements de rechange. Puis il demanda s'il pouvait rester cinq minutes dans sa cellule, pour appeler Romano au calme.

« Félicitations, s'exclama la commissaire en apprenant la nouvelle. Vous pouvez accompagner Clément à sa visite du soir à la brigade des stups, pour le résumé des écoutes de Max le Fou ? » À peine eut-il répondu qu'elle raccrochait déjà, apparemment pressée de terminer l'échange. Un peu comme si elle retenait un fou rire – ce que Tellier trouva légèrement hors de propos.

25

« J'ai fait comme vous m'avez dit, commissaire, rigolait Dédé au téléphone, un mélange de douceur et de persuasion, avec surtout de la persuasion, quand même.

– Pas de violence physique ?

– Enfin, commissaire, vous me connaissez ! J'ai chopé votre rouquin juste avant qu'il arrive devant l'école, je l'ai descendu gentiment de son overboard et je lui ai demandé s'il préférait calmer le jeu ou que je lui défonce la mâchoire.

– La mâchoire, vous ne pouviez pas trouver mieux, le félicita Romano.

– En tout cas, l'argument a porté. Il est devenu tout blanc, il a mis la main sur sa bouche. "OK, il a dit, je laisse tomber."

– Merci encore, c'est bon de savoir qu'il y a des gens sur qui on peut compter. »

Romano raccrocha et éclata de rire. Ce brave Dédé avait accompli sa mission de façon brillante – brillant n'était pourtant pas le premier mot auquel on pensait en le voyant. Tellier était de nouveau sur les rails, tant mieux. Se reposer sur les seules compétences de Clément était une expérience au moins aussi flippante que le saut en chute libre sans parachute – elle n'avait jamais été fan des sports extrêmes.

Elle avala le double expresso et les deux spéculoos, puis sélectionna le compositeur anglais du XVIIIe siècle qui l'accompagnait souvent. Dans une émission de radio, elle avait appris que sa musique, terriblement ennuyeuse, était utilisée dans le métro londonien pour faire fuir les jeunes et éviter les attroupements. Le fond sonore idéal pour travailler en paix.

Son ordinateur contenait une copie des principaux éléments de l'enquête. Photos de la scène de crime, rapports du légiste sur place et après autopsie, compte rendu de l'entretien de Tellier avec Masorel, dépositions du serveur, de l'éleveur, de Solange Peyrard, de Marion Caron, du patron du *Machiatto*, de Sanchez, des huit voisins interrogés par Clément – qui n'avaient rien vu ni entendu d'inhabituel. Elle attrapa un set de table en papier sur une table voisine, le déchira en petits morceaux où elle inscrivit le nom de chacun des documents. Le but était de piocher les papiers, pour relire les rapports dans un ordre aléatoire. Une bonne technique pour reprendre une enquête à zéro, et repérer les détails cruciaux qui vous avaient échappé. Regarder les éléments dans un ordre arbitraire, différent de l'ordre initial, aidait à avoir un regard neuf.

Cette touche de hasard ne suffisait pas. Il fallait aussi une approche mentale particulière. Non pas une extrême concentration, mais au contraire une espèce d'attention flottante, proche de celle du psychanalyste : « sans mémoire, sans désir et sans connaissance », selon une formule lue dans un magazine de psychologie, chez un dentiste – seul endroit où elle lisait ce genre de chose. L'attention flottante consistait à prêter la même attention à tout, sans attacher d'importance particulière à un détail plus qu'à un autre. Ne pas fixer sa concentration sur tel ou tel point et tenter de supprimer les filtres : préjugés, présupposés, expériences passées… Le but, en somme, était de faire comme si elle découvrait les informations pour la première fois. En espérant vaguement qu'il se produise quelque chose, comme un chercheur de trésor passe une plage au détecteur de métaux sans trop y croire.

Elle mélangea les papiers sur la table du bistro, et tira, en premier, la déposition du serveur du *Café des chats*. Le joueur de hang détestait Solange Peyrard, et, par contraste, avait une sympathie sincère pour son patron, souffre-douleur de madame. Si Romano avait d'emblée considéré Nicolas Peyrard comme un type mou et dénué de personnalité, c'était en partie à cause de son témoignage – conforté par sa propre impression de la veuve. Elle relut le récit en quelques minutes, sans y découvrir de détail nouveau ni ressentir le moindre déclic.

Le petit papier suivant désigna le deuxième rapport du légiste, après autopsie. Cette fois, Romano s'autorisa à aller plus vite. Martel était lent, pontifiant et emmerdant, mais aussi parfaitement rigoureux. Sa démonstration balistique était sans appel. Rien à dire, si ce n'est qu'un légiste un peu moins méthodique aurait peut-être signé pour un suicide. Nicolas Peyrard avait eu du bol de se faire ouvrir les entrailles par lui – un bol un peu tardif.

Le troisième papier désigna la déposition de Marion Caron, la veuve numéro deux. Romano relut la première partie du témoignage, consacrée à l'adolescence de Nicolas Peyrard, Alex Sanchez et Marion Caron. Un trio romanesque décrit avec brio. Romano la revoyait faire son show, sans ressentir plus d'émotion que le jour de l'audition. Marion Caron avait ensuite parlé du passé récent. Son mot de condoléances déposé à l'enterrement.

Puis l'appel téléphonique de Nicolas Peyrard, le lendemain, c'est-à-dire trois jours avant sa propre mort.

« J'étais dans le TGV, dans les tunnels près de la gare du Nord, j'entendais une phrase sur deux. À un moment, il a dit que c'était de sa faute si sa mère était morte. Je lui ai répondu qu'il n'y était pour rien et il m'a dit que je ne pouvais pas comprendre. »

Romano leva le nez de son ordinateur, intriguée. Pourquoi Marion Caron ne pouvait-elle pas comprendre ce que lui disait Nicolas Peyrard ? Voilà une question que personne ne s'était jamais posée, ni sur le coup ni après. L'ex-femme avait été choquée par l'ébriété de Nicolas, censé être guéri de son alcoolisme. Cette rechute avait mobilisé toute son attention, et elle l'avait automatiquement attribuée au décès tout récent de sa mère. Dans la foulée, elle avait dû interpréter tout leur échange en fonction de ce deuil.

Romano sentit son détecteur de métaux s'emballer. Fébrile, elle relut la phrase à voix haute, en prenant garde de ne pas parler trop fort.

Cette interprétation était peut-être une erreur, songea-t-elle, excitée. Le « tu ne peux pas comprendre » dit par Nicolas n'était pas forcément une formule toute faite, comme Marion l'avait pensé. Peut-être avait-il voulu lui expliquer qu'elle faisait fausse route, que son état n'avait rien à voir avec la mort de sa mère.

Elle sentir son cœur s'accélérer. Avait-il réellement dit : « C'est de ma faute si *ma mère* est morte », comme Marion Caron l'avait déclaré en toute bonne foi ? Ou plutôt : « C'est de ma faute si *elle* est morte » ? Marion avait très bien pu remplacer ce « elle » par « sa mère », disparue quelques jours plus tôt, déformant la phrase involontairement. La mémoire humaine était dramatiquement limitée, et avait le plus grand mal à restituer des échanges avec exactitude. Si cette hypothèse se révélait exacte, Nicolas Peyrard se reprochait peut-être la mort d'une autre femme que sa mère. Son agitation monta d'un cran.

Voilà peut-être la piste qui leur avait échappé depuis le début. Peyrard avait pu être mêlé, volontairement ou non, à un meurtre, et il aurait été descendu pour ce motif. Par vengeance, ou pour le faire taire.

Elle commanda une bière pour fêter ça. L'étape suivante était claire : interroger de nouveau Marion Caron, avec l'aide d'une infirmière spécialiste de l'hypnose qui endormait certains patients de son père avant le passage au scalpel. Elle l'avait fait intervenir plusieurs fois pour aider des témoins à retrouver certains détails. Le résultat avait été bluffant. Avec un peu de chance, Marion Caron pourrait ainsi retrouver la phrase exacte prononcée par son ex – sans cela, impossible de distinguer ce qu'elle avait réellement entendu et ce qu'elle avait restitué, de bonne foi et sous serment. Romano laissa un message à l'infirmière, pour organiser un rendez-vous au plus vite. En parallèle, il fallait fouiller de nouveau dans la vie de Peyrard. Sanchez, qui le connaissait le mieux, aurait peut-être une piste.

Encore vingt minutes avant le rendez-vous. Romano était trop excitée pour retrouver l'attention flottante nécessaire à la lecture des autres documents. Autant mettre à jour sa carte mentale.

Le « chœur des esclaves » retentit au moment où elle créait la nouvelle branche de son schéma. Tellier avait beau chuchoter, son excitation était perceptible. Il venait d'arriver avec Clément dans les bureaux des stups, pour faire le point sur les écoutes de Max le Fou. Et tout le monde était en ébullition.

« Il y a une heure, notre bonhomme a reçu un SMS depuis un téléphone portable jetable. L'expéditeur souhaitait lui commander un nouveau petit travail et voulait le retrouver dès que possible à l'endroit habituel. Max le Fou a répondu qu'il était justement à deux pas. Par géolocalisation, les flics ont vu qu'il se rendait sur la Grand-Place de Lille, sûrement le point de rendez-vous. Mais la rencontre avec son commanditaire n'a duré qu'une minute. Le temps qu'ils arrivent, Max le Fou avait regagné sa voiture, pour rentrer chez lui, à Lompret.

– Putain ! s'exclama Romano. Vous croyez qu'ils nous auraient appelés ? J'en étais sûre ! Donnez-moi l'adresse de Max et rejoignez-moi à Lompret, on va planquer là-bas, de notre côté. »

De l'autre côté du téléphone, elle entendit une porte qui s'ouvrait et des bruits de voix. Tellier attendait sans doute que le couloir se vide pour reprendre la conversation.

« Trop tard. Notre oiseau est passé chez lui cinq minutes et est reparti en direction de Lille. Tout laisse à penser qu'il a pris son matos et est en route pour son "petit travail". Ce qu'il ne sait pas, c'est qu'il a deux voitures des stups derrière lui.

– Vous connaissez leur position ?

– Clément est resté dans un coin du bureau pour écouter discrètement leurs échanges. Il y a trois minutes, ils entraient dans Lambersart. S'il va vraiment à Lille, il devrait arriver par l'avenue de l'Hippodrome. On doit pouvoir le récupérer là-bas.

– OK, essayez de rejoindre le cortège et vous leur collez aux basques.

– Bien reçu. »

Romano s'attendait à ce que Tellier raccroche, mais il toussota, gêné.

« Bertin est passé vous voir tout à l'heure, à propos du projet "Management par la bienveillance", et il m'a interdit d'aller "foutre notre merde dans cette affaire" – je cite. Ça ne change rien, je suppose ? »

Le rappel de cette corvée arracha à Romano un soupir excédé. Pourquoi fallait-il que les projets les plus merdiques soient les seuls à ne pas être enterrés ? Bref, ne pas se laisser distraire de l'essentiel.

« Vous supposez bien, Tellier. C'est déjà assez dingue qu'on nous empêche d'arrêter notre suspect. Le minimum, c'est de le suivre. On ne peut pas toujours jouer dans les règles, je ne vous apprends rien. »

Tellier garda le silence une seconde, offensé de cette allusion à son unique dérapage.

« Vous nous rejoignez, commissaire ? »

Romano avait fait ses calculs et pris sa décision.

« Non, je risquerais d'arriver trop tard et j'ai un rendez-vous important à Bailleul. Je me demande s'il n'y a pas une affaire dans l'affaire, la mort d'une femme dans laquelle Peyrard aurait été impliqué il y a peut-être plusieurs années, je vous expliquerai. Maintenant, foncez. »

À peine raccroché, elle s'en voulut de n'avoir pas précisé que son rendez-vous était avec Sanchez. Tout ça parce qu'elle soupçonnait Tellier de la soupçonner d'avoir le béguin pour l'animateur. Des soupçons de soupçons : le genre de truc qui faisait avancer le travail d'équipe. Il n'y a que la vérité qui blesse, songea-t-elle.

Elle n'eut pas le temps de méditer plus longtemps sur sa faiblesse. L'objet du béguin entrait dans le bar.

26

« Bonjour commissaire, ce bleu vous fait des yeux incroyables. »

Prise de court, Romano sentit un sourire idiot lui monter aux lèvres. Encore un peu et elle aurait rougi – ça ne lui était pas arrivé depuis ses dix-huit ans. Ça commence fort, se dit-elle. Elle l'avait un peu cherché. Ce T-shirt bleu vif lui attirait toujours des compliments, et elle ne l'avait pas choisi pour la présidente du musée.

« Qu'est-ce que vous buvez ?

– Je vais d'abord aller serrer la main au patron, sinon, il croira que je fais la gueule. Vous reprenez une bière ? »

Au bar, le patron accueillit la star locale à grandes embrassades. Romano regrettait le lieu du rendez-vous. C'est elle qui avait proposé Bailleul plutôt que Lille, mais ici, Sanchez était sur ses terres. Pas l'idéal pour mener la danse et rester professionnelle, surtout s'il était aussi direct. Il ne l'avait pas franchement draguée lors de leurs deux premières rencontres. Qui étaient, c'est vrai, des auditions officielles, organisées à sa demande à elle, sur son lieu de travail. Cette fois, c'est lui qui avait pris l'initiative de lui proposer de « prendre un verre », et il y allait franco, fidèle à sa réputation.

« Vous avez des amis à Bailleul ou vous êtes venue en touriste ? »

Décidément, il tenait à placer leur rencontre dans un cadre non professionnel. Après tout, il était en week-end. Le iPhone dernier cri qui dépassait de sa poche de polo émit un petit *bip*.

« Désolé, j'en ai pour une seconde. »

En une seconde, sa voix caressante fit place à un ton professionnel, plutôt directif.

« OK pour mardi, dites bien au ministre d'être là à 18 h 45. »

Il raccrocha sans même saluer et reprit un ton chaleureux, comme si l'interruption n'avait pas eu lieu.

« Excusez-moi.

– En fait, je suis venue ici dans le cadre de l'enquête sur Nicolas Peyrard, et je crois que j'avance. Le mémorial de l'Artois, vous vous souvenez ? J'étais partie sur des histoires de magouille politique. En fait, je crois qu'il était sincère : il détestait ce projet, point barre. »

Sanchez s'était rembruni en entendant le nom de son ami d'enfance, et Romano regretta d'être aussi rabat-joie. Il garda le silence quelques secondes, plongé dans ses souvenirs.

« Si vous me permettez un avis tout sauf autorisé, vous êtes une sacrée pro. Je ne sais pas ce qu'il en est de ce fichu mémorial, et pour tout vous dire, cela ne m'intéresse pas tellement. Mais Nicolas n'était pas le minable que tout le monde croyait : là-dessus, vous avez raison. Il était capable d'avoir des convictions et de les défendre. »

Romano hocha la tête. Cette confirmation était toujours bonne à prendre, même si le mémorial était surtout une façon d'amener la conversation sur Nicolas Peyrard. Des préliminaires, en quelque sorte. Parallèle malheureux, songea-t-elle en remarquant une minuscule coupure de rasage sur le menton, qui donnait à l'animateur une irrésistible touche de vulnérabilité.

« C'est la présidente du musée qui m'a parlé de sa passion pour la Première Guerre mondiale. Vous la connaissez ?

– Il paraît que c'est la seule habitante de Bailleul à avoir une renommée internationale, mais je ne vois même pas sa tête. Ça vous paraîtra peut-être idiot, mais ressasser en permanence ces massacres, je trouve ça morbide. La vie est courte et pas toujours drôle – vous êtes bien placée pour le savoir. Je préfère profiter de ce qu'elle a à nous offrir. »

Sanchez avait accompagné cette remarque équivoque d'un sourire non moins équivoque. Pour la première fois, une fossette s'était formée aussi du côté gauche, légèrement moins profonde que sa symétrique mais tout aussi craquante.

En général, Romano savait créer un climat de confiance tout en demeurant professionnelle. C'était plus difficile avec un type dont elle était raide dingue, ou du moins avec qui elle aurait volontiers passé la nuit. Pour corser le tout, il lui semblait déceler dans sa voix une nuance nouvelle : plus intime, plus vraie. Il avait tombé le masque de l'amuseur public.

Il y eut un nouveau *bip*, son portable à elle cette fois. Son vétérinaire canin lui proposait une nouvelle soirée – l'épisode berlinois était apparemment digéré. Le pauvre avait mal calculé son coup, songea Romano, qui ne put s'empêcher de faire la comparaison. Même avec un resto étoilé et des chandelles, il était nettement moins magnétique que Sanchez dans un PMU ringard, avec un calendrier des postes en arrière-plan. Un seul point en la faveur du vétérinaire : il n'était pas témoin dans une enquête pour meurtre.

Au fil des années, Romano avait couché avec des jeunes et des vieux, des bruns et des blonds, des beaux et des moins beaux, et toutes les couleurs de peaux – sans discrimination aucune. Son unique principe en la matière était de ne jamais avoir de relations avec une personne impliquée dans une enquête. L'inconvénient d'avoir peu de principes, c'est qu'on était obligé de s'y tenir.

« Allez, soyez franche, vous pensez comme moi ? Avec un métier comme le vôtre, on a besoin de se faire plaisir, non ? »

Pendant une fraction de seconde, Romano envisagea de le recadrer sèchement – elle savait faire, même sans en avoir envie. Mais si elle l'envoyait balader, il ne mentionnerait rien de nouveau sur le passé de Nicolas. Elle se souvenait de sa réticence à évoquer la tentative de suicide de son ami, peu après la mort de son père. De toute évidence, Sanchez ne voulait pas salir sa mémoire. S'il était au courant d'une histoire glauque impliquant la mort d'une femme, il n'en parlerait pas facilement. Et encore moins dans un cadre officiel.

Le mieux était encore de continuer cette conversation sur le fil du rasoir, dangereuse mais bien agréable. Elle attendrait le moment opportun pour entrer dans le vif du sujet : y avait-il, oui ou non, une autre morte dans la vie de Nicolas Peyrard ?

27

Le problème avec les voitures banalisées, c'est qu'elles sont difficiles à répérer, se disait Tellier en guettant l'arrivée de Max le Fou et des collèges des stups partis à ses trousses. Il eut peur d'avoir fait cette remarque idiote tout haut : les deux jours en cellule ne semblaient pas lui avoir réussi.

L'absence de réaction de Clément le rassura. Depuis le début de leur planque, le lieutenant fixait le rétroviseur avec une concentration maximale. Tellier se demanda s'il s'était seulement autorisé à cligner des yeux. Ce n'était pas une lumière mais il se montrait consciencieux à l'extrême – une qualité à ne pas négliger.

Tellier lui avait fait garer leur 308 blanche à quelques mètres de l'école primaire de l'avenue de l'Hippodrome, à l'entrée nord-ouest de la ville. Max le Fou avait toutes les chances de passer par là, s'il se rendait bien à Lille. C'était l'heure de la sortie d'école et Tellier comptait sur le chaos des parents stationnés n'importe où pour ne pas se faire repérer. Depuis la rentrée en maternelle de sa fille aînée, pas une année ne s'était écoulée sans qu'il s'élève contre ces pratiques barbares, s'attirant l'inimitié farouche des conducteurs et la sympathie des piétons et cyclistes – heureusement de plus en plus nombreux.

Les stups, comme eux, étaient équipés de 308 et de Clio blanches. D'après le fichier des cartes grises, Max le Fou conduisait une 605 grise à peine plus repérable, avec laquelle Tellier aurait volontiers emmené ses filles en vacances s'il en avait eu les moyens. Une Porsche décapotable rouge aurait été plus identifiable, mais les truands n'étaient plus ce qu'ils étaient.

« Vous croyez qu'on a pu les louper ? »

Tellier soupira. Comme sa dernière fille, Clément posait toujours les bonnes questions.

« Il n'a pas pu nous passer devant mais il est possible qu'il n'aille pas à Lille.

– Regardez ! »

Une 605 arrivait bien au-dessus de la vitesse réglementaire, toutes fenêtres ouvertes, la radio à fond. Max le Fou, si c'était bien lui, faisait peu d'efforts de discrétion.

« Merde, c'est du Souchon. Vous auriez pensé que les tueurs écoutaient du Souchon ?

– Les Clio des stups sont derrière, c'est bien lui. »

Clément laissa passer les deux voitures de flics et deux autres véhicules, puis força le passage. Le conducteur à qui il avait barré la route donna du klaxon.

« En temps normal, je ferais un doigt d'honneur dans le rétro.

– Restez concentré, ça vaut mieux. »

Le lieutenant était très doué pour se faufiler entre les voitures en gardant juste la bonne distance. Lui n'était pas fort pour les filatures, dont il n'aimait pas le côté sournois.

« Attention ! » hurla Tellier.

Clément venait de griller un feu, au moment où un homme s'apprêtait à traverser avec une poussette.

« C'était large », répondit Clément.

Dans le rétroviseur, Tellier vit le pauvre père de famille leur adresser de grands gestes scandalisés. Il en aurait fait autant.

La filature était compliquée par la conduite sportive de Max le Fou. Après trois feux rouges brûlés, Clément pila au dernier moment pour le quatrième, de peur d'être repéré.

Un camion-poubelle suivi d'une longue file de voitures s'engagea sur l'avenue. Tellier et Clément échangèrent un regard consterné. Ils avaient perdu de vue leur cible.

« Bordel de merde !

– Pas de bol.

– J'y vais », prévint Clément.

Il s'engagea sur la file de gauche, à contresens, en appuyant à fond sur le klaxon. La voiture qui arrivait en face se rabattit juste à temps. La voie était libre sur une centaine de mètres, Clément accéléra encore et remonta la file jusqu'à dépasser le camion-poubelle, sous un concert de klaxons. Tellier serrait les fesses, mort de honte encore plus que de trouille. Passer pour un chauffard était toujours pour lui une épreuve, et tout cela n'avait sans doute servi à rien, songea-t-il, amer, en scrutant l'avenue. Elle se terminait par une fourche.

Clément prit la file de gauche puis changea d'avis au dernier moment et se rabattit brutalement.

« Stop, ils sont là ! » s'écria Tellier.

Les trois véhicules étaient garés les uns derrière les autres, en double file devant un tabac. Les flics avaient pris soin de laisser quelques mètres entre les voitures, mais rien de très discret.

« On a du bol que notre ami soit fumeur », remarqua Clément en dépassant lentement les trois voitures.

Il gara la 308 en double file – par chance, le boulevard était large.

« Ça y est, il sort du tabac.

– Je laisse passer les stups ?

– On risque de le perdre de nouveau, passez devant. Ils nous verront peut-être, mais ne pourront rien y faire. »

Clément laissa Max le Fou les dépasser, toujours avec Alain Souchon à fond. *Allô maman bobo* : Tellier eut l'impression d'entendre le conducteur chanter. S'il était vraiment en route pour une exécution, sa décontraction faisait froid dans le dos. La 308 s'inséra discrètement dans la circulation, deux véhicules derrière le tueur. Le rythme avait ralenti. Depuis qu'il avait acheté ses clopes, Max semblait plus calme.

Il ne se dirigeait pas vers le centre-ville mais, contre toute logique, vers le nord-est de l'agglomération – il aurait pu éviter de passer par Lille : envie de faire un tour, ou alors de brouiller les pistes. Il prit la direction de Croix, où les quartiers populaires laissèrent place à des villas huppées. Grosses baraques, grosses voitures, jardins aux allures de parcs, allées arborées formant de véritables rues privées, un des coins les plus rupins de l'agglomération. Max le Fou suivait la direction de la villa Cavrois, indiquée par des panneaux touristiques, que Tellier avait visitée récemment avec ses filles.

La 605 mit son clignotant à droite et s'engagea dans une impasse coquette et fleurie. Impossible de la suivre sans se faire repérer. Clément continua tout droit et gara la voiture juste après l'impasse. Quelques secondes plus tard, les Clio vinrent se ranger juste devant eux. Six flics en jaillirent.

« Qu'est-ce que vous foutez là ? aboya le chef en les reconnaissant.

– Ordre de la commissaire, on suit la trace de notre meurtrier.

– Restez ici, on est déjà nombreux. »

Tellier hésita. Romano leur avait demandé de suivre Max le Fou mais six personnes pour neutraliser un seul homme, c'était déjà beaucoup.

Il hocha la tête et fit signe à Clément de rentrer dans la voiture avec lui. Du même mouvement, ils se retournèrent pour regarder leurs six collègues se précipiter dans l'impasse, l'arme au poing.

Certaines minutes paraissent des heures, songeait Tellier, l'œil rivé à sa montre. Pour ne pas se laisser tromper par son ressenti, il avait pris soin de regarder l'heure exacte au moment où les collègues disparaissaient de leur vue.

À l'instant précis où la troisième minute s'achevait, deux coups de feu se firent entendre, à une fraction de seconde d'intervalle.

Sans se concerter, Tellier et Clément sautèrent de la 308. La seconde détonation pouvait provenir d'un SIG-Sauer des stups, mais la première était caractéristique d'un Beretta : Max le Fou avait ouvert le feu le premier. Tellier avait du mal à suivre Clément. Malgré le peu d'entraînement que lui reprochait Romano, il faisait encore illusion sur les courtes distances.

Le portail de la deuxième villa à gauche était entrouvert. Ils traversèrent en trombe le jardin et pénétrèrent dans la maison, d'où provenaient des voix. Le chef des stups téléphonait, dans l'entrée.

« Balle au ventre, état sérieux, on vous attend. »

Le ton détaché du flic était déjà une indication : le blessé n'était pas un collègue.

Tellier et Clément entrèrent dans le salon. Max le Fou gisait à terre, au milieu d'une flaque de sang, en position latérale de sécurité. L'un des flics, à genoux sur le parquet, pressait sur la blessure un plaid écossais. Le silence de la pièce était lourd.

Tellier s'accroupit à côté de Max le Fou, qui respirait faiblement.

« Qui vous a demandé de descendre Nicolas Peyrard ? »

Au regard du blessé, Tellier eut la certitude qu'il avait compris la question. Il bougea le menton faiblement, puis entrouvrit les lèvres.

« Un nom, juste un nom. Qui est le commanditaire du meurtre de Peyrard ? »

La tête du tueur bascula sur le côté.

« Terminé », commenta sobrement le flic agenouillé par terre.

Il s'adressait à un tout jeune collègue, blafard, qui les fixait d'un air angoissé, appuyé au mur. Tellier comprit que c'était lui qui avait tiré, et que c'était sûrement la première fois. Le gamin devint encore plus pâle et parut sur le point de tomber dans les pommes. Tellier se précipita.

Au moment où il l'aidait à s'asseoir par terre, le chef entra dans la pièce et regarda son jeune collègue, l'air ulcéré.

« Il nous descend un type et après il tourne de l'œil. Quand on supporte pas les armes à feu, on fait fleuriste. »

Tellier lui jeta un regard écœuré.

« Le jour où les flics abattront leurs concitoyens en sifflotant, je m'inquiéterai. »

Le chef des stups fut interrompu par un appel téléphonique. Il quitta la pièce à grands pas.

Tellier posa la main sur l'épaule du jeune flic, qui réprimait ses sanglots.

« Va faire un tour dehors, ça ira mieux. Tu n'es pour rien dans ce fiasco. »

Un de ses collègues vint le prendre par le bras. Tellier demanda à celui qui était resté de lui raconter ce qui s'était passé.

Tout était allé plus vite que prévu. Le temps d'enjamber la grille et de prendre position autour de la villa, ils avaient découvert, par la porte-fenêtre du jardin, Max le Fou en train de remettre un colis à l'occupant des lieux. Comprenant qu'il se faisait passer pour un livreur, ils avaient fait irruption dans la pièce au moment où le tueur sortait son arme. Le jeune flic, qui était le mieux placé, avait tiré, jugeant que c'était le seul moyen de sauver la peau du propriétaire. Il avait visé les jambes mais Max le Fou s'était accroupi, sans doute pour échapper au tir. Il avait pris la balle en plein ventre.

Sacré fiasco, se dit Tellier. À six, ils auraient évidemment dû le neutraliser sans le descendre.

Le portable du tueur, qui traînait à un mètre du corps, tombé de sa poche, émit un sifflement signalant l'arrivée d'un SMS. Le chef de l'opération sortit de son sac à dos noir une paire de gants de plastique et attrapa l'engin. Il lut le message à voix haute.

Bonjour, il y a bien un chaton mâle dans notre portée de persans née ce matin. On vous le met de côté, il ressemble beaucoup à celui que vous avez perdu. Dans l'attente de votre chèque de réservation, bonne soirée.

« Quel con ! ricana-t-il. Ça dégomme n'importe quel bonhomme pour se payer sa Rolex et ça fait le sentimental avec un chat. »

Tellier se garda de tout commentaire mais enregistra l'information. Ainsi, le tueur était sur le point de faire l'acquisition d'un chat de la même espèce que le fameux Ruru, disparu du *Café des chats* au moment du meurtre. Le plus probable était donc qu'il avait effectivement éprouvé une espèce de coup de foudre pour l'animal et l'avait enlevé sur une impulsion, alors qu'il venait d'exécuter froidement Peyrard. En un sens, c'était risible de la part d'un être aussi dénué de sensibilité, mais cette impulsion absurde, et son besoin urgent de remplacer le chat disparu, montraient aussi une immense solitude – qui le rendait plus humain. Tellier revit Max le Fou écoutant à fond *Allô maman bobo*.

« La cible n'a rien eu ? demanda Tellier.

– Juste en état de choc. Les collègues s'occupent de lui en attendant les secours. Ils lui font un café dans la cuisine.

– Son identité ?

– Robert Senan, cinquante-huit ans, inconnu des services. Sûrement une filière de coke qu'on ne connaissait pas.

– Sûrement », approuva Tellier.

L'autre lui envoya un regard mauvais. Tellier avait parlé machinalement, sans intention ironique. Mais au milieu de ce merdier, le flic était convaincu qu'il se foutait de lui. Tant pis, songea Tellier, à eux de se sortir de ce mauvais pas : à chacun ses problèmes. Avant d'aller interroger celui qui avait échappé de justesse au tir de Max le Fou, lui devait appeler Romano pour la prévenir que le tueur avait été tué. Pas sûr qu'elle apprécie beaucoup ce rebondissement malheureux. Il sortit son portable en se préparant à une bordée de jurons.

28

Ce n'était plus un frôlement qui pouvait passer pour involontaire, c'était une caresse du genre explicite. Romano éloigna sa jambe de celle de Sanchez. Quoi qu'il advienne (et elle commençait à avoir une idée assez précise de ce qui allait advenir), il fallait poser sa question. Maintenant.

« Vous pensez que Nicolas aurait pu être impliqué dans la mort d'une femme, même accidentellement ? »

Sanchez la dévisagea, interloqué.

« La mort d'une femme ? »

Et merde, songea Romano, Sanchez n'était pas au courant, inutile d'insister.

« C'est le problème des enquêtes qui s'enlisent, reprit-elle. On finit par échafauder des hypothèses farfelues. Le métier de commissaire de police ressemble parfois à celui de cartomancienne. »

Tout en tenant ces propos badins, Romano se sentait de plus en plus convaincue, au contraire, qu'il y avait bel et bien, quelque part dans le tableau, la mort d'une femme dont Peyrard se sentait responsable. À la longue, elle avait appris à se fier à son intuition – même si, en bonne scientifique, elle se serait fait hacher plutôt que de le reconnaître.

« Il y a des cartomanciennes plus douées que d'autres.

– Peut-être. Romano est le nom d'une grande famille du cirque – un des grands drames de mon père. Je m'y vois bien : demander un volontaire dans le public, lui bander les yeux et jouer aux devinettes avec mon assistant, tout de paillettes vêtu. »

Il la regardait toujours droit dans les yeux.

« Vous seriez parfaite, sous les feux des projecteurs, dans une robe décolletée. »

Au moment où elle sentit la jambe de Sanchez se réinsinuer contre la sienne, le « chœur des esclaves » retentit de nouveau. Retour brutal à la réalité.

« Pardon, je suis obligée de prendre. »

Sanchez lui adressa un regard enjôleur. Il avait les pupilles légèrement dilatées.

« Vous faites un métier fascinant mais c'est une sacrée plaie. Vous n'êtes jamais vraiment là. »

Déjà, elle s'était levée pour répondre au calme, à l'extérieur du bistro. Tellier l'informa en quelques mots. Totalement dégrisée, et plus furieuse à chaque nouvelle information, elle reprit son ton de commande.

« Dites quand même à nos brillants collègues de vous laisser parler deux minutes à ce Robert Senan. Vérifiez s'il ne connaît pas Peyrard. On ne sait jamais, il pourrait y avoir un lien avec notre affaire.

– Compris. On se retrouve au commissariat ?

– Renvoyez Clément chez lui et rentrez retrouver vos filles après l'audition, on se voit demain matin. »

Tellier reconnut dans sa voix la pointe de frustration caractéristique d'un rendez-vous amoureux interrompu. À peine perceptible, mais il savait la déceler.

Tout en parlant, Romano regardait dans la direction de Sanchez, à travers la vitre. Il la fixait, souriant, les bras ostensiblement croisés, comme pour souligner que le temps s'était arrêté en attendant son retour. Elle rentra dans le bistro.

« Vous êtes sûre, commissaire ? insistait Tellier au bout du fil. Je peux appeler Louise pour reporter notre petite fête de retrouvailles à demain. »

À son ton déconfit, Romano comprit qu'il se sentait en partie responsable du fiasco de la traque de Max le Fou. Pourtant, il n'y était pour rien.

« De toute façon, répondit Romano en se rasseyant, ce n'est pas une grosse perte pour l'humanité. Que notre commanditaire soit le maire ou un autre, on le coincera tôt ou tard. Tenez-moi au courant s'il y a du nouveau. »

Elle raccrocha et leva le regard vers Sanchez, qui la dévorait des yeux.

« Vous avez l'air contrariée, commissaire.

– Le métier de flic est souvent contrariant, j'imagine que ce n'est pas le seul. »

Elle avait répondu d'un ton sec qui la surprit elle-même. L'appel de Tellier avait rompu le charme. De toute façon, elle avait posé sa question, elle n'avait plus qu'à rentrer chez elle.

« Vous ne voulez pas aller faire un tour ? »

Romano hésita. La fossette droite semblait lui lancer un appel irrésistible. Après tout, est-ce que la règle n'appelait pas l'exception ?

Romano hésita.

« J'ai du boulot, figurez-vous. De vieilles histoires, des crimes impunis, ce genre de choses.

– Allons, commissaire, votre côté justicier est plutôt craquant, mais ça doit pouvoir attendre un peu. Si ça date de dix ans, ce n'est plus à quelques heures près. »

Alea jacta est, se dit-elle solennellement en le suivant dehors. Son maudit téléphone sonna de nouveau :

l'infirmière spécialiste de l'hypnose. Tant pis, ça attendrait demain.

« Bienvenue dans l'esclavage du XXIe siècle, sourit Sanchez. On est tellement fous qu'il nous faut des lois pour nous protéger de nous-mêmes ! Le droit à la déconnexion, vous connaissez ?

– Il paraît qu'il existe même des cures de *data detox* : vous payez une fortune pour avoir le droit de remettre votre smartphone à la réception de l'hôtel.

– Si on se déconnectait pendant une heure ? Je compte jusqu'à trois, on éteint en même temps. »

Sanchez la regardait, l'air d'un gamin ravi, le doigt sur l'interrupteur de son iPhone customisé. Romano hésita, pas longtemps.

En raccrochant, Tellier se sentit frustré par la réaction de Romano. Il se réjouissait de retrouver ses filles, mais il aurait préféré faire le point sans attendre. Louise avait peut-être raison. La femme de sa vie, celle qui lui manquait au bout de trois jours, c'était sa chef.

« Alors, demanda Clément, elle dit quoi ?

– On rentre chez nous, mais on interroge d'abord notre miraculé, histoire de vérifier qu'il n'a rien à voir avec Peyrard. »

La police technique et scientifique était arrivée. Le salon était entouré du scotch jaune de scène de crime, le légiste Martel était attendu d'une minute à l'autre. Clément et Tellier se dirigèrent vers la cuisine, d'où émanait une voix geignarde, qui avait quelque chose de familier. En reconnaissant l'homme attablé devant sa tasse, tout recroquevillé sur lui-même, Tellier tomba en arrêt.

« J'ai failli y passer », répétait le médiateur de Télé 2 en hochant la tête de haut en bas.

Le flic assis en face de lui se tourna vers Tellier et Clément.

« Impossible d'en tirer autre chose. Je lui ai fait du café, pour essayer de lui réveiller le cerveau, mais ça fait cinq minutes qu'il répète la même phrase. »

Tellier s'approcha de la table.

« Capitaine Tellier, vous me reconnaissez ? »

Le médiateur poursuivait sa litanie, sans même se retourner, avec des hochements de robot, le regard vide, sans le voir. Tellier avait déjà observé ce comportement chez des personnes en état de choc. Impossible de prédire combien de temps cela durerait.

« Vous le connaissez ? »

Tellier résuma la situation à Clément en quelques phrases. Leur rencontre par hasard dans les couloirs de Télé 2, puis son appel, la veille, pour lui annoncer qu'il avait des choses à dire sur Sanchez. Et maintenant, il échappait de justesse à une exécution par le meurtrier de Peyrard.

« On a voulu l'empêcher de parler ?

– Je ne sais pas. Comme il détestait Sanchez, je pensais qu'il voulait régler ses comptes et que ses révélations sur lui étaient bidon, mais peut-être pas. Il faudrait réussir à le faire parler.

– Des fois, les vieux trucs sont ceux qui marchent le mieux », répondit Clément en remplissant d'eau un saladier qui séchait sur le bord de l'évier.

Il le balança à la figure de Senan, qui bondit de sa chaise, brutalement sorti de son hébétement.

« Qu'est-ce qui vous prend ?

– Bien joué », dit Tellier à Clément.

Puis il s'approcha du médiateur.

« Vous pensez que ce qui vient d'arriver a un rapport avec ce que vous vouliez me dire sur Sanchez ?

– Quelle ordure ! Et dire que ce salaud a failli m'avoir. Sûrement un coup de mon assistante : elle a dû écouter la conversation quand je vous ai appelé, et le prévenir. J'ai un dossier pour vous, je vais le chercher tout de suite. »

Une large flaque s'était formée autour du médiateur. Il dégoulinait des pieds à la tête, sans paraître s'en rendre compte.

« Allez d'abord vous sécher et vous changer, sinon votre beau dossier sera foutu. Clément vous accompagne. L'accès au salon est interdit mais vous pouvez sans doute aller dans la salle de bains et la chambre. »

Le flic des stups sortit également de la cuisine, sûrement pour prévenir son chef que Senan avait émergé de sa stupeur. Même informé du lien avec l'enquête Peyrard, il voudrait certainement participer à l'interrogatoire, histoire de ne pas perdre la face.

Un peu de temps de gagné, se félicita Tellier. Sitôt les trois hommes disparus, il sortit son portable. L'enquête s'accélérait enfin et il fallait que Romano soit là, d'autant que le puzzle était encore incomplet. Elle voudrait sûrement participer à l'audition du médiateur.

« Merde », s'exclama-t-il en entendant la messagerie.

Romano était toujours joignable et elle lui avait demandé de la tenir au courant : qu'est-ce qu'elle foutait ?

29

« Après vous », annonça Sanchez en ouvrant galamment la vieille grille en fer forgé. Il continuait de la vouvoyer, ce qui ajoutait une touche d'ambiguïté bienvenue à une situation qui n'en comportait plus beaucoup.

Il avait proposé à Romano d'aller au cimetière. Comme il le lui avait déjà expliqué, ce cimetière-là était tout sauf morbide. Un lieu paisible et superbe, son endroit préféré à Bailleul. Romano l'avait suivi. Depuis qu'ils étaient sortis du café, elle réfléchissait le moins possible. Quitte à s'asseoir sur ses principes, autant en profiter au maximum. Ce n'était plus le moment de culpabiliser.

À peine franchie la grille, Romano comprit son enthousiasme. Le cimetière était romantique à souhait, sûrement le meilleur spot de Bailleul pour la drague. Allées ombragées et désertes, pépiements d'oiseaux, fouillis irrésistible d'un jardin anglais, petits passages presque labyrinthiques. Ils laissèrent sur leur gauche une partie récente, entretenue au cordeau, pour se promener dans le secteur plus ancien.

Au milieu des pierres tombales moussues et des inscriptions à moitié effacées, la végétation s'étalait partout, avec un joyeux culot. Comme pour rappeler que l'être humain ne pesait rien face au temps et à la nature. Et qu'il fallait profiter de la vie, comme l'avait dit Sanchez.

« On s'assied ? »

Ils venaient d'arriver à la limite de la partie militaire du cimetière, qui contrastait avec le fouillis plein de charme du secteur civil. Les alignements de croix et de stèles identiques formaient une figure géométrique vert et blanc. Pas mal non plus, dans son genre. Mais moins dans l'ambiance d'un rendez-vous amoureux.

Le vieux banc de pierre moussu, encadré par d'épais buissons, semblait fait pour accueillir les baisers enflammés, et, pourquoi pas, les serments d'amour éternel. Romano se demanda si c'était là que Marion et Nicolas, adolescents, avaient échangé leurs déclarations et leurs caresses, à l'époque où les parents de la jeune fille lui avaient interdit de fréquenter le proscrit.

Sanchez l'enlaça et se pencha vers elle. Le flash lui vint au moment exact où leurs lèvres se rencontraient. Elle ne put retenir un frémissement, accompagné d'un mouvement de recul à peine perceptible. Elle se nicha dans ses bras en espérant de toutes ses forces que sa réaction passerait pour une manifestation de plaisir.

C'était tellement évident. Quand, pour faire sa maligne, elle avait mentionné sa recherche de meurtres impunis, Sanchez avait parlé de crimes « datant de dix ans ». Elle était certaine de ne pas avoir mentionné de durée précise – et pour cause, elle ne savait pas du tout à quand remontait l'autre affaire, si autre affaire il y avait en effet. Autrement dit, Sanchez était bel et bien au courant, et avait sans doute joué un rôle clé, vu la domination qu'il exerçait sur Peyrard. Cette fois, tout s'emboîtait. L'animateur avait fait exécuter Peyrard de peur que ce dernier ne passe aux aveux, après la mort de sa mère. Puis il avait envoyé la lettre anonyme pour les mettre sur la fausse piste du mémorial.

Le commanditaire du meurtre de Peyrard se trouvait sous son nez depuis le début. Et maintenant, elle était dans ses bras.

30

Au moment où Tellier rangeait son portable dans sa poche, à la fois surpris et inquiet, le patron des stups entra dans la cuisine.

« On va faire une première audition tout de suite. J'imagine que vous en êtes ? »

Tellier hocha la tête. Difficile de demander d'attendre Romano alors qu'il ne savait même pas où elle était.

Le commissaire demanda à un de ses collègues d'apporter une autre chaise et de les rejoindre. Senan arriva juste après, suivi de Clément, sec mais toujours aussi surexcité.

La question du patron des stups sur son implication dans un trafic de cocaïne le fit éclater de rire. « Jamais rien entendu d'aussi drôle » – son rire était pourtant tout sauf joyeux. Il connaissait le coupable, et aussi le mobile. Maintenant, il était temps que la vérité sorte.

Le médiateur posa sur la table son fameux dossier, sur lequel était écrit *Alexandre Sanchez* en grandes lettres soignées. Tellier remarqua qu'il était le seul à ne pas l'appeler Alex, comme tout le monde : c'est dire s'il l'aimait. Comme *Le Monde diplomatique*, qui écrivait toujours William Clinton au lieu de Bill – il avait trouvé ça tellement infantile qu'il s'était désabonné.

Le dossier comprenait en tout et pour tout deux maigres coupures de journal vieilles de dix ans, qui signalaient le suicide d'Anne Eichler, jeune journaliste de Télé 2. D'après le médiateur, la jeune femme avait été embauchée en même temps que Sanchez pour un essai pendant la grille estivale – la chaîne avait clairement indiqué qu'un seul des deux frais recrutés resterait après l'été.

Une semaine avant la fin de son contrat, la jeune femme avait eu un arrêt maladie pour trois jours. Le jour où elle devait reprendre l'antenne, Senan l'avait trouvée sur le parking, en pleine crise de nerfs. Sous le sceau du secret, elle lui avait confié l'agression dont elle avait été victime le week-end précédent – il aurait mis sa main au feu qu'il s'agissait d'un viol. Le lendemain, elle se jetait dans la Seine.

En apprenant son suicide, Senan s'était demandé si Sanchez n'était pas impliqué dans cette histoire d'agression. La coïncidence était un peu trop belle. D'autant que le jeune premier détestait Anne Eichler : sensibilité à fleur de peau, fragile, et surtout très douée.

« Pourquoi n'avez-vous rien dit ? » demanda Tellier.

Silence. Le médiateur baissait les yeux et ses mains s'étaient remises à trembler. Il manquait de preuves, il avait eu peur qu'on ne le prenne pas au sérieux.

« Je suis un lâche », conclut-il dans un souffle.

Tellier appela de nouveau Romano pour lui dire qu'elle avait vu juste, et que son intuition d'un premier crime était bonne. Toujours sur messagerie : pas dans ses habitudes. Peut-être avait-elle décidé de finir son rendez-vous amoureux tranquille.

Ridicule, décida-t-il. Si Romano avait été avec un mec quand il l'avait prévenue de la mort de Max le Fou, elle l'aurait planté là et aurait rappliqué illico, comme bien des fois. Le boulot passait avant le reste : la commissaire pouvait être imprévisible mais cette règle-là ne tolérait pas d'exception. Si elle avait éteint son portable, c'était sûrement pour terminer une audition importante. Où, et avec qui ? Ce n'était pas son genre de faire des mystères : au contraire, elle le tenait toujours informé.

Il se rappela avoir senti une nuance de désir frustré dans sa voix. La solution lui vint d'un coup : Romano était avec Sanchez, dans un drôle de mélange des genres, entre audition et tête-à-tête amoureux. Seule avec le meurtrier de Peyrard. Sans portable, et peut-être sans arme.

Tellier avait pris le volant d'autorité pendant que Clément réglait le son de la sirène au maximum. L'opérateur de téléphonie leur avait communiqué la dernière géolocalisation de Romano, juste avant qu'elle éteigne son portable : avenue Marguerite-Yourcenar, à Bailleul, en face du cimetière. Malgré la circulation de l'heure de pointe, Tellier, pour la première fois de sa vie, grillait tous les feux, prenait tous les risques. La sirène hurlait, les pneus crissaient, il conduisait dans une espèce de transe, tous les sens en alerte, comme un champion de rallye. Entre les deux hommes, pas un mot. Juste la voix enregistrée de Romano, que Clément rappelait en continu. « Bonjour, commissaire Romano, vous pouvez me laisser un message et je vous rappellerai. » Le ton enjoué était insupportable.

« Tu peux enlever le haut-parleur ? »

Clément obtempéra sans un mot, pour ne pas déconcentrer le chauffeur. Il colla son appareil à l'oreille et continua ses rappels.

Tout en conduisant à l'instinct, Tellier pensait aux moments partagés avec Romano, leur rencontre, leurs planques, leurs disputes. Et si ce défilé de flash-backs signifiait que Romano vivait ses derniers instants ? Mieux valait qu'elle soit en pleine partie de jambes en l'air avec Sanchez – perspective qu'il n'aurait jamais pensé appeler de ses vœux.

« Vous faire buter par cette ordure, ce serait trop con, vous êtes d'accord avec moi ? » dit-il mentalement à Romano.

31

Comme à chaque fois qu'elle était en danger, son cerveau se trouvait en alerte maximale, mobilisant tous ses neurones sans qu'elle laisse rien paraître.

Tout en lui rendant ses baisers avec fougue, elle se remémorait les paroles prononcées devant Sanchez dans le bar, à la fin du coup de téléphone de Tellier. Elle avait évoqué devant lui un mort « qui n'était pas une grosse perte pour l'humanité ». Sans doute avait-il compris qu'elle parlait de Max le Fou. Il savait que son homme de main était mort et ne pourrait plus le dénoncer. Avec un peu de chance, il se sentait en sécurité et voulait juste avoir le plaisir pervers de s'envoyer la flic qui ne découvrirait jamais sa culpabilité.

Le problème, maintenant, c'était de trouver une excuse pour interrompre leur tête-à-tête si bien parti – sans attirer ses soupçons. Car enfin elle n'allait pas se taper un meurtrier. Elle n'était pas regardante, mais quand même. Son attirance pour Sanchez s'était transformée en profond dégoût, et elle avait toutes les peines du monde à dissimuler sa répugnance.

Sanchez renforça encore son étreinte et la guida pour la faire asseoir à califourchon sur ses genoux.

Elle avait passé son bras droit autour de la nuque de l'animateur mais son bras gauche était libre. Elle le fit glisser doucement vers sa poche pour sentir le contact rassurant du métal, juste au cas où.

Non, vraiment, pas évident d'interrompre la chose au point où ils en étaient. Même s'il passait la main dans son soutien-gorge, elle ne se voyait pas lui envoyer une baffe de vierge effarouchée en poussant des cris de dinde. Pas crédible du tout. Le SMS urgent aurait été une bonne solution, au détail près qu'elle avait accepté d'éteindre son portable. Quand même, ma vieille, tu as sacrément merdé ! Feindre un malaise ? Bof. Ou alors simuler un accès soudain de professionnalisme, avec déclaration, main sur le cœur : « Désolée, mais je ne peux pas trahir le code éthique de la police nationale. » Moyennement plausible.

Au moment précis où la main de Sanchez s'engageait dans son soutien-gorge (pas si mauvaise, comme cartomancienne), un formidable éternuement se fit entendre dans le buisson, à dix mètres d'eux. Elle reconnut aussitôt la musique bien particulière du rhume des foins de Clément.

« Désolé, capitaine, c'est les cyprès. »

En entendant le mot « capitaine », Sanchez la repoussa violemment et la projeta au sol d'un coup de pied.

« Salope ! » cria-t-il en s'enfuyant.

Le temps qu'elle lève le nez, elle le vit disparaître derrière les buissons avec une rapidité stupéfiante, Tellier et Clément à ses trousses. Les deux hommes se séparèrent, l'un vers la gauche et l'autre vers la droite, et elle suivit une troisième direction. Sans trop se faire d'illusions : dans une situation comme celle-là, la connaissance du terrain était un atout maître, surtout combinée avec des qualités sportives exceptionnelles.

Dix minutes plus tard, il fallut se rendre à l'évidence : Sanchez s'était évaporé.

Tout en expliquant à un Bertin plus furibard que jamais la nécessité d'installer des barrages et de convoquer des renforts, Romano scrutait autour d'elle, perplexe. Il y avait des saules, des glycines, des troènes, mais non, décidément, pas le moindre cyprès.

Elle jeta un regard vers Clément, assis, ou plutôt vautré, sur le banc moussu, l'air mortifié. Tellier ne l'avait pas loupé :

« Que vous ayez éternué, c'est une chose, mais étiez-vous vraiment obligé de vous excuser bruyamment en m'appelant "capitaine" ? Le savoir-vivre, c'est bien, mais il faut parfois savoir se taire. Moi, par exemple, je ne vous aurais pas dit : "À vos souhaits, lieutenant." »

Elle ne voulait pas en remettre une couche, mais en même temps, il fallait en avoir le cœur net.

« Dites-moi, Clément, vous êtes sûr qu'il y a des cyprès ?

– À vrai dire, je ne crois pas, reconnut-il en devenant cramoisi. Mais les cimetières, même sans cyprès, ça me fait le même effet. »

D'un ton embarrassé, il expliqua qu'il avait passé tout l'enterrement de sa grand-mère à éternuer à cause des cyprès, quand il avait seize ans. Depuis, son cerveau pavlovien avait établi un lien entre le cimetière et l'éternuement.

Tellier leva les yeux au ciel en poussant un bruyant soupir, mais il s'interrompit en voyant Romano lui faire les gros yeux.

« Ne nous méprenons pas, déclara-t-elle d'un ton sentencieux qui ne lui était pas habituel. Celle qui a le plus merdé dans cette affaire, c'est moi. »

32

Tellier entra dans le bureau et s'effondra sur une chaise. Après toutes ces émotions, les deux heures de sommeil ne lui avaient pas permis de récupérer.

Il regarda Romano, les pieds sur son bureau, qui avalait son troisième café du matin – il n'était pas encore sept heures. Ceux de la nuit, personne ne les avait comptés. Elle montra les deux vélos d'appartement à son adjoint en soupirant et fit remarquer que l'entraînement physique de ses troupes laissait encore à désirer. La preuve, Sanchez leur avait filé entre les doigts.

Flics et gendarmes avaient ratissé le secteur toute la nuit, sans résultat. Les barrages n'avaient servi à rien non plus. Pas plus que les flics que Romano avait enfin obtenu de faire planquer aux adresses des dernières maîtresses connues de Sanchez, et même devant chez Marion, la grande amie de jeunesse.

« Pas de nouvelles, commissaire ?

– Aucune. Mais comme Bertin vient de le dire à la conférence de presse, il y a un déploiement de forces exceptionnel des deux côtés de la frontière. Il ne démord pas de l'idée que Sanchez est passé en Belgique, moi je le verrais mieux planqué à Bailleul. Là-bas, tout le monde le prend pour un dieu. En homme traqué victime d'une erreur ignoble, il doit être très convaincant

– comme vous le savez, il a un certain pouvoir de conviction. »

Tellier hocha la tête sans relever l'allusion : Romano s'était déjà traitée de tous les noms, inutile d'en rajouter. L'homme traqué, justement, il n'aimait pas trop ça. Quelle que soit l'ordure poursuivie, et en l'occurrence c'en était une belle, la chasse à l'homme était toujours un truc pénible.

« Je vais continuer à écouter les enregistrements.

– Bonne idée. »

Romano n'y croyait pas du tout. Bertin avait enfin exigé des stups qu'ils leur refilent l'intégralité des enregistrements de Max le Fou, mais ces derniers débutaient trois jours après le meurtre de Peyrard. Peu de chances pour qu'on y trouve des échanges avec Sanchez. Côté preuves, le dossier était encore bien léger.

Clément frappa à la porte ouverte, comme à son habitude.

« Capitaine, le jeune gars des stups est à l'accueil. Vous savez, celui qui a descendu Max le Fou. Il a quelque chose pour vous, il dit que c'est important. »

Malgré ses cernes et ses traits tirés, le flic avait toujours cet air juvénile qui avait frappé Tellier. Vingt-deux ou vingt-trois ans, pas plus.

« Comment allez-vous ? »

À la question, pleine de sollicitude, le jeune homme répondit que l'enquête IGS prendrait deux semaines au moins, et qu'il n'était pas sûr de vouloir continuer. Bref, se reprit-il, il n'était pas venu pour se faire plaindre mais pour lui donner quelque chose, en remerciement.

Le gamin sortit de sa poche une clé USB.

« Le chef était tout excité d'avoir repéré sa nouvelle filière de coke et il a lancé les écoutes de Max le Fou avant d'obtenir l'accord du proc – il a des potes partout. Les enregistrements commencent le 8 mars et non pas le 12 comme le pense le divisionnaire Bertin. Je vous ai fait une copie des quatre jours manquants. »

Tellier sentit l'excitation le gagner : le 8 mars, deux jours avant la mort de Peyrard. Il prit la clé précautionneusement.

En entrant dans le bureau de Romano pour la prévenir, il s'arrêta net. Les pieds sur le bureau et le fauteuil basculé en arrière, la commissaire dormait profondément. Le fait qu'elle ait laissé la porte ouverte était une invitation à la réveiller si nécessaire, mais Tellier eut des scrupules à interrompre ses premières minutes de sommeil depuis plus de vingt-quatre heures. De toute façon, il avait de quoi s'occuper.

Les conversations de Max le Fou n'étaient pas d'une grande élévation intellectuelle, ni spirituelle d'ailleurs. Tellier eut d'abord droit à un échange de dix-sept minutes consacré en grande partie aux *Princes de l'amour*. Est-ce que Tom allait revenir avec Loana ? Est-ce que les seins et les fesses d'Emma étaient refaits ou pas ? Est-ce que Jérémy n'était pas un pédé qui ne s'assumait pas ? Est-ce que le petit cul de Miriam n'était pas encore plus mignon que celui de Loana ? Autant de questions qui divisaient profondément les deux amis, ou peut-être cousins. Ils se lançaient du « cousin » toutes les deux phrases, mais Tellier ne savait pas si c'était à prendre au sens littéral.

Il y eut ensuite un coup de téléphone au pressing qui, de toute évidence, ne donnait pas satisfaction : « Putain, mec, te fous pas de ma gueule, tu m'avais dit qu'il serait prêt à dix heures ! »

Deux appels à *Domino's Pizza*. Le premier pour commander une pizza jamaïcaine extralarge avec double ration de piment. Le deuxième pour faire un scandale parce qu'elle n'était pas arrivée : « Sale pute, te fous pas de ma gueule, tu m'avais dit treize heures ! » L'appel avait été passé à 13 h 01, et s'était terminé quarante secondes après, à l'arrivée du livreur. « Pas trop tôt, espèce de connasse, et si ton livreur attend un pourboire, il peut crever. »

Tellier se demanda si l'écoute de ces conversations aurait fait du bien au jeune flic qui avait la mort de Max sur la conscience. Même s'il était convaincu, comme lui, de la valeur de toute vie humaine, Max le Fou n'était pas le spécimen le plus attachant de l'espèce.

L'appel suivant ne durait que quarante-neuf secondes. Quarante-neuf secondes pendant lesquelles Tellier frémit. La voix était parfaitement reconnaissable. Et ce n'était pas celle qu'ils attendaient.

33

Romano avait demandé à Clément de conduire : c'est encore ce qu'il faisait le mieux. Il n'y avait que quelques kilomètres à parcourir, mais les bouchons du matin étaient à leur maximum.

« Un coup de gyrophare ?

– Allez-y, vous l'arrêtez cinq cents mètres avant l'arrivée. »

À l'arrière, Tellier s'accrocha à la poignée, à titre préventif. Pour éviter les journalistes agglutinés devant le commissariat, Romano avait préféré sortir par une issue de secours et ils avaient emprunté une voiture chez leurs collègues les plus proches. Une 607 flambant neuve, généralement utilisée pour escorter les personnalités – après tout, il était beaucoup question de personnalités dans cette affaire.

« Si les stups nous avaient transmis les enregistrements plus tôt, on aurait gagné un temps précieux. »

Romano se retourna vers Tellier. Dans les moments de tension, il avait besoin de discuter, contrairement à elle, qui aurait volontiers gardé le silence.

« À leur décharge, ils pouvaient difficilement se douter de l'importance de l'appel. Qu'est-ce qu'elle a dit exactement ? Qu'elle voulait dîner avec lui et réservait une table au calme ? Ça ressemblait à un rendez-vous amoureux plus qu'à un contrat. »

Clément s'engagea sur la bande d'arrêt d'urgence et fit hurler le moteur.

« Mollo, Clément ! Si Tellier vomit dans la 607 VIP, je vais m'attirer des ennuis. Restons calmes, messieurs. Sans aucun doute, Marion Caron a du caractère. »

Tellier tiqua en entendant cette expression : drôle de façon de parler d'une meurtrière.

« En même temps, poursuivit Romano, elle a toujours sous-traité ses missions et n'a aucune raison de penser qu'on est sur ses traces. Si vous n'aviez pas joué au bon Samaritain auprès du petit gars des stups, on n'aurait pas récupéré l'enregistrement et on ne serait pas à ses trousses. Tout va se faire en douceur. »

Elle sentit son portable vibrer dans sa poche.

« Allô ? Non ? Bravo pour le timing, on va cueillir les deux à la fois. Ne bougez pas, j'appelle des renforts. »

Le coup de fil venait du flic qui planquait devant chez Marion. Il venait d'apercevoir Sanchez par la fenêtre de sa cuisine.

C'était donc là qu'il avait trouvé refuge, sans doute conduit par un fidèle de Bailleul – Romano aurait parié sur le patron de bistro. Une double meurtrière et un expert en boxe thaï : pour la douceur, c'était pas gagné. Romano appela ses deux collègues à la prudence.

Clément gara la Clio à cinquante mètres de la maison de Marion Caron. Ils étaient à Croix, à quelques rues de chez Solange Peyrard, et de la maison du médiateur où Max le Fou avait été abattu. Romano remarqua, une fois de plus, que les riches avaient l'instinct grégaire très développé. Ils attendirent quelques minutes l'arrivée des renforts, à qui Romano demanda de bloquer la rue et de se mettre en position autour de la maison, au cas où l'un des deux individus s'échapperait.

La superbe villa de brique était entourée d'une clôture recouverte de glycine en boutons, pas très élevée. Romano s'accroupit et la longea jusqu'à son extrémité, puis elle l'enjamba, suivie par Tellier et Clément. Une fois dans le jardin, elle repéra d'un coup d'œil un parcours qui leur permettait de rejoindre l'arrière de la maison sans être vus d'aucune fenêtre. D'un signe de la main, elle indiqua à ses deux collègues de la suivre. Ils s'arrêtèrent à la porte, d'où des éclats de voix leur parvenaient par une fenêtre ouverte.

« Après ce que je viens de faire pour toi ?

– Marion, pose ce flingue. Arrête de déconner. »

Romano tourna la poignée précautionneusement. La porte n'était pas fermée à clé.

« Tu crois que je suis ta chose, comme Nicolas ? Je suis pareil que ces types qui abattent leur famille et eux après : rien à perdre. Des forcenés, comme disent les journalistes – ils adorent ce mot, tu as remarqué ? »

Les trois flics se raidirent. Les forcenés, pour une intervention, ce n'était pas le top. Et en même temps, les vrais forcenés ne prenaient pas forcément le temps de faire de la sémantique. Romano se demanda si Marion Caron avait le profil pour passer à l'acte.

« Tu crois que je n'en suis pas capable ? Ta bonne vieille manie de prendre les autres pour des serpillières ! Elle peut toujours servir, Marion, quand tu veux te faire une nana sans te fatiguer ou quand tu as les flics aux fesses !

– Tu as fait froidement exécuter le seul homme qui t'ait jamais aimée et tu attendais ma gratitude éternelle ?

– Épargne-moi tes leçons de morale. Toi, tu as sur la conscience la mort d'une fille dont le seul tort était d'être plus douée que toi – enfin, si tu as une conscience. Je ne l'aurais jamais cru ! D'ailleurs, la mort de Nicolas, c'est aussi ta faute. Si tu avais été moins lâche, on ne se serait pas privés pour lui et on aurait assumé notre relation au grand jour.

– Notre relation ? De quoi tu parles ? Comment je pouvais deviner que tu serais assez idiote pour y croire, à mes excuses à deux balles ? Si j'avais voulu vivre avec toi, je l'aurais fait, quoi qu'en pense Nicolas. Tu l'as supprimé parce que tu croyais qu'il te barrait la route jusqu'à moi. Et maintenant, tu me dégoûtes. »

Romano et ses deux collègues progressaient silencieusement dans le couloir, ils avaient sorti leurs armes. À deux mètres du salon, Romano leur fit signe de stopper. Par la porte entrouverte, elle voyait Marion, de profil, qui tenait un fusil de chasse contre la tête de Sanchez. Ce dernier était allongé sur le canapé : connaissant sa force physique, la jeune femme avait dû attendre qu'il se couche pour mieux le dominer.

En quelques secondes, Romano expliqua son plan d'attaque par gestes à Tellier et à Clément.

« C'est ça, ta défense ? Me dire que tes beaux discours sur ta peur de pousser ton meilleur ami au désespoir étaient bidon, depuis dix ans ? Assez discuté. »

Marion plaqua le canon de son arme contre le ventre de Sanchez, comme pour le tuer à bout portant. En un saut, Romano plongea sur la jeune femme, tandis que Tellier et Clément se précipitaient sur le journaliste. Au moment où Marion tombait au sol, un coup de feu retentit. Romano sentit une douleur fulgurante au genou.

« Ça va, commissaire ? » demandèrent d'une voix Tellier et Clément en entendant le coup de feu. Cette fraction de seconde de distraction suffit au journaliste pour asséner un violent coup de pied à la figure de

Tellier tout en frappant Clément au torse – la rage décuplait ses forces.

Malgré sa blessure, Romano avait réussi à plaquer Marion au sol mais la jeune femme n'avait pas lâché l'arme. Elle dirigea le canon contre son ventre. D'un coup de poing, Romano fit valser l'arme à l'autre bout de la pièce. Clément, qui avait réussi à se relever, se chargea de lui passer les menottes.

De son côté, Tellier, malgré son nez ensanglanté, avait maîtrisé Sanchez. Qui, de nouveau, se retrouva avec une arme braquée sur lui.

« Tellier, attendez une seconde, je m'en charge. »

Ignorant la douleur, Romano se traîna sur les deux mètres qui la séparaient de Sanchez et prit la paire de menottes que son adjoint lui tendait. Il faut savoir profiter des petits plaisirs de la vie, se dit-elle en tournant de l'œil.

34

En entendant des pas dans le couloir, Romano plongea sous le drap et ferma les yeux. Tant qu'à être enfermée dans une chambre d'hôpital, autant en profiter pour qu'on vous foute la paix.

À la façon brusque d'ouvrir la porte, elle devina Tellier. Il rejoignit sur la pointe des pieds le fauteuil en skaï gris. Qui protesta d'un grincement puissant en le réceptionnant. Elle ouvrit les yeux et salua son adjoint, caché en partie par un demi-mètre cube de tulipes multicolores et une grande feuille de papier roulée.

« Désolé, je vous ai réveillée ?

– Je faisais semblant. Je pensais que c'était encore une infirmière adorable qui venait me demander si je n'avais besoin de rien. La seule chose dont j'ai besoin, c'est de sortir d'ici. Et aussi d'un vase pour vos fleurs, et de scotch pour accrocher ça au mur. »

Elle déroula le dessin, signé de Rose, qui représentait de grandes flammes jaunes et rouges, en format poster. *Pour la super chef de mon papa.*

« Ils ont pu sortir la balle de la rotule ?

– Impeccable. Trois semaines de plâtre, huit de rééducation et je vous prends au cent mètres. Nos petits amis ont parlé ? J'imagine qu'ils sont du genre à faire les malins. Sous les verrous, Marion Caron doit être une tragédienne de génie ?

– Intarissables. Elle est repartie dans ses contes d'enfance, avec toutes ces mers et montagnes à franchir pour sauver son bien-aimé. La première fois qu'elle nous a raconté cette histoire, elle était sincère. La règle d'or du bon menteur : insérer un mensonge au milieu d'un tissu de vérités. Elle nous a juste baratinés sur la personne. Le grand amour, ce n'était pas Nicolas, mais Sanchez. À la seconde où elle l'a vu, elle a décrété qu'il était l'amour de sa vie. Tout vient de là. Elle a épousé Peyrard pour se rapprocher de lui, puis divorcé pour la même raison. Depuis dix ans, elle était la maîtresse épisodique de Sanchez, qui prenait prétexte de Nicolas pour ne pas aller plus loin – l'ex-mari ne se serait jamais remis de les voir ensemble. Quand elle a vu Nicolas profondément déprimé à l'enterrement de sa mère, elle a espéré qu'il allait mettre fin à ses jours. Mais Sanchez l'a convaincue qu'il était trop lâche : alors elle s'est chargée du suicide. Dans sa jeunesse turbulente, Max le Fou donnait dans les call-girls et était un grand client de l'hôtel de son père. Elle l'a connu toute gamine et a gardé un lien avec lui. »

On toqua à la porte. Clément entra dans la pièce, un grand cabas en plastique dans une main et une cage à chat dans l'autre. Ça changeait des fleurs.

« Solange Peyrard nous l'a apporté tout à l'heure. Elle ne veut plus que des races pures, question de standing. Malheureusement, ma femme est allergique aux chats : j'apporte celui-là à la SPA après, c'est juste à côté. Tenez, au fait, c'est elle qui m'a donné ça pour vous. Elle dit que les draps de l'hôpital ne sont pas doux. »

Il déploya sur le lit une grande couverture en polaire pourpre qui n'aurait pas déparé sur les canapés du *Café des chats*. Avec les six bouquets de fleurs dans leurs pots de confiture et le dessin de Rose que l'aide-soignante venait d'accrocher au mur, la décoration allait bientôt être aussi chargée.

« Remerciez votre femme pour moi. Et Sanchez ?

– Le médiateur a vu juste. Au départ, l'agression d'Anne Eichler visait "seulement" à la mettre hors service quelques semaines, de quoi récupérer le poste de Télé 2 à coup sûr. Il a demandé à Peyrard de la draguer dans une péniche-discothèque de Boulogne où elle allait souvent, de la droguer et de la lui amener sur le quai, près du pont, à un endroit désert qu'il avait repéré. Peyrard ne pouvait rien lui refuser, et draguer, c'était dans ses cordes. Depuis que Marion l'avait quitté, il y passait ses nuits. À l'origine, Sanchez devait juste filer quelques bonnes baffes, planqué sous sa cagoule de moto, pour lui flanquer un coquard et une sacrée trouille. Mais Sanchez l'a vue dans les vapes, et il l'a violée. En cas d'enquête, on l'aurait sûrement identifié. Il savait qu'Anne était très fragile et ne porterait pas plainte – il la connaissait depuis l'université et savait qu'elle avait été agressée à une beuverie d'étudiants. Elle s'est fichue en l'air une semaine après le viol.

– Pourquoi Peyrard n'a-t-il rien dit ?

– En apprenant le suicide, il est allé voir Sanchez, qui ne lui a rien caché de ses exploits. L'animateur a persuadé le pauvre Nicolas que sa mère ne survivrait pas à son inculpation. Après le déshonneur et la mort de son mari, un fils complice de viol, ça faisait beaucoup. Malgré tout, Sanchez craignait qu'il ne craque et voulait l'avoir à l'œil. Quand Nicolas lui a dit, à la mort de sa mère, qu'il n'avait plus rien à perdre, Sanchez a bel et bien eu peur qu'il ne lâche le morceau. Mais il y avait une certaine sincérité dans son attachement à Peyrard et il ne l'aurait jamais tué. Marion s'en est chargée pour lui. Ça arrangeait ses affaires, et en même temps, je crois qu'il a été réellement choqué quand elle lui a avoué le meurtre, hier soir. Il était convaincu, comme nous, que Peyrard avait été victime d'une vengeance du maire. Marion lui a tout raconté pour lui montrer ce dont elle était capable par amour pour lui, mais ça n'a pas eu l'effet escompté. Je crois qu'il était vraiment attaché à Peyrard, même si son soutien, pendant toutes ces années, visait surtout à le dissuader de craquer et d'aller raconter leurs sales histoires.

– Et le médiateur, pourquoi a-t-elle voulu le descendre ?

– Ils s'étaient souvent croisés, quand elle attendait Sanchez dans son bureau ou devant sa voiture, et il se doutait qu'elle était folle du don juan de Télé 2. Le jour où elle a appris par la presse que la police ne croyait pas au suicide, elle a écrit la lettre anonyme puis a couru voir Sanchez, pour tout lui raconter. Mais il a demandé aux hôtesses d'accueil de faire barrage. Quand le médiateur l'a vue là-bas, en pleine crise de nerfs, il l'a emmenée au café et lui a raconté ses soupçons sur la mort d'Anne Eichler, en espérant la dégoûter de son héros. Il lui a aussi dit son intention d'en parler à la police. Marion n'a pas cru un mot de cette histoire mais a eu peur que le scandale n'éclabousse Sanchez. Le meurtre du médiateur visait à le protéger.

– Joli plaidoyer pour l'amour passion ! »

Le chat poussa un miaulement qui arrachait les oreilles.

« Clément, libérez cette bestiole, on ne s'entend plus. Au fait, Tellier, j'ai eu le divisionnaire. Apparemment, m'avoir sauvé la peau est un bon point pour vous. Il était prêt à passer l'éponge.

– Était ?

– J'ai dit qu'il fallait quand même marquer le coup. »

Tellier se renfrogna.

« Vous ne me faites plus confiance ?

– Bertin a accepté de vous payer un séminaire de formation à la communication non violente, vous savez, le truc hors de prix que vous demandez tous les ans et pour lequel il n'y a jamais le budget. Je n'irais pas jusqu'à dire que je vous envie mais je préférerais encore suivre une formation à la communication non violente que d'animer une formation au management par la bienveillance. Bertin m'a collé six sessions d'une demi-journée, rien que ça : quel vieux salopard. »

Le chat, qui s'était approché sournoisement du lit, l'escalada d'un bond et s'étala comme une crêpe sur les jambes de Romano, en ronronnant ostensiblement.

Romano le caressa sous le menton et soupira.

« Putain, il manquait plus que ça. »

Remerciements

Merci à l'office de tourisme de Roubaix pour ses informations, et au musée Benoît-De-Puydt à Bailleul pour son aimable droit de reproduction des textes des « tableaux fantômes ».

RÉALISATION : NORD COMPO À VILLENEUVE-D'ASCQ
IMPRESSION : CPI FRANCE
DÉPÔT LÉGAL : MARS 2019. N° 140936-4 (2051230)
IMPRIMÉ EN FRANCE